JN412680

이상한 나라의 앨리스

이상한 나라의 앨리스

Alice's Adventures in Wonderland

루이스 캐럴 환상동화 머빈 피크 그림 최용준 옮김

ALICE'S ADVENTURES IN WONDERLAND (1865)
THROUGH THE LOOKING-GLASS (1871)
by LEWIS CARROLL

Illustrated by Mervyn Peake

Illustrations copyright (c) Mervyn Peake 1946, 1954, 2001
The moral rights of the illustrator have been asserted.
Korean translation copyright (c) The Open Books Co. 2007
All rights reserved.

Use of the illustrations arranged with Bloomsbury Publishing plc
through EYA(Eric Yang Agency).

이 책은 실로 꿰매어 제본하는 정통적인 사철 방식으로 만들어졌습니다.
사철 방식으로 제본된 책은 오랫동안 보관해도 손상되지 않습니다.

이상한 나라의 앨리스

머리말

황금빛 햇살 가득한 오후
우리는 한가로이 물 위를 미끄러지듯 흘러가네.
작은 두 팔은 노를 젓고,
작은 두 손은 헛손질을 하며
한가한 우리 여행을 이끄네.

아, 짓궂은 세 아이여! 이런 시간,
이렇게 꿈같은 날에,
그날의 가장 작은 깃털조차 흔들지 못할 정도로
약한 숨결 같은 이야기를 해달라 조르다니!
하지만 가여운 이야기꾼이
어찌 이야기를 조르는 세 아이 요구를 물리칠 수 있으리.

마음이 급한 첫째는 상기되어
〈빨리해요!〉라 명령하고
둘째는 기대에 차서 좀 더 부드러운 목소리로
〈터무니없는 이야기는 안 돼요!〉라 바라고
셋째는 잠시도 기다리지 못하고

조바심치며 이야기를 가로막누나.

이윽고, 돌연 정적이 흐르고
세 아이는 상상 속에서
기상천외하고 새로운 마법의 땅을 여행하며
새와 짐승과 정답게 이야기하는
꿈의 아이를 쫓아다니고
그게 정말이라 믿누나.

그리고 결국, 이야기 밑천이 바닥나고
지친 이야기꾼이 힘없이
〈나머지는 다음에〉라며 머뭇거리면
아이들은 〈지금이 다음이에요〉라며
행복하게 외치누나.

그리하여 이상한 나라의 이야기는 늘어나노라,
그렇게 천천히, 하나 그리고 또 하나씩.
신기한 사건들이 펼쳐지고

이제 이야기는 끝이 나노니,
즐거운 우리는 저무는 해를 뒤로하고
집으로 노를 저어 돌아가노라.

앨리스! 이 순진한 이야기를
그 부드러운 손으로 받아
어린 시절의 꿈으로 엮은
추억의 신비한 띠에 수놓아 주렴.

아주 먼 나라에서 만든,
시들어 버린 순례자의 꽃다발처럼.

1
토끼 굴로 내려가다

앨리스는 강둑 위에서 할 일도 없이 언니 옆에 앉아 있는 것이 몹시 지루해지기 시작했다. 언니가 읽는 책을 한두 번 흘끔거려 보았지만 책에는 그림도 없고 대화도 없었다. 〈그림도 없고 대화도 없는 책을 왜 보는 걸까? 그런 책이 무슨 소용이람?〉 하고 앨리스는 생각했다.

그래서 앨리스는 귀찮기는 하지만 일어나 데이지를 꺾어서 화관을 만들어 보면 어떨까 생각하고 있었다(할 수 있는 한 말이다. 날씨가 더워서 앨리스는 아주 졸리고 멍한 기분이었다). 바

로 그때 눈이 빨간 흰 토끼가 옆을 달려갔다.

그건 별로 특별한 일이 아니었다. 앨리스는 토끼가 혼자 〈이런, 이런, 너무 늦겠는걸!〉 하고 중얼거리는 것을 들었을 때도 그렇게 이상한 일이라고는 생각하지 않았다(나중에 다시 돌이켜 보고야 앨리스는 이 일을 이상하게 여겼어야 했다는 생각이 들었지만 당시에는 모든 것이 너무나 자연스러워 보였다). 하지만 그 토끼가 〈조끼 주머니에서 시계를 꺼내〉 한 번 보고, 서둘러 가는 것을 보자 앨리스는 발딱 일어섰다. 전에는 주머니가 달린 조끼나 거기에서 꺼내 볼 시계를 가진 토끼를 본 적이 없다는 생각이 머리를 스쳤기 때문이다. 그리고 앨리스는 호기심에 불타서 토끼를 쫓아 들판을 달려갔다. 다행히 앨리스는 울타리 아래에 있는 커다란 토끼 굴로 쏙 들어가는 토끼를 겨우 따라잡았다.

다음 순간, 나중에 어떻게 다시 굴 밖으로 빠져나올지는 생각해 보지도 않고 앨리스는 바로 토끼를 따라갔다.

토끼 굴은 얼마 동안은 터널처럼 곧게 뻗어 있었지만 갑자기 밑으로 푹 꺼졌고, 너무 갑작스러웠기 때문에 앨리스는 어떻게 멈출지 생각할 겨를도 없이 무척 깊은 우물로 떨어져 버렸다.

우물이 무척 깊거나 아니면 앨리스가 우물 속으로 아주 느릿느릿 떨어지는 모양이었다. 밑으로 떨어지면서도 주위를 둘러보고 다음엔 무슨 일이 벌어질까 궁금해할 여유가 있었기 때문이다. 처음엔 아래쪽을 내려다보며 어디로 가고 있는지 알아내려 애를 썼으나 너무 캄캄해서 아무것도 보이지 않았다. 그래서 앨리스는 우물 벽을 살펴보았다. 온통 찬장과 책 선반으로 가득 차 있었고 벽 여기저기에는 지도와 그림이 못에 걸려 있었다. 앨리스는 지나쳐 내려가며 선반에서 단지를 하나 집어 들었다. 단지에는 〈오렌지 마멀레이드〉라고 적힌 딱지가 붙어 있었지만, 안은 텅 비어

있었다. 앨리스는 조금 실망했지만 단지를 버리지 못했다. 떨어뜨리면 아래쪽에 있는 사람이 맞아 죽을지도 모르니까. 그래서 어찌어찌해서 지나가는 도중에 있는 찬장 위에 올려놓았다.

앨리스가 생각했다. 〈음, 이렇게 오래 떨어져 봤으니 앞으로 계단에서 굴러 떨어지는 것쯤은 아무것도 아닐 거야! 가족들은 모두 날 굉장히 용감하다고 생각하겠지! 그래, 우리 집 지붕에서 떨어지더라도 아무 말도 하지 말자!〉(정말로 그렇게 될 것만 같았다.)

아래로, 아래로, 아래로. 이대로 영영 멈추지 〈않을〉 듯했다! 지금까지 몇 킬로미터나 떨어져 내려왔을까? 앨리스가 큰 소리로 말했다. 「분명히 지구 중심쯤엔 와 있을 거야. 어디 보자, 그럼 한 6천 킬로미터 정도인가……」(앨리스는 학교에서 이런 것을 여러 가지 배웠다. 주위에 앨리스의 말을 들어줄 사람이 아무도 없으니 지식을 뽐내기에 〈썩〉 좋은 기회는 아니었지만 그렇게 한 번 더 말해 보면 좋은 복습이 되었다.) 「그래, 아마 그게 정확한 거리일 거야. 하지만 위도와 경도는 어디쯤일까?」(앨리스는 위도가 뭔지, 경도가 뭔지 전혀 알지 못했지만 아주 멋진 단어라고 생각했다.)

곧 앨리스는 다시 말하기 시작했다. 「지구를 〈통과해〉 버리지는 않을까? 거꾸로 서서 머리로 걸어 다니는 사람들을 만나면 얼마나 재미있을까? 그 사람들은 〈거꾸로 걷는 사람〉[1]이라고 하지, 아마…….」(주위에 듣는 사람이 〈없어〉 지금은 기뻤다. 이 단어가 맞는 것 같지 않았기 때문이다.) 「……하지만 나라 이름이 뭔지 물어봐야 할 텐데…… 아주머니, 저, 여기가 뉴질랜드인가요, 아니면 오스트레일리아인가요?」(앨리스는 말하면서 무릎 굽혀 인사를 하려 애썼다. 허공으로 떨어져 내리면서 〈무릎 굽혀 인사하는 모습〉을 상상해 보라! 여러분이라면 가능하겠는가?) 「아냐, 그런 걸 물어보면 나를 무식한 아이라고 생각할 거야. 그래, 물어보지 말자. 어딘가에 적혀 있을 거야.」

아래로, 아래로, 아래로. 달리 할 일이 없었으므로 앨리스는 다시 혼잣말을 시작했다. 「다이너가 오늘 밤 나를 무척 보고 싶어 할 거야.」(다이너는 고양이다.) 「식구들이 다과 시간에 다이너에게 우유를 챙겨 줘야 할 텐데. 아 아, 다이너. 네가 여기서 나와 함께 떨어지면 얼마나 좋을까! 공중이라 쥐는 없지만 박쥐라도 잡으면 되지. 박쥐는 쥐하고 아주 비슷하거든. 그런데……, 고양이가 박쥐를 먹나?」 그리고 꿈결에서 하는 말처럼 계속해서 중얼거렸다. 「고양이가 박쥐를 먹나? 고양이가 박쥐를 먹나?」 때로는 〈박쥐가 고양이를 먹나?〉라고 중얼거렸다. 어느 질문에도

---

1 앨리스는 *antipathy*라는 단어를 *anti*(반대의)+*path*(길)로 생각해 거꾸로 걷는 사람이라는 뜻으로 쓰고 있다. 원래 뜻은 〈혐오스러운 존재〉이다.

답을 할 수 없었으므로 어떤 식으로 말하든 별 상관이 없었다. 얼마 후 앨리스는 졸다가 꿈을 꾸기 시작했다. 꿈속에서 앨리스는 다이너와 손을 잡고 걸어가고 있었다. 앨리스는 다이너에게 아주 진지하게 물었다. 「다이너, 솔직히 말해 줘. 너 박쥐 먹어 본 적 있니?」 그때 갑자기 쿵! 쿵! 나뭇가지와 마른 나뭇잎 더미 위로 떨어졌다. 드디어 착륙한 것이다.

앨리스는 생채기 하나 나지 않았고, 곧 발딱 일어서 위를 올려다보았지만 머리 위는 온통 컴컴했다. 앨리스 앞으로 긴 길이 나 있었고, 흰 토끼가 허둥거리며 그 길을 따라 내려가는 것이 보였다. 머뭇거릴 틈이 없었다. 앨리스는 바람같이 달려갔고, 토끼가 모퉁이를 돌며 〈오, 어쩌지, 내 귀와 수염아, 너무 늦었어!〉라고 말하는 게 들렸다. 앨리스는 토끼 뒤를 바짝 뒤쫓았지만 모퉁이를 돌고 나니 토끼는 사라지고 길고 천장이 낮은 홀이 나타났다. 천장에는 등불이 한 줄로 걸려 홀을 밝혔다.

홀을 빙 둘러 문이 여러 개 보였고, 모두 잠겨 있었다. 앨리스는 한쪽 끝에서 한쪽 끝으로, 그리고 다시 반대편으로 지나가며 모든 문을 열어 보려 해보고 나서 어떻게 다시 밖으로 나갈지 난감해하며 풀이 죽어 홀 한가운데로 걸어갔다.

갑자기 자그마한 세 발 탁자가 앨리스 눈에 띄었다. 탁자는 전부 유리로 되어 있었다. 탁자 위에는 황금 열쇠 하나만이 놓여 있었다. 처음에 앨리스는 그 열쇠로 이 홀의 문 가운데 하나를 열 수 있으리라고 생각했다. 하지만, 이런! 안타깝게도 자물쇠는 너무 크고, 열쇠는 너무 작아서 아무 문도 열 수 없을 것 같았다. 그러나 벽을 다시 한 번 살펴보니, 전에는 보지 못했던 낮게 드리운 커튼이 있었다. 그리고 그 뒤에는 40센티미터 정도 되는 작은 문이 있었다. 그 문의 자물쇠에 조그만 황금 열쇠를 꽂아 보니 기쁘

게도 딱 들어맞았다!

문을 열자, 그 안으로 쥐구멍만 한 작은 길이 보였다. 무릎을 꿇고 들여다보니 그 길은 전에는 본 적도 없는 아름다운 정원으로 이어지고 있었다. 앨리스는 얼마나 그 어두운 홀을 벗어나 환한 꽃밭과 시원한 분수를 거닐고 싶었는지 모른다. 그러나 문이 너무 작아 머리조차 들이밀 수 없었다. 〈머리가 빠져나간다고 해도 어깨가 통과할 수 없다면 아무 소용없어.〉 불쌍한 앨리스는 생각했다. 〈아, 몸을 망원경처럼 접을 수 있다면 얼마나 좋을까! 어떻게 시작하는지만 알면 할 수 있을 것도 같은데.〉 요사이 이상한 일이 하도 많이 생겨서 앨리스는 정말 불가능한 일은 거의 없다고 생각하기 시작한 참이었다.

작은 문 앞에 서서 기다려 봤자 별수 없을 듯했기에 앨리스는 탁자로 돌아갔다. 앨리스는 탁자 위에 다른 열쇠, 또는 망원경처럼 몸을 접는 방법이 쓰인 책이 있었으면 하고 바랐다. 그러나 이번에는 작은 병이 하나 놓여 있었고(〈아까까지는 여기 없었는데……〉 하고 앨리스는 말했다) 병 목에는 〈나를 마시세요〉라고 또박또박 아름답게 적힌 종이가 둘려 있었다.

〈나를 마시세요〉라고 말하다니 아주 좋기는 하지만 똑똑한 꼬마 앨리스는 조급하게 〈그 말〉에 따르려 하지 않았다. 「먼저 잘 살펴봐야지.」 앨리스가 말했다. 「〈독약〉이라고 쓰여 있는지 안 쓰여 있는지 말이야.」 앨리스는 불에 타거나 야수에게 먹히거나 다른 나쁜 일을 당한 아이들이 나오는 끔찍한 이야기를 몇 가지 읽은 적이 있었다. 이야기 속의 아이들이 그런 상황에 부닥친 까닭은 빨갛고 뜨거운 부지깽이를 너무 오래 쥐고 있으면 덴다든가, 손가락이 칼에 〈아주〉 깊게 베이면 대개 피가 난다는 따위 친구들이 가르쳐 준 간단한 주의 사항을 〈따르려 하지 않았기〉 때문이다. 그 가운데에서도 앨리스가 절대로 잊지 않는 사실은 〈독약〉이라고 쓰인 병에 든 것을 너무 많이 마시면 머지않아 배탈이 날 것이 거의 확실하다는 점이었다.

그러나 이 병에는 〈독약〉이라는 표시가 〈없었다〉. 그래서 앨리스는 한번 맛보기로 했다. 아주 맛이 좋았다(그 맛은 체리 파이, 커스터드, 파인애플, 칠면조 구이, 토피, 버터를 발라 막 구운 토스트의 향을 뒤섞어 놓은 것 같았다).

*

「느낌이 정말 이상해!」 앨리스가 말했다. 「망원경처럼 접히고 있나 봐.」

그리고 사실이 그랬다. 앨리스는 이제 키가 겨우 25센티미터밖에 되지 않았다. 드디어 아름다운 정원으로 가는 작은 문을 통과하기에 알맞은 크기가 됐다는 생각에 앨리스의 얼굴이 밝아졌다. 하지만 먼저 몸이 더 작아지는 건 아닌지 잠시 기다려 보았다. 앨리스는 조금 걱정스러웠다. 「이러다가 초처럼 완전히 사라져 버릴지도 몰라.」 앨리스가 혼잣말을 했다. 「그러면 어떻게 하지?」 앨리스는 양초가 꺼지면 불꽃이 어떻게 보이는지 상상해 보려 애썼지만 그런 걸 본 적이 없었기에 기억조차 떠올릴 수 없었다.

잠시 뒤 더는 아무 일도 일어나지 않자 앨리스는 당장 정원으로 가기로 마음먹었다. 그런데, 이런. 가엾은 앨리스! 앨리스는 문 앞까지 다 가서야 황금 열쇠를 깜빡했다는 사실을 깨달았다. 열쇠를 가지러 탁자로 갔지만 거기에 손이 닿는다는 것은 불가능한 일이었다. 유리를 통해 열쇠가 보였고, 앨리스는 탁자 다리를 기어오르려고 했지만 너무 미끄러웠다. 가엾은 꼬마 앨리스는 마침내 지쳐 주저앉아 울기 시작했다.

「아냐, 이렇게 우는 건 아무 소용없어!」앨리스는 다소 엄한 말투로 혼잣말을 했다. 「충고하겠는데, 빨리 뚝 그쳐!」앨리스는 자신에게 아주 유익한 충고를 하곤 했고(하지만 그런 충고를 잘 따르지는 않았다), 어떤 때는 눈물이 날 정도로 혹독하게 자신을 꾸짖기도 했다. 앨리스가 기억하기로, 양쪽 편을 다 맡아 혼자서 크로케 경기를 하다가 속임수를 쓰고는 자기 뺨을 세게 때리려 한 적도 있었다. 이 호기심꾸러기 여자 아이는 두 사람인 척하기를 아주 좋아했다. 〈하지만 지금 두 사람인 척하는 건 아무 소용 없어!〉가엾은 앨리스는 생각했다. 〈믿을 만한 사람《하나》가 되기도 버겁다고.〉

그때 앨리스의 눈이 탁자 아래 놓인 작은 유리 상자에 갔다. 그것을 열어 보니 〈나를 먹어요〉라고 건포도로 예쁘게 쓴 아주 작은 케이크가 있었다. 「그래, 먹어야지.」앨리스가 말했다. 「만약 그래서 키가 커지면 열쇠를 집을 수 있을 것이고, 더 작아지면 문 아래로 기어 나갈 수 있을 테니까. 어쨌든 그 정원으로 갈 수 있을 거야. 무슨 일이 생기든 상관없어!」

앨리스는 케이크를 살짝 베어 먹고는 초조하게 중얼거렸다. 「어느 쪽이지? 어느 쪽이야?」어느 쪽으로 자신의 몸이 변하는지 느끼기 위해 앨리스는 손을 머리에 대어 보았지만 정말 놀랍게도 키는 그대로였다. 물론 케이크를 먹는다고 키가 변하지 않는 게 보통이지만 앨리스는 이상한 일이 일어나는 데 무척이나 익숙해졌기에 평범한 일은 아주 지루하고 시시하게 여겨졌다.

그래서 앨리스는 케이크를 먹기 시작했고, 순식간에 다 먹어 치웠다.

2
눈물 웅덩이

「점점 더 이상하고 더 이상한걸!」앨리스가 외쳤다. (너무 많이 놀라서 그 순간 바르게 말하는 법을 잊어버렸다.) 「이제 세상에서 제일 큰 망원경처럼 커지고 있네. 잘 가렴, 내 발들아!」(앨리스는 발을 내려다보자 너무 멀리 있어서 거의 보이지도 않을 지경이었다.) 〈가엾은 발들. 이제 누가 너희에게 구두와 양말을 신겨 줄까? 난 이제 도저히 할 수 없을 것 같아! 너희를 보살펴 주기엔 내가 너무 멀리 있구나. 너희는 너희가 알아서 챙겨야겠다. 하지만 발들에게 상냥하게 대해야 할 텐데.〉앨리스가 생각했다. 〈그러지 않으면 내가 가려는 방향으로 가지 않으려고 할지도 몰라! 어디 보자, 크리스마스마다 새 장화를 선물해야지.〉

그리고 앨리스는 계속해서 발에게 선물을 전해 줄 방법을 궁리했다. 〈우체부를 통해 보내야지.〉앨리스가 생각했다. 〈얼마나 우습게 보일까, 자기 발에게 선물을 보내다니 말이야. 주소도 이상하게 보일 거야!〉

난로 울 옆
난로 깔개에 있는
앨리스의 오른발 귀하.

사랑을 담아 앨리스가.

〈아이참, 무슨 말도 안 되는 소리를 하고 있는 거야!〉

바로 그 순간, 앨리스는 홀 천장에 머리를 부딪혔다. 사실, 이 제 앨리스의 키는 3미터를 넘었고, 앨리스는 얼른 조그만 황금 열쇠를 집어 들고 급히 정원 문으로 갔다.

가엾은 앨리스! 앨리스는 고생 고생해서 옆으로 누워 한쪽 눈으로 문을 통해 정원을 바라보았지만 밖으로 나가기는 아까보다 더 어려워졌다. 앨리스는 주저앉아 다시 울기 시작했다.

「부끄러운 줄 알아야지.」 앨리스가 말했다. 「너 같이 큰 애가 말이야.」 (맞는 말이었다.) 「이렇게 울고 있다니! 당장 뚝 그쳐!」 하지만 앨리스는 계속 울며 눈물을 펑펑 흘렸고 주위에 10센티미터 깊이 웅덩이가 생겨 홀 가운데로 흘러갔다.

조금 뒤, 저 멀리서 후다닥거리는 발소리가 작게 들렸고, 앨리스는 얼른 눈물을 닦고 무엇이 다가오는지 보았다. 아까 보았던 흰 토끼였다. 토끼는 아주 멋지게 차려입고 한 손에는 흰 새끼 염소 가죽 장갑, 다른 손에는 커다란 부채를 들고 있었다. 토끼는 아주 서두르며 종종걸음으로 다가오며 중얼거렸다. 「아! 공작부인, 공작부인! 계속 기다리게 하면 노발대발할 텐데!」 앨리스는 너무나 절박한 심정이라서 누구에게든 도움을 청해야 했기에 흰 토끼가 다가오자 겁먹은 목소리로 나직이 말했다. 「저기요…….」 토끼는 기겁해서 흰 새끼 염소 가죽 장갑과 부채를 떨어뜨리고는 어둠 속으로 쏜살같이 달아났다.

앨리스는 장갑과 부채를 집어 들었다. 그리고 홀이 너무 더웠기 때문에 계속해서 부채질을 하며 혼잣말을 했다. 「아, 오늘은 참 별난 일만 생기네! 어제는 모든 일이 다 평범했는데. 밤사이 내가 달라진 건가? 어디 보자. 오늘 아침 일어났을 때 내가 전과 같았나? 기분이 좀 달랐던 것 같기도 하고. 하지만 내가 달라졌다면 그다음 질문은 도대체 나는 누구인가 하는 거야. 아, 〈그 질문〉은 대단한 수수께끼네!」 그리고 앨리스는 자기가 아는 또래 아이들을 모두 떠올려 보면서 자신이 그 아이 가운데 한 명으로 변하지 않았나 생각해 보기 시작했다.

「〈에이다〉가 아닌 건 확실해. 그 애 머리는 아주 긴 곱슬인데 내 머리는 전혀 곱슬곱슬하지 않거든. 〈메이블〉일 리도 없어. 난 이것저것 많이 알지만, 그 애는…… 아! 걘 정말 아는 게 없어! 게다가 〈그 애〉는 그 애고, 〈나〉는 나야. 그리고…… 아이, 모든 게 너무 복잡해. 전에 알고 있었던 걸 다 아는지 한번 봐야지. 그러니까…… 4 곱하기 5는 12이고, 4 곱하기 6은 13이고, 4 곱하기 7은…… 아, 이런, 이렇게 해서는 20까지 가지도 못하겠네.[2] 구구단은 중요하지 않아. 지리로 해보자. 런던은 파리의 수도이고, 파리는 로마의 수도이고 로마는…… 아냐, 〈모두〉 틀렸어. 내가 메이블로 변한 게 분명해! 〈귀여운 꼬마……〉를 외워 봐야지.」 앨리스는 교실에서 말할 때처럼 무릎 위에 두 손을 포개고 그 시를 외우기 시작했지만 목소리는 거칠고 낯설게 들렸고, 단어도 원래와 다르게 나왔다.

　　　　귀여운 꼬마 악어는 참으로

2 십진법으로 계산하면 $4 \times 5 = 20$, $4 \times 6 = 24$이지만 18진법에서 $4 \times 5 = 12$, 21진법에서 $4 \times 6 = 13$이다. 이렇게 진법을 3씩 계속 올려 나가면, 39진법에서 $4 \times 12 = 19$가 된다. 따라서 앨리스가 일반 영국 아이처럼 12단까지 외울 수 있다면 이 계산법으로는 20까지 도달하지 못하며 4×13 이후로도 20을 만들 수 없다.

반짝이는 꼬리를 손질하고,
금빛 비늘에 나일 강 물을
골고루 뿌려 주지요!

귀여운 꼬마 악어는 참으로 즐겁게 웃으며,
참으로 단정하게 발톱을 펼치고,
작은 물고기들을 입 안으로 끌어들이지요,
다정하게 웃는 입을 벌리고요![3]

3 루이스 캐럴이 살던 19세기 영국에서는 아이들을 교육할 목적으로 지은 동시가 유행했다. 앨리스가 외우는 시는 아이작 위츠가 지은 「귀여운 꼬마 벌 How Doth the Little Bee」을 패러디한 것으로, 원래 시는 꿀벌의 부지런함을 칭찬하며 아이들도 꿀벌처럼 부지런히 살라고 가르치는 내용이다.

「이것도 전부 다 틀린 게 분명해.」 가엾은 앨리스가 말했고, 눈에는 다시 눈물이 글썽였다. 「결국, 난 메이블로 변한 게 틀림없어. 이제 그 작고 초라한 집에서 살아야 하는 거야. 가지고 놀 장난감도 거의 없고 말이야. 그리고 또 얼마나 많은 걸 다시 배워야 할까! 아냐, 결심했어. 만일 내가 메이블이라면 여기 아래에서 그냥 있을 거야! 사람들이 머리를 들이밀고 〈다시 올라오렴, 애야!〉라고 해도 그냥 쳐다보면서 〈그럼 제가 누구죠? 그것부터 말해 주세요. 만약 그 사람이 되는 게 좋으면 올라가고 아니면 다른 사람이 될 때까지 그냥 여기 있을래요〉라고 말할 거야. 하지만, 아아…….」 앨리스는 왈칵 눈물을 터뜨리며 울었다. 「정말 사람들이 이 아래로 머리를 〈들이밀어〉 줬으면 좋겠어! 여기에 이렇게 혼자 있는 게 이제 〈너무〉 지겨워!」

이렇게 말하며 앨리스는 손을 내려다보았고, 자신이 말하면서 흰 토끼의 장갑 한 짝을 낀 것을 보고 놀랐다. 「내가 어떻게 이렇게 〈했지〉? 내 몸이 작아지고 있나 봐.」 앨리스는 일어나서 탁자 옆으로 가 키를 재보았다. 짐작에 앨리스의 키는 이제 거의 60센티미터 정도였고 계속해서 빠르게 줄어들고 있었다. 그리고 곧 그 이유가 손에 든 부채 때문이란 걸 깨달았다. 앨리스는 급히 부채를 내던졌다. 몸이 완전히 사라지기 직전이었다.

「큰일 날 〈뻔〉했네!」 앨리스는 갑작스러운 변화에 잔뜩 겁을 먹었지만 아직도 자기가 남아 있다는 사실이 아주 기뻤다. 「이제 정원으로 가야지!」 앨리스는 전속력으로 작은 문을 향해 달려갔다. 하지만 이런! 작은 문은 여전히 잠겨 있었고 황금 열쇠는 전처럼 유리 탁자 위에 놓여 있었다. 〈상황이 더 나빠졌어.〉 가엾은 앨리스가 생각했다. 「이렇게 작아진 적이 한 번도 없었어, 한 번도! 이거 큰일이네, 큰일이야!」

막 이렇게 말을 하는 순간 앨리스는 발이 미끄러졌고, 첨벙! 하며 턱까지 소금물에 빠졌다. 처음에 앨리스는 바다에 빠졌다고 생각했다. 「그러면 기차를 타고 돌아가야지.」 앨리스는 혼잣말을 했다. (앨리스는 딱 한 번 바닷가에 가봤는데 그 뒤로 〈영국의 해변은 어딜 가도 탈의차가 여러 대 있고, 아이들은 나무 삽으로 모래를 파고 놀며, 일렬로 늘어선 별장 뒤쪽으로는 기차역이 있는 곳〉이라고 생각했다.) 하지만 곧 앨리스는 자신이 빠진 곳이 3미터로 커졌을 때 흘린 눈물 웅덩이라는 사실을 깨달았다.

「그렇게 많이 울지 말걸.」 빠져나가려 헤엄을 치며 앨리스가 말했다. 「난 지금 벌 받는 거야. 내 눈물에 빠져 죽게 되다니! 정말 별난 일이 〈될 거야!〉 하지만 오늘은 모든 게 다 별나.」

바로 그때, 좀 떨어진 곳에서 무언가가 첨벙거리는 소리가 들렸고 앨리스는 그것이 무엇인지 알아보려고 가까이 헤엄쳐 갔다. 처음에는 그것이 해마나 하마인 줄 알았다. 하지만 자신이 지금 얼마나 작아져 있는지에 생각이 미치자 앨리스는 곧 그것이 자신처럼 물에 빠진 쥐일 뿐이라는 사실을 깨달았다.

〈이 쥐에게 말을 걸면 뭔가 도움이 될까?〉 앨리스가 생각했다. 〈여기서는 모든 게 다 이상하니까 쥐도 말을 할 수 있을지도 몰라. 어쨌든 밑져야 본전이니 해보자.〉 앨리스는 쥐에게 말을 걸었다. 「오, 쥐야, 이 웅덩이에서 빠져나가는 방법을 아니? 난 여기서 헤엄치는 데 지쳤거든. 오, 쥐야!」(앨리스는 이렇게 말하는 것이 쥐에게 말하는 올바른 방식이라고 생각했다. 전에 이런 일을 해본 적은 없었지만 오빠의 라틴어 문법책에서 〈쥐, 쥐의, 쥐에게, 쥐를 위한, 오 쥐야!〉[4]라 적힌 것을 본 기억이 있었다.) 쥐

---

4 이 문장이 어디서 왔는지에 대해서는 확실하게 밝혀지지 않았지만, 1840년에 발간된 라틴어 교본 〈재미있는 라틴어 문법*The Comic Latin Grammar:*

는 호기심 어린 눈초리로 앨리스를 바라보았다. 그리고 그 작은 눈을 찡긋한 것 같았지만 아무 말도 하지 않았다.

〈영어를 할 줄 모르나 봐.〉 앨리스가 생각했다. 〈그렇다면 정복 왕 윌리엄하고 같이 온 프랑스 쥐일 거야.〉(역사를 배우기는 했지만 앨리스는 무슨 일이 얼마나 오래전에 일어났는지 정확한

A New and Facetious Introduction to the Latin Tongue〉에서 가져왔다는 설이 있다. 이 문법책에서는 명사의 경우 musa(뮤즈)만 격변화를 전부 적어 놓았는데, 〈*Musa, musae, the gods were at tea/Musae musam, eating raspberry jam.*〉라는 문장이 들어 있고 앨리스는 musa가 mouse(쥐)의 라틴어라고 생각한 듯하다. 루이스 캐럴은 이 책의 초판본을 가지고 있었다.

감이 없었다.) 앨리스는 말을 바꿔 다시 해봤다. 「〈Où est ma chatte(내 고양이는 어디에 있을까)?〉」 이 말은 앨리스의 프랑스어 교과서 첫 문장이었다. 쥐는 갑자기 물 밖으로 펄쩍 뛰더니, 두려움에 온몸을 떠는 듯했다. 「아, 미안해!」 앨리스는 가엾은 동물의 감정을 상하게 했을까 봐서 다급하게 소리쳤다. 「네가 고양이를 좋아하지 않는다는 것을 깜빡했어.」

「고양이를 싫어해!」 쥐가 날카롭고 성난 목소리로 말했다. 「네가 나라면 고양이를 좋아하겠어?」

「글쎄, 아마 안 좋아할 거야.」 달래는 목소리로 앨리스가 말했다. 「너무 화내지 마. 그래도 난 네게 우리 고양이 다이너를 보여주고 싶어. 다이너를 한번 보기만 한다면 고양이를 좋아하게 될 거야. 다이너는 정말 순하고 조용하거든.」 앨리스는 웅덩이를 느릿느릿 헤엄치며 반은 혼잣말처럼 말했다. 「다이너는 난롯가에 앉아 멋지게 가르랑거리고 앞발에 침을 묻혀 세수하고…… 안고 있으며 얼마나 부드러운지 몰라…… 쥐도 얼마나 잘 잡는다고…… 오, 미안해!」 앨리스가 다시 외쳤다. 이번에 쥐는 온몸의 털을 다 곤두세웠고 정말로 화가 난 듯했다. 「네가 싫다면 우리 더는 다이너 얘기는 하지 말자.」

「우리?」 꼬리 끝까지 부르르 떨며 쥐가 외쳤다. 「마치 나도 그 주제에 대해 이야기하고 싶어 한 것처럼 말하는구나! 우리 종족은 항상 고양이를 〈싫어해〉. 매스껍고, 혐오스럽고, 천박한 것들이야! 다시는 그 이름을 입에 담지 마!」

「정말로 다시는 안 그럴게!」 대화의 주제를 바꾸려고 앨리스는 서둘러 말했다. 「너는…… 너는…… 개는 좋아하니?」 쥐는 대답하지 않았다. 그래서 앨리스는 열심히 말을 이었다. 「우리 집 근처에 아주 작고 착한 개가 살아. 너한테 보여 줬으면 좋겠어!

눈이 초롱초롱한 작은 테리어야. 아, 곱슬곱슬한 갈색 털! 뭔가를 던지면 물어 오고 앉아서 밥을 달라고 조르지. 별의별 행동을 다해. 난 그 반도 기억 못 해. 어떤 농부 아저씨네 건데 그 아저씨 말로는 아주 쓸모 있는 개라 값이 1백 파운드도 넘게 나갈 거래! 쥐도 다 죽인다고 하더라고…… 이런!」 앨리스는 슬픈 어조로 다시 외쳤다. 「내가 또 쥐를 화나게 했구나!」 쥐는 주위에 요란스레 파문을 일으켜 가며 최대한 열심히 멀리 헤엄쳐 가고 있었다.

그래서 앨리스는 부드럽게 쥐를 불렀다. 「쥐야! 다시 돌아와. 네가 싫다면 개나 고양이 이야기는 다시는 하지 않을게!」 쥐는 이 말을 듣고 몸을 돌려 천천히 앨리스 쪽으로 헤엄쳐 왔다. 쥐는 얼굴이 창백했고(앨리스는 쥐가 화가 났기 때문이라고 생각했다), 떨리는 목소리로 말했다. 「물 밖으로 나가자. 그러면 내 이야기를 해줄게. 내 이야기를 들으면 왜 내가 고양이와 개를 싫어하는지 알 수 있을 거야.」

이제 나가야 할 때였다. 빠진 새와 동물들로 웅덩이가 북적대고 있었기 때문이다. 거기에는 오리, 도도, 진홍잉꼬, 작은 독수리, 그리고 그 밖에도 다른 신기한 동물들이 있었다. 앨리스가 앞장섰고, 모든 동물이 뒤를 따라 물가로 헤엄쳐 나왔다.

3
간부 회의 경주와 긴 이야기

강둑에 모인 동물들은 몰골이 정말 말이 아니었다. 깃털이 질질 끌리는 새며 몸에 털이 착 달라붙은 동물이며 모두가 물이 뚝뚝 떨어질 정도로 흠뻑 젖어 시무룩한 표정으로 불편하게 앉아 있었다.

물론 첫 번째 안건은 〈어떻게 몸을 말릴 것인가〉였다. 모두 이 주제로 토론을 벌였고, 얼마 후에 앨리스는 자기가 이 동물들과 평생 알았던 것처럼 아주 자연스레 이야기하고 있는 걸 알아차렸다. 실제로, 앨리스는 진홍잉꼬와 긴 논쟁을 벌였다. 결국 진홍잉꼬는 뿌루퉁해졌고 〈난 너보다 나이가 많아. 그러니까 너보다 많이 알아〉라고만 말할 뿐이었다. 앨리스는 진홍잉꼬가 몇 살인지 알기 전에는 이 말을 받아들일 수 없다고 했다. 하지만 진홍잉꼬가 강경하게 나이를 밝히기를 거부했으므로 더는 토론을 계속할 수 없었다.

이윽고 모인 이들 가운데 가장 권위 있는 쥐가 외쳤다. 「모두 앉아, 그리고 내 말 좀 들어 봐! 곧 충분히 마르게 해줄 테니까.」 모두 순식간에 쥐를 가운데 두고 큰 원을 그리며 앉았다. 앨리스는 걱정스럽게 쥐에게 시선을 고정하고 있었다. 금방 몸을 말리지 않으면 아주 지독한 감기에 걸릴 것 같았기 때문이다.

「에헴!」 쥐가 무게를 잡으며 말했다. 「모두 준비됐어? 내가 아는 중에 가장 메마른 이야기를 해줄게. 조용히, 여러분. 조용히! 〈정복왕 윌리엄은 교황의 후원을 받아 곧 영국인들의 항복을 받았다. 영국인들은 지도자를 원했으며 당시에는 정복과 약탈이 아주 흔했다. 에드윈과 모카는 머시아와 노섬브리아의 백작들로……〉」

「어휴!」 몸을 떨며 진홍잉꼬가 말했다.

「뭐라고 했어!」 얼굴을 찡그리며, 하지만 아주 정중하게 쥐가 말했다. 「네가 말한 거야?」

「난 아니야!」 진홍잉꼬가 얼른 말했다.

「난 네가 무슨 말을 한 줄 알았어.」 쥐가 말했다. 「계속하겠어. 〈에드윈과 모카는 각각 머시아와 노섬브리아의 백작이었고, 정복왕 윌리엄을 지지한다고 선포했다. 심지어 애국심에 불타던 캔터베리 대주교 스티갠드도 그것이 바람직하다는 사실을 발견했다……〉」

「〈뭘〉 발견했다고?」 오리가 말했다.

「〈그것〉을 발견했다고.」 약간 퉁명스럽게 쥐가 대답했다. 「물론 〈그것〉이 무엇인지는 알 거고.」

「내가 발견했으면 〈그것〉이 뭔지 잘 알지.」 오리가 말했다. 「대개 개구리나 벌레지. 내 질문은, 대주교가 무엇을 발견했는가 하는 거야.」

쥐는 그 질문을 못 듣고 급히 계속했다. 「〈그것이 바람직하다는 사실을 발견했다. 에드거 애슬링과 함께 정복왕 윌리엄을 만나 왕관을 바치는 것 말이다. 정복왕 윌리엄은 아주 자비로웠다. 하지만 노르만인들의 오만함은……〉 이제 좀 어떠니, 얘야?」 쥐는 말을 계속하다가 앨리스를 돌아보며 물었다.

「여전히 축축해.」 앨리스는 축 처진 목소리로 말했다. 「그 말은

말리는 데 별로 효과가 없는 것 같아.」

　「그렇다면.」 도도가 벌떡 일어나며 엄숙히 말했다. 「나는 당장 좀 더 효과 있는 처방을 택하고자 휴회를 건의하는 바…….」

　「쉽게 좀 말해!」 작은 독수리가 말했다. 「그 긴 말은 반도 못 알아듣겠어. 게다가 난 네 능력도 못 믿겠다고!」 그러고는 웃음을 감추려고 머리를 숙였다. 어떤 새들은 남한테 들릴 정도로 킥킥거리고 웃었다.

　「내가 하려는 말은 말이지.」 도도가 기분 상한 투로 말했다. 「몸을 말리는 데 최고는 간부 회의 경주라는 거였어.」

　「간부 회의 경주가 〈뭐야〉?」 앨리스가 물었다. 그게 뭔지 별로 궁금하지 않았지만, 도도는 〈누군가〉 이야기를 해야 한다는 듯 기다리고 있었고 앨리스 말고는 아무도 입을 열려 하지 않아서였다.

「그걸 알려면 말이지.」 도도가 말했다. 「직접 해보는 게 가장 좋은 방법이야.」(그리고 겨울날 직접 해보고 싶어 하는 분들을 위해 도도가 어떻게 했는지 내가 여러분께 설명하겠다.)

먼저, 도도는 경주 코스를 원 모양으로 그렸다(도도는 〈정확한 모양은 상관없어〉라고 말했다). 그러고는 무리 전부가 코스를 따라 여기저기에 섰다. 〈하나, 둘, 셋, 시작!〉 같은 말은 없었으며, 맘 내킬 때 출발하고 또 맘 내킬 때 그만두었기에 경주가 언제 끝나는지 알 수 없었다. 30분 정도 달리고 나자 모두 몸이 거의 다 말랐다. 그러자 도도가 갑자기 〈경기 끝!〉 하고 외쳤고, 모두들 도도를 둘러싸고 헉헉거리며 말했다. 「누가 이긴 거야?」

도도는 곰곰이 생각하지 않고는 이 질문에 답할 수 없었기에 한동안 손가락을 이마에 댄 자세로 앉아 있었고(셰익스피어를 그린 그림에서 여러분이 흔히 볼 수 있는 자세였다), 나머지는 그동안 조용히 기다렸다. 마침내 도도가 말했다. 「〈모두〉가 이겼어. 그러니 모두 상을 받아야 해.」

「하지만 누가 상을 주지?」 모두가 한목소리로 물었다.

「당연히 〈저 아이〉지.」 손가락으로 앨리스를 가리키며 도도가 말했고 모두가 즉시 앨리스를 둘러싸고 어수선하게 떠들어 댔다. 「상! 상!」

앨리스는 어찌해야 할지 몰랐고, 필사적으로 주머니를 뒤져 사탕 상자를 꺼내(다행히 소금물이 들어가 있지 않았다) 상으로 나누어 주었다. 모두에게 하나씩 돌아갔다.

「하지만 저 아이 자신도 상을 받아야지.」 쥐가 말했다.

「물론이지.」 도도가 아주 진지하게 답했다. 「주머니에 또 뭐가 들어 있어?」 앨리스를 돌아보며 도도가 물었다.

「골무 하나뿐이야.」슬픈 목소리로 앨리스가 말했다.

「그걸 이리 줘.」도도가 말했다.

그러자 모두 다시 한 번 앨리스를 둘러싸고 모였다. 도도는 엄숙하게 골무를 주며 말했다. 「우리는 이 우아한 골무를 당신이 받아 주시기 바랍니다.」 그리고 이 짧은 연설이 끝나자 모두 환호성을 질렀다.

앨리스는 이 모든 일이 아주 우스꽝스럽다고 생각했지만 모두 무척이나 진지해 보여 차마 웃을 수 없었다. 그리고 달리 아무런 할 말도 떠오르지 않기에 그냥 최대한 엄숙한 표정을 지으며 허리를 굽혀 인사를 하고 골무를 받았다.

다음은 사탕을 먹을 차례였다. 이 일 때문에 살짝 소음과 법석이 일었다. 큰 새들은 너무 작아 맛을 모르겠다고 투덜거렸고 작은 새들은 목에 걸려 등을 두드려 줘야 했다. 어쨌거나 마침내 사탕 먹기도 끝났고 모두 다시 둥그렇게 모여 앉아 쥐에게 이야기를 더 해달라고 부탁했다.

「네 이야기를 해준다고 했잖아.」 앨리스가 말했다.「그리고 왜 〈고〉와 〈강〉을 싫어하는지도 말이야.」 앨리스는 다시 쥐를 화나게 할까 두려워하며 속삭이듯 덧붙였다.

「길고 슬픈 이야기야.」 앨리스 쪽으로 몸을 돌리며 쥐가 말하고 한숨을 쉬었다.

「〈정말〉 꼬리[5]가 길구나.」 쥐의 꼬리를 보며 놀란 눈으로 앨리스가 말했다.「하지만 꼬리가 왜 슬프다는 거야?」 그리고 쥐가 말하는 동안 앨리스는 그 문제에 대해 열심히 생각했다. 그래서 앨리스는 쥐의 이야기에 대해 다음처럼 생각했다.

퓨어리가 집에서

쥐와 마주쳤어.

「우리 법정에 가자.

〈나〉는 〈너〉를

고소할 거야.

이리 와. 부인해도

소용없어. 재판도

받을 거야. 오늘

아침에는 정말

할 일이 없거든.」

쥐가 그 똥개에게

말했어.「선생님,

판사도 배심원도

없는 재판은

시간 낭비입니다.」

5 *tale*(이야기)과 *tail*(꼬리)은 발음이 같다. 쥐는 *tale*이라고 말했고 앨리스는 이를 *tail*로 알아들었다.

```
　　　「내가 판사를
　　　　　하고 내가
　　　　　배심원을
　　　　할 거야.」
　　　　　　교활하고
　　　　　　늙은
　　　　　　　퓨어리가
　　　　　말했어.
　　　　「내가
　　이 사건을
　　　맡아 네게
　　　　사형을
　　　선고할
　　　　　거야.」
```

「내 이야기 안 듣는구나!」 쥐가 앨리스에게 호되게 말했다. 「무슨 생각을 하는 거야?」

「미안해.」 앨리스가 아주 겸손하게 말했다. 「다섯 번 꼬부라진 거지?」

「아니야!」 쥐는 몹시 화가 나서 날카롭게 외쳤다.

「매듭!」[6] 늘 쓸모 있는 사람이 되고 싶어 하는 앨리스는 주위를 걱정스럽게 둘러보며 말했다. 「오, 내가 푸는 걸 도와줄게!」

「나는 그런 짓 안 해.」 쥐는 일어서 자리를 떴다. 「그런 말도 안되는 소리를 해서 나를 모욕하다니!」

「그런 뜻이 아니었어!」 가엾은 앨리스가 간청했다. 「하지만 넌

---

6 쥐는 *I had not!*이라 말했으나 앨리스는 *I had knot*으로 알아들었다. *not* 과 *knot*은 발음이 같다.

너무 쉽게 화를 내는구나!」

쥐는 대답 대신 으르렁거릴 뿐이었다.

「제발 돌아와서 이야기를 마저 해줘!」 앨리스가 쥐를 불렀다. 그리고 다른 동물들도 한목소리로 외쳤다.「그래, 제발 그래 줘!」 하지만 쥐는 짜증스럽게 고개만 젓고는 더 빨리 걸어갔다.

「저렇게 가버리다니 맘 아프네.」 쥐가 시야에서 사라지자마자 진홍잉꼬가 한숨을 쉬었다. 그리고 늙은 게가 이 기회를 놓치지 않고 딸에게 말했다.「애야! 이 일을 교훈 삼아 절대로 성질을 부리면 안 된다는 걸 명심해라!」

「조용히 좀 하세요, 엄마.」 작은 게가 약간 퉁명스레 말했다. 「굴[7]도 엄마 잔소리는 참을 수 없을 거예요!」

「다이너가 여기 있으면 정말 좋겠어!」 딱히 누구에게랄 것도 없이 앨리스가 크게 말했다.「다이너라면 금방 저 쥐를 잡아 왔을 텐데!」

「저 실례지만 다이너가 누구지?」 진홍잉꼬가 말했다.

앨리스는 늘 자기 애완동물에 대해 말하기 좋아했으므로 열심히 대답했다.「다이너는 우리 고양이야. 쥐를 얼마나 잘 잡는다고. 상상도 못 할걸! 그리고, 참, 새를 쫓아다니는 걸 보여 줬으면 좋겠어! 다이너는 작은 새를 보자마자 한입에 먹어치워!」

이 말을 들은 동물들은 크게 술렁거렸다. 새 몇 마리는 즉시 자리를 떴다. 늙은 까치는 아주 조심스레 몸을 감싸며 말했다.「빨리 집으로 가봐야겠어. 밤공기는 목에 해롭거든!」 그리고 카나리아는 떨리는 목소리로 새끼 카나리아를 불러 모았다.「자, 가자, 애들아! 잘 시간이란다!」 모두 이런저런 핑계를 대며 떠나고 곧

---

7 굴 *oyster*은 구어로 〈입이 무거운 사람〉, 〈말수가 적은 사람〉이라는 의미가 있다.

앨리스만 남았다.

「다이너 얘기를 하지 말았으면 좋았을 텐데.」 앨리스는 우울한 목소리로 혼잣말을 했다. 「여기 아래에서는 아무도 다이너를 좋아하지 않는 것 같아. 하지만 다이너는 세상에서 제일 좋은 고양이야! 아, 귀여운 다이너! 너를 다시 볼 수 있을지 모르겠어.」 가엾은 앨리스는 아주 외롭고 우울해져서 다시 울기 시작했다. 하지만 잠시 후에 다시 저 멀리서 파닥거리는 발소리가 조그맣게 들렸다. 앨리스는 쥐가 마음을 바꾸고 돌아와서 이야기를 마저 해주려고 오는 것은 아닐까 하는 생각에 고개를 들고 열심히 그쪽을 바라보았다.

4
토끼가 꼬마 빌을 보내다

흰 토끼였다. 흰 토끼는 무엇인가 잃어버린 듯 걱정스러운 얼굴로 주변을 두리번거리며 천천히 깡충깡충 되돌아왔다. 그리고 토끼가 중얼거리는 소리가 들렸다. 「공작부인, 공작부인! 오, 내 불쌍한 발! 오, 내 털과 수염! 공작부인은 날 처형할 거야. 족제비가 족제비인 것처럼 뻔한 일이야! 내가 그걸 어디에 〈떨어뜨렸을까〉?」 그 말을 들은 순간 앨리스는 흰 토끼가 부채와 흰 새끼 염소 가죽 장갑을 찾고 있다는 생각이 들었고, 마음씨가 아주 고운 앨리스는 함께 주변을 찾아보았지만 부채와 장갑은 어디에서도 보이지 않았다. 앨리스가 웅덩이를 헤엄친 뒤 모든 것이 변한 듯했고, 유리 탁자와 작은 문이 있던 거대한 방도 완전히 사라져버렸다.

토끼는 주변을 두리번거리는 앨리스를 금세 발견하고 화난 목소리로 불렀다. 「이런, 메리 앤, 여기서 뭐하고 〈있는 거야〉? 당장 집으로 뛰어가 장갑 한 켤레하고 부채를 가져와! 어서, 당장!」 앨리스는 너무 놀라 사람을 잘못 봤다고 말할 겨를도 없이 토끼가 가리키는 방향으로 달렸다.

「날 자기 하녀로 알았나 봐.」 달려가며 앨리스가 혼잣말을 했다. 「내가 누군지 알면 얼마나 놀랄까! 하지만 부채와 장갑을 갖다 주는 게 좋겠어. 만약 찾을 수 있다면 말이야.」 앨리스가 이렇게 말하는 사이 작고 아담한 집에 도착했다. 문에는 〈흰 토끼〉라고 새겨진 밝은 놋쇠 문패가 있었다. 앨리스는 진짜 메리 앤을 만나면 부채와 장갑을 찾기도 전에 쫓겨날까 봐 노크도 하지 않고 들어가 2층으로 급히 올라갔다.

「얼마나 이상하게 보일까?」 앨리스가 혼잣말을 했다. 「토끼의 심부름을 하다니 말이야! 이러다가 다음에는 다이너가 내게 심부름을 시키겠네!」 그리고 앨리스는 앞으로 일어날지도 모를 일을 상상하기 시작했다. 「〈앨리스 양! 빨리 이리 와서 산책 갈 준비하세요!〉〈곧 갈게요, 유모! 하지만 전 다이너가 돌아올 때까지 쥐구멍을 지키며 쥐가 도망치지 못하도록 해야 해요.〉 하지만 말이야.」 앨리스는 계속해서 혼잣말을 했다. 「다이너가 사람들에게 명령을 내리기 시작하면 우리 집에 있을 수 없을 거야!」

계단을 오른 앨리스는 작은 방 앞에 다다랐다. 방 창문 옆에는 탁자가 놓여 있었고 그 위에는 (앨리스가 바라던 대로) 부채 하나와 작고 하얀 새끼 염소 가죽 장갑 두세 켤레가 놓여 있었다. 앨리스는 부채와 장갑을 집어 들고 곧장 방을 나오려 했으나 그때 거울 옆에 있는 작은 병이 눈에 들어왔다. 이번에는 〈나를 마시세요〉라고 적힌 딱지는 붙어 있지 않았다. 하지만 앨리스는 마개를 따서 입으로 가져갔다. 「아마 뭔가 재미있는 일이 벌어질 거야. 내가 무언가를 마시거나 먹을 때마다 그랬잖아. 그러니까 이 병에 든 것도 그런지 시험해 보자. 이게 내 키를 크게 해주면 정말 좋겠어. 이렇게 작은 채로 있는 게 이제 지겨워!」

그 일은 실제로, 그리고 앨리스가 기대했던 것보다 빠르게 일어났다. 앨리스가 병에 든 것을 반도 마시기 전에 앨리스는 머리가 천장에 닿는 걸 느끼고 목이 부러지지 않도록 몸을 구부려야

했다. 앨리스는 얼른 병을 내려놓고 혼잣말을 했다. 「이제 충분해. 더는 커지지 않았으면 좋겠는데. 이래 가지고는 문을 나갈 수가 없잖아. 이렇게 많이 마시지 말았어야 했는데!」

아아! 후회해도 너무 늦었다! 앨리스는 점점 커졌고 바닥에 무릎을 꿇어야만 했다. 그리고 곧 그럴 공간마저도 남지 않았다. 앨리스는 한쪽 팔꿈치를 문에 대고 다른 팔로는 머리를 감싸고 바

닥에 드러누운 자세를 취했다. 앨리스는 여전히 커졌고, 마지막 방법으로 한쪽 팔은 창문 밖으로, 한 발은 굴뚝으로 내놓았고 혼잣말을 했다. 「무슨 일이 벌어져도 이제 내가 더 어떻게 해볼 방법이 없어. 난 어떻게 〈되는〉 걸까?」

다행히 조그맣고 신기한 병의 효과는 이제 다한 듯 앨리스는 더 커지지 않았다. 하지만 아주 불편했고 방에서 다시 나갈 수 있

을 가능성은 조금도 없어 보였기에 앨리스가 불행한 것은 당연했다.

「집에 있을 때가 훨씬 더 좋았어.」가엾은 앨리스가 생각했다. 「항상 커지거나 작아지지 않고 쥐나 토끼에게 명령을 받지도 않았고. 토끼 굴 아래로 내려오지 말 걸 하는 생각마저 드는걸. 하지만…… 하지만…… 이건 무척 신기해. 이런 생활 말이야! 앞으로 내게 무슨 일이 〈일어날까!〉 동화를 읽을 때는 그런 일이 절대로 일어날 수 없다고 생각했는데 지금 내가 바로 그런 일을 겪고 있잖아! 나에 대해 쓴 동화가 있어야 해, 그래야 해! 내가 크면 한 권 써야지…… 하지만 나는 이미 다 컸는걸.」앨리스는 슬픈 목소리로 덧붙였다. 「적어도 〈여기〉서는 더 자랄 공간이 없어.」

〈하지만 그렇다면 말이야.〉앨리스가 생각했다. 「지금보다 더 나이를 먹을 수는 〈절대로〉 없는 걸까? 그건 위로가 되네. 절대로 늙은 아줌마가 되지 않는 거야. 하지만 그러면 늘 학교에 다녀야 하잖아! 오, 〈그건〉 정말 싫어!」

「이런 바보 같은 앨리스!」앨리스는 스스로 답을 했다. 「여기서 어떻게 수업을 받겠어? 〈너〉 혼자 있기도 좁단 말이야. 교과서 놓을 공간은 전혀 없어!」

앨리스는 한쪽 편이 되어 말을 하고 다음에는 다른 쪽 편이 되어 대답하며 혼자서 대화를 했다. 하지만 조금 뒤 밖에서 목소리가 들리기에 말을 멈추고 귀를 기울였다.

「메리 앤! 메리 앤!」목소리가 말했다. 「당장 장갑을 가져다 달라니까!」이윽고 계단을 빠르게 올라오는 발소리가 자그맣게 들렸다. 앨리스는 토끼가 자신을 찾으러 왔다는 사실을 알았다. 그리고 이제는 토끼보다 몇 천 배는 커졌기에 무서워할 이유가 없다는 사실을 까맣게 잊고는 집이 흔들리도록 몸을 떨었다.

토끼는 곧 2층으로 올라와 문을 열려 했다. 그러나 문은 안으로 열리게 되어 있고, 앨리스의 팔꿈치가 문을 꽉 누르고 있었기에 문은 열리지 않았다. 앨리스는 토끼가 혼잣말하는 소리를 들었다. 「그럼 뒤로 돌아 창문으로 들어와야겠군.」

《그럴 수 없을 거야.》 앨리스가 생각했다. 그리고 토끼가 창문 아래로 다가오는 소리를 들었다는 생각이 들 때까지 기다렸다가 돌연 손을 펴서 허공을 움켜쥐었다. 손에는 아무것도 잡히지 않았지만 작은 비명과 뭔가 떨어지는 소리, 유리 깨지는 소리가 들렸고, 그 소리에서 앨리스는 토끼가 오이 재배 온실 같은 곳으로 떨어졌다고 짐작했다.

이어서 화난 목소리가 들렸다. 토끼였다. 「팻! 팻! 어디 있어?」 그리고 앨리스가 처음 듣는 목소리가 대답했다. 「여기 있습니다! 사과를 캐고 있습니다, 나리!」

「사과를 캐다니! 빨리! 어서 와 나를 〈이곳〉에서 꺼내 줘!」(다시 유리 깨지는 소리가 들렸다.)

「그런데, 팻, 저 창문에 있는 게 뭐지?」

「팔입니다, 나리!」(팻은 〈파알〉이라고 발음했다.)

「팔이라니, 멍청이! 저렇게 큰 팔이 어디 있어! 창문을 완전히 가로막고 있잖아!」

「그렇습니다, 나리. 하지만 그래도 팔인걸요.」

「어쨌든 저기 있을 필요가 없는 것이니까 치워 버려!」

그다음엔 오랫동안 잠잠했고, 가끔 〈물론입니다, 저도 싫습니다, 나리. 정말로 정말로요!〉〈내가 시키는 대로 해, 이 겁쟁이야!〉하는 따위 속삭임만 가끔 들렸고, 마침내 앨리스는 다시 손을 펴서 허공을 한 번 더 움켜쥐었다. 이번에는 〈두 가지〉비명이 조그맣게 들려왔고, 유리 깨지는 소리도 더 시끄럽게 들렸다.

「오이 기르는 온실이 참 많은 모양이네!」 앨리스가 생각했다. 「다음에는 쟤네들이 어떻게 할지 궁금한걸! 나를 창문 밖으로 끌어낼 거라면 제발 쟤네들이 그렇게 〈할 수〉 있으면 좋겠어! 〈나〉는 여기에 더는 있고 싶지 않아!」

잠시 아무 소리도 들리지 않기에 앨리스는 기다렸다. 이윽고 작은 수레 바퀴가 굴러가는 소리와 여럿이 서로 이야기하는 소리가 들렸다. 앨리스는 이런 이야기를 들었다. 「다른 사다리는 어디 있어?」「글쎄요, 저는 하나밖에 안 가져 왔는데요. 빌이 다른 걸 가져 왔을 겁니다.」「빌, 그걸 여기로 가져 와!」「여기 이 모퉁이에 세워.」「아니, 우선 두 개를 연결해.」「아직 낮아, 반도 못 올라갔어.」「아! 그 정도면 된 거 같습니다.」「너무 까다롭게 안 하셔도 됩니다.」「여기야, 빌! 이 밧줄을 잡아.」「지붕이 괜찮을까요?」「헐거운 슬레이트를 조심해.」「오, 떨어진다! 머리들 조심하세요!」 (뭔가 요란한 소리) 「누구였어요?」「빌인 거 같은데.」「굴뚝으로 누가 내려갈 겁니까?」「싫어, 〈나는 안 해! 네〉가 해!」「아니, 〈전〉 안 할 겁니다!」「빌이 갈 거야.」「어이, 빌! 나리가 너보고 굴뚝으로 내려가라셔!」

「아! 그러니까 빌이 굴뚝으로 내려온단 말이지?」 앨리스가 혼잣말을 했다. 「세상에, 빌에게 모든 것을 다 맡기려 하잖아! 내가 빌이라면 절대로 그렇게 안 해! 벽난로가 좁기는 하지만 발로 찰 수 〈있을 듯해〉!」

앨리스는 굴뚝 아래로 발을 최대한 뻗고서 작은 동물(어떤 동물인지는 알 수 없었다)이 굴뚝을 긁으며 기어 내려오는 소리가 가까이 들릴 때까지 기다렸다. 앨리스가 혼잣말을 했다. 「빌이야.」 앨리스는 힘껏 발길질을 하고 무슨 일이 벌어질지 기다렸다.

처음 들린 소리는 〈저기 빌이다!〉 하고 합창하는 듯한 외침이었다. 이윽고 토끼가 말했다. 「받아, 울타리 옆이야!」 그리고 잠시 조용하더니 다시 여러 목소리가 섞여 들렸다. 「머리를 잡아.」 「이제 브랜디를 가져와.」 「기도에 넣어 숨 막히게 하지 말고.」 「이봐, 좀 어때? 무슨 일이 일어난 거야? 말 좀 해봐!」 드디어 작고 힘없는 목소리가 끽끽거리며 말했다. (〈저게 빌이야.〉 앨리스가 생각했다.) 「글쎄요, 잘 모르겠어요…… 이제 됐어, 고마워. 좀 나아졌어…… 하지만 너무 떨려서 말이 잘 안 나와요. 도깨비 상자[8]처럼 뭔가가 제게 튀어나왔고 그다음에는 제가 폭죽처럼 날아갔다는 것밖에 모르겠어요!」

「정말 그랬어!」 다른 이들이 말했다.

「집에 불을 질러야겠군!」 토끼가 말했다. 그 말에 앨리스는 목청껏 고함쳤다. 「그러면 다이너를 풀어놓을 거야!」

순간 죽은 듯 잠잠해졌다. 앨리스가 생각했다. 「쟤네들이 다음에는 무엇을 〈하려 할지〉 모르겠네! 생각이 있다면 지붕을 걷어 내면 될 텐데.」 1, 2분 정도 지나고 나서 토끼 일행이 움직이기 시작했고, 토끼 목소리가 들렸다. 「처음에는 우선 한 수레만 해봐.」

「〈뭘〉 한 수레 해?」 앨리스가 생각했다. 하지만 길게 궁금해할 겨를도 없이 다음 순간 조약돌들이 소나기처럼 창문에 와서 요란스레 부딪혔고 몇 개는 앨리스 얼굴을 때렸다. 「그만두게 해야지.」 앨리스가 혼잣말을 하고 외쳤다. 「또 그러면 알아서 해!」 다시 쥐 죽은 듯이 잠잠해졌다.

앨리스는 조약돌들이 마루에 닿자마자 작은 케이크로 변한 것을 보고 깜짝 놀랐다. 그리고 좋은 생각이 떠올랐다. 〈이 케이크를 먹으면, 분명 내 키가 변할 거야. 지금보다 더 커질 수는 없을

8 상자 속에 스프링 달린 인형이 들어 있어 뚜껑을 열면 튀어나오는 장난감.

테니 작아질 게 분명해〉라고 엘리스는 생각했다.

앨리스가 케이크를 하나 꿀꺽 삼키자마자 기쁘게도 곧바로 몸이 작아졌다. 문을 빠져나갈 정도로 작아지자마자 앨리스는 집 밖으로 달려 나왔다. 밖에는 작은 동물들과 새들이 모여 기다리고 있었다. 가운데에는 불쌍한 꼬마 도마뱀 빌이 기니피그 두 마리의 부축을 받고 있었고, 기니피그들은 빌에게 병에든 뭔가를 먹이고 있었다. 앨리스가 나타나자 모두 그쪽으로 달려갔다. 하지만 앨리스는 있는 힘을 다해 뛰었고, 곧 깊은 숲 속에 안전하게 숨었다.

「가장 먼저 할 일은 말이야.」 숲 속을 거닐며 앨리스가 혼잣말을 했다. 「원래 크기로 커지는 거야. 그리고 다음으로는 그 아름다운 정원으로 가는 길을 찾는 거야. 그게 가장 좋은 계획인 듯해.」

의심할 여지없이 그 계획은 아주 멋지고 깔끔하고 간단하게 할 수 있을 듯했지만 단 한 가지 문제는 그 계획을 어떻게 실행할지 앨리스가 전혀 모른다는 점이었다. 앨리스가 걱정스러워하며 나무들 사이를 두리번거리고 있는데 머리 위에서 작고 날카롭게 짖는 소리가 들려 급히 위를 올려다보았다.

엄청나게 커다란 강아지가 커다랗고 둥근 눈으로 앨리스를 내려다보며 힘없이 앞발을 내밀어 앨리스를 만지려 했다.「가엾어라!」달래는 말투로 앨리스가 말하며 휘파람을 불려 했다. 하지만 강아지가 배가 고플지도 모른다는 생각에 더럭 겁이 났다. 그렇다면 아무리 달래 봤자 앨리스는 강아지에게 잡아먹힐 터였다.

어떻게 해야 할지 고민하다가 앨리스는 나뭇가지를 집어 강아지에게 내밀었다. 그러자 강아지는 기쁜 듯 짖어 댔고, 나뭇가지를 물어뜯으려는 듯 껑충 뛰어올라 나뭇가지로 달려들었다. 앨리스는 강아지에게 깔릴까 봐 큰 엉겅퀴 뒤로 숨었다. 앨리스가 다른 쪽으로 나오자 강아지는 또다시 나뭇가지를 향해 달려들었다. 강아지는 너무 서두르다가 다리가 엉켜 나뒹굴었다. 앨리스는 수레 끄는 말과 장난치는 것과 아주 비슷하다고 생각하면서 어느 순간에라도 강아지에게 밟힐 것 같아서 엉겅퀴 뒤편으로 숨었다. 그러면 강아지는 계속해 요란스레 짖어 대며 나뭇가지를 향해 약간 달려들었다가 다시 멀찌감치 떨어지기를 반복했다. 결국 강아지는 지쳐서 혀를 쑥 내밀고 커다란 눈을 반쯤 감은 채 헉헉거리며 멀찌감치 주저앉았다.

앨리스는 도망치려면 바로 지금이다 싶어서 곧장 달리기 시작했고, 강아지 짖는 소리가 저 멀리로 희미해지고 숨이 차고 지칠 때까지 달렸다.

「하지만 정말 귀여운 강아지였어!」미나리아재비에 기대어 그

잎으로 부채질을 하며 앨리스가 말했다. 「그 강아지에게 재주를 가르쳐 줄 수 있었을 텐데…… 만약, 만약 내가 원래 크기였다면 말이야! 아, 참! 다시 커져야 한다는 걸 깜박할 뻔했네! 어디 보자…… 어떻게 〈해야〉 하는 걸까? 뭔가를 먹든가 마시든가 해야 할 것 같은데. 하지만 문제는 그게 뭐냐는 거야.」

당연히 그게 문제였다. 무엇을 먹어야 할까? 앨리스는 주변에 있는 꽃과 풀잎을 살펴보았지만 그 어느 것도 이런 상황에서 먹거나 마실 만해 보이지 않았다. 근처에는 앨리스 키만 한 버섯이 자라고 있었다. 앨리스는 버섯의 아래, 양옆, 뒤를 살피고 나서 꼭대기에 무엇이 있는지도 살펴봐야겠다고 생각했다.

앨리스는 뒤꿈치를 들고 버섯 꼭대기를 살펴보았고, 그 순간 커다랗고 파란 애벌레와 눈이 마주쳤다. 애벌레는 버섯 위에서 팔짱을 끼고 앉아 긴 물담뱃대만 조용히 빨고 있었고 앨리스를 본 척도 하지 않았다.

5
애벌레가 해준 충고

애벌레와 앨리스는 한동안 잠자코 바라보았다. 이윽고 애벌레는 물담뱃대를 입에서 떼더니 나른하고 졸린 목소리로 말했다.

「〈넌〉 누구지?」 애벌레가 말했다.

대화를 시작할 때 좋은 내용은 아니었다. 앨리스는 다소 수줍어하며 대답했다. 「저…… 저도 잘 모르겠어요. 지금은요…… 오늘 아침에 일어날 때까지만 해도 제가 〈누구였는지〉 알았지만 그 뒤로 여러 번 변한 듯해요.」

「그게 무슨 말이야?」 애벌레가 엄격하게 말했다. 「네가 누군지 말해 봐!」

「저도 〈제〉가 누군지 말할 수 없어요.」 앨리스가 말했다. 「지금 전 제가 아니거든요.」

「무슨 말인지 모르겠군.」 애벌레가 말했다.

「더 자세하게 말할 수가 없어요.」 앨리스가 아주 공손히 대답했다. 「저도 잘 모르거든요. 그리고 하루에 여러 번 크기가 바뀌니 아주 헷갈린답니다.」

「안 헷갈려.」 애벌레가 말했다.

「저, 아마 아직 모르실지도 모르겠군요.」 앨리스가 말했다. 「하지만 언젠가는 번데기가 되어야 할 거고 그다음에는…… 나비로

변할 거예요. 그러면 좀 별난 기분이 들지 않겠어요?」

「천만에.」 애벌레가 말했다.

「음, 그렇다면 아마 감각이 다른 모양이네요.」 앨리스가 말했다. 「제가 알기로, 〈저〉에게는 아주 별스럽게 느껴질 거예요.」

「너!」 애벌레가 깔보듯 말했다. 「〈넌〉 누구지?」

그래서 대화는 다시 처음으로 돌아갔다. 앨리스는 애벌레가 〈아주〉 짤막하게 대답하는 데 약간은 짜증이 났다. 앨리스는 몸을 꼿꼿이 세우고 아주 진지하게 말했다. 「제 생각에는 〈당신〉이 누군지부터 밝혀야 한다고 보는데요.」

「왜?」 애벌레가 말했다.

이리하여 또 다른 수수께끼가 생겼다. 앨리스는 마땅한 이유를 떠올릴 수 없었고, 애벌레가 〈아주〉 기분이 나쁜 상태인 듯해 돌아섰다. 「돌아와!」 애벌레가 앨리스를 불렀다. 「꼭 해줄 말이 있어!」

뭔가 기대를 품게 하는 소리였다. 앨리스는 발길을 돌려 다시 돌아왔다.

「성질부리지 마.」 애벌레가 말했다.

「그게 다인가요?」 최대한 화를 눌러 참으며 앨리스가 말했다.

「아니.」 애벌레가 말했다.

앨리스는 달리 할 일도 없고 애벌레가 뭔가 괜찮은 이야기를 해줄지도 모르니 기다려도 좋겠다고 생각했다. 한동안 애벌레는 아무 말 없이 담배만 피우다가 마침내 팔짱을 풀고 입에서 물담뱃대를 다시 떼고 말했다. 「그래, 네가 변한다고 생각하는 거지, 그렇지?」

「그런 거 같아요.」 앨리스가 말했다. 「예전에 알고 있던 것을 기억할 수가 없어요…… 그리고 10분도 안 돼서 키가 바뀌어요!」

「〈뭘〉 기억할 수 없는 거지?」 애벌레가 말했다.

「그게, 〈귀여운 작은 벌〉을 외우려 했는데 완전히 다르게 외웠어요!」 아주 우울한 목소리로 앨리스가 말했다.

「그러면 〈이제는 늙으셨어요, 윌리엄 어르신〉[9]을 외워 보렴.」 애벌레가 말했다.

앨리스가 두 손을 모으고 시작했다.

「이제는 늙으셨어요, 윌리엄 어르신.」 젊은이가 말했네.
「머리털도 하얗게 세셨어요.
그리고 계속 물구나무를 서고 계시니
그 연세에 그게 괜찮다고 생각하시나요?」

「내가 젊었을 때는 말일세.」 윌리엄 어르신이 말했네.
「물구나무를 서면 뇌를 다칠까 겁이 났지.
하지만 이제는 머리가 텅 빈 것을 아니
그래서 하고 또 하는 거지.」

「이제 늙으셨어요, 제가 말씀드렸듯이요.」 젊은이가 말했네.
「그리고 아주 뚱뚱해지셨어요.
그런데도 문 앞에서 뒤로 재주넘기를 하시니
대체 그 이유가 무엇인가요?」

「내가 젊었을 때는 말일세.」 잿빛 머리털을 흔들며 현인이

---

9 이 시는 로버트 사우디의 「나이 든 이의 평안, 그리고 평안을 얻게 된 까닭The Old Man's Comforts and How He Gained Them」을 패러디한 것이다.

말했네.

「나는 팔다리가 아주 유연했지.

이 연고를 발라서 그래. 한 통에 1실링이네.

내가 팔 테니 자네도 몇 통 사지?」

「이제 늙으셨어요. 그리고 턱도 아주 약하고요.」 젊은이가
말했네.

「비계보다 딱딱한 음식은 드실 수 없어요:

그런데도 대부분을 뼈며 부리까지 드셨으니

대체 어떻게 그러실 수 있나요?」

「내가 젊었을 때는 말일세.」 어르신이 말했네. 「나는 법정
에서

온갖 일로 아내와 논쟁을 벌였지

그래서 턱 근육이 단련되었고

지금까지 평생을 버티게 된 거지.」

「이제 늙으셨어요.」 젊은이가 말했네. 「누구도 생각하지 못
할 테죠.

어르신 눈이 예전처럼 좋다고는 말이에요.

하지만 장어를 코끝에 세우고도 균형을 잡으시죠.

어떻게 그렇게 민첩하세요?」

「세 가지 질문에 답했으니 말일세.」 어르신이 말했네.

「이제 그만. 까불지 마라! 더는!

온종일 그런 이야기나 듣고 일어야겠니?

꺼져라, 안 그러면 층계 밑으로 차버릴 테니.」

「틀렸어.」 애벌레가 말했다.

「〈약간〉 틀렸어요.」 조심스레 앨리스가 말했다. 「단어가 몇 개 바뀌었어요.」

「처음부터 끝까지 다 틀렸어.」 애벌레가 단호하게 말했고, 잠시 침묵이 흘렀다.

애벌레가 먼저 말했다.

「어떤 크기가 되고 싶지?」 애벌레가 물었다.

「아, 전 크기에 까다롭지 않아요.」 앨리스가 얼른 대답했다. 「그냥 자주 변하고 싶지 않을 뿐이에요. 아시겠지만요.」

「모르겠는걸.」 애벌레가 말했다.

앨리스는 아무 말도 하지 않았다. 앨리스는 이렇게 많이 반박을 당해 보기는 처음이었기에 점차 화가 났다.

「지금은 맘에 들어?」 애벌레가 말했다.

「글쎄요, 〈조금만〉 더 커졌으면 좋겠어요. 괜찮으시다면요.」 앨리스가 말했다. 「8센티미터는 좀 비참하거든요.」

「딱 좋은 크기야!」 애벌레는 화를 벌컥 내며 말을 하면서 몸을 일으켜 세웠다(애벌레 크기가 정확히 8센티미터였다).

「하지만 전 이 키에 익숙하지 않아요!」 가엾은 앨리스가 애처로운 목소리로 말했다. 그리고 생각했다. 〈이렇게들 쉽게 화를 내지 않으면 좋겠어!〉

「곧 익숙해질 거야.」 애벌레가 말했다. 그리고 애벌레는 물담뱃대를 물고 다시 피우기 시작했다.

이번에는 애벌레가 다시 말을 할 때까지 앨리스는 끈기 있게 기다렸다. 1, 2분 정도 뒤에 애벌레는 물담뱃대를 입에서 떼고 한두 번 하품을 한 뒤 몸을 떨었다. 이윽고 애벌레는 버섯에서 내려와 풀밭을 기어가며 이렇게만 말했다. 「한쪽은 커지고 다른 쪽은 작아지게 할 거야.」

「〈무엇〉의 한쪽? 〈무엇〉의 다른 쪽?」 앨리스가 생각했다.

「버섯.」 앨리스가 큰 소리로 묻기라도 했다는 듯 애벌레가 말하더니 금세 사라졌다.

앨리스는 버섯을 찬찬히 살펴보며 어느 쪽이 한쪽이고 어느 쪽이 다른 쪽인지 알아내려 해보았다. 버섯은 완전히 둥글었기 때문에 답을 찾기가 아주 어려웠다. 하지만 결국 앨리스는 두 팔을 최대한 벌려 버섯 둘레에 두르고 두 손으로 가장자리 부분을 조금씩 떼어 냈다.

「어느 쪽이 어느 쪽이지?」 앨리스는 혼잣말을 했고 효과를 알아내고자 오른손에 있는 조각을 조금 뜯어먹었다. 다음 순간, 앨리스는 턱밑이 지독히 아팠다. 턱이 발에 가서 부딪혔기 때문이다!

앨리스는 이런 갑작스러운 변화에 깜짝 놀랐지만 워낙 빠르게 몸이 줄어들고 있었기 때문에 우물쭈물하고 있을 시간이 없다고 생각했다. 그래서 앨리스는 즉시 다른 손에 들고 있던 조각을 먹었다. 턱이 발에 너무나 가깝게 닿아 있었기 때문에 입을 벌릴 수 있는 공간이 거의 없었다. 하지만 마침내 앨리스는 입을 벌릴 수 있었고, 왼손에 든 버섯 조각을 한입 꿀꺽 삼켰다.

*

「휴, 이제 마침내 머리를 움직일 수 있네!」 기쁜 목소리로 앨리스가 말했으나 다음 순간 그 기쁨은 놀라움으로 변했다. 어디에도 어깨가 안 보였기 때문이다. 아래를 내려다보았지만 보이는

거라고는 아주 긴 목뿐이었다. 목은 아래쪽 저 멀리 바다처럼 넓게 펼쳐진 초록빛 나뭇잎들 사이로 불쑥 솟아오른 줄기처럼 보였다.

「저 아래 초록색으로 된 건 〈뭘까〉?」 앨리스가 말했다. 「그리고 내 어깨는 어디에 〈있을까〉? 오, 가엾은 내 손, 너희들은 왜 안 보이는 거니?」 앨리스는 말을 하며 손을 움직였지만 저 멀리 있는 초록빛 나뭇잎들만 조금 흔들렸을 뿐 아무것도 보이지 않았다.

손을 머리로 들어 올릴 수 없을 것 같았기에 앨리스는 머리를 손 쪽으로 구부려 보기로 했다. 그리고 목을 뱀처럼 자유자재로 구부릴 수 있다는 사실을 알고 무척 기뻤다. 앨리스는 목을 우아하게 지그재그로 구부려 나뭇잎들 사이로 집어넣으려고 했다. 초록빛 바다는 자신이 거닐던 숲 꼭대기일 뿐이라는 사실을 깨달았기 때문이다. 그때 어디선가 날카롭게 쉭 거리는 소리가 들려와 앨리스는 얼른 고개를 들었다. 커다란 비둘기가 앨리스에게 날아와 날개로 얼굴을 사정없이 때렸다.

「뱀이다!」 비둘기가 외쳤다.

「난 뱀이 〈아니야〉!」 앨리스가 화를 내며 소리쳤다. 「그만 해!」

「뱀이야, 분명해!」 비둘기가 말했다. 하지만 목소리는 많이 누그러졌으며 흐느끼는 듯한 기운도 서려 있었다. 「별별 방법을 다 써봤지만 아무 소용도 없어!」

「무슨 말을 하는지 도무지 못 알아듣겠어.」 앨리스가 말했다.

「나무뿌리를 써봤어. 강둑을 써봤어. 울타리를 써봤어.」 비둘기는 앨리스 말을 들은 척도 하지 않고 계속했다. 「하지만 뱀은! 어떻게 해도 피할 수가 없다니까!」

앨리스는 점점 더 어리둥절해졌지만 비둘기가 말을 다 마치기 전에는 무슨 말을 해도 소용없으리라 생각했다.

「마치 알을 부화시키는 게 아무것도 아닌 듯 말하지만 말이야.」비둘기가 말했다. 「난 밤낮을 가리지 않고 뱀을 경계해야해. 지난 3주 동안 한숨도 못 잤어!」

「그렇게 고생하다니 안됐구나.」비둘기가 하는 말이 무슨 뜻인지 알아듣기 시작한 앨리스가 말했다.

「그리고 숲에서 가장 높은 나무로 옮기고 난 다음 말이야.」비둘기는 비명을 지르듯 목소리를 높여 계속 말했다. 「마침내 이제는 뱀들이 없는 곳으로 왔나 보다 생각하고 있었는데 하늘에서 꿈틀거리며 내려오다니! 으, 뱀!」

「하지만 난 뱀이 〈아니야〉 말했잖아!」앨리스가 말했다. 「난…… 난……」

「좋아! 그럼 넌 〈뭐〉지?」비둘기가 말했다. 「네가 뭔가 지어내려고 하는 게 눈에 훤히 보여!」

「난…… 난 어린 여자 아이야.」그날 겪은 여러 가지 변화를 떠올리며 앨리스는 미심쩍게 말했다.

「아주 그럴듯한 이야기로군!」몹시 경멸에 찬 어조로 비둘기가 말했다. 「살아오면서 어린 여자 아이를 숱하게 보아 왔지만목이 너 같은 아이는 〈한 명〉도 보지 못했어! 없어! 없어! 넌 뱀이야. 아니라고 해도 소용없어. 이제 새 알은 한 번도 먹어 본 적이 없다고 말하겠구나!」

「물론 새 알을 〈먹어 봤어〉.」아주 정직한 아이인 앨리스가 말했다. 「하지만 어린 여자 아이들도 뱀만큼이나 새 알을 많이 먹어.」

「그럴 리 없어.」비둘기가 말했다. 「하지만 만약 그렇다면 너희도 뱀하고 마찬가지야. 내가 할 말은 그것뿐이야.」

이는 앨리스에게는 새로운 논리였기 때문에 한동안 잠자코 있었고, 비둘기는 그 틈을 타 덧붙였다. 「넌 새 알을 찾고 있어. 난 알아. 〈그것〉으로 충분해. 그러니 네가 뱀이든 어린 여자 아이이든 내게 무슨 상관이 있지?」

「〈나〉에게는 큰 문제야.」 앨리스가 급히 말했다. 「그리고 난 알을 찾고 있지 않아. 그리고 설사 찾고 있다 할지라도 〈네 것〉은 싫어. 난 날것은 싫어해.」

「그렇다면, 꺼져!」 비둘기는 퉁명스레 말하고 둥지로 돌아가 내려앉았다. 앨리스는 나뭇가지에 계속해 엉키는 목을 풀어 가며 최대한 몸을 구부렸다. 잠시 뒤, 앨리스는 자기가 여전히 손에 버섯 조각을 들고 있다는 사실을 떠올렸고 아주 조심스레 양쪽을 번갈아 가며 갉아먹으며 어떤 때는 커졌다 어떤 때는 작아졌다 하며 원래 키로 돌아왔다.

정상 크기가 된 게 너무나 오래간만이었기에 처음에는 이상한 기분이었다. 하지만 잠시 뒤 원래 키에 익숙해진 앨리스는 평소처럼 혼잣말을 했다. 「자, 이제 계획한 거 반은 했네! 키가 바뀌니 정말 정신이 없어! 잠시 뒤에는 내 몸집이 어떻게 될지 나도 모르겠어! 하지만 이제 원래 크기로 돌아왔으니까 그 아름다운 정원으로 가봐야겠어. 어떻게 〈하면〉 그곳에 들어갈 수 있을까?」 앨리스가 말을 하는 사이 돌연 높이가 1미터 정도 되는 작은 집이 있는 공터가 나타났다. 〈이 집에 누가 살든 간에 말이야.〉 앨리스가 생각했다. 〈이런 크기로 나타나면 안 될 거야. 나를 보면 무척 놀랄 테니까 말이야!〉 그래서 앨리스는 오른손에 있는 버섯 조각을 갉아먹기 시작했고, 키가 20센티미터가 된 다음에야 집으로 다가갔다.

6
돼지와 후추

앨리스는 잠시 집을 바라보면서 무엇을 할지 생각하고 있었다. 그때 돌연 정복을 입은 하인(앨리스는 정복을 입고 있으니 하인이라고 생각했다. 얼굴만으로 이야기한다면 물고기라고 했을 터이다)이 숲에서 달려 나오더니 손가락 마디로 요란스레 문을 두드렸다. 그러자 얼굴이 둥글고 눈이 큰, 개구리같이 생긴 정복 차림의 하인이 나타나 문을 열었다. 둘 다 분을 뿌린 곱슬곱슬한 가발을 쓰고 있었다. 앨리스는 무슨 일이 벌어지고 있는지 무척 궁금했기에 무슨 말을 하는지 들어 보려고 숲에서 살금살금 걸어 나왔다.

물고기 하인이 팔에 끼고 있던 자기 몸만큼 커다란 편지를 상대방에게 전해 주며 엄숙하게 말했다. 「공작부인께. 왕비님께서 크로케 경기에 초대하셨습니다.」 개구리 하인이 물고기 하인의 말을 단어만 살짝 바꿔 똑같이 엄숙하게 되풀이했다. 「왕비님께서. 공작부인을 크로케 경기에 초대하셨습니다.」 이윽고 둘은 살짝 절을 했고 그 바람에 곱슬머리가 서로 엉켜 버렸다.

앨리스는 이 모습을 보고 크게 웃음을 터뜨렸고, 하인들에게 웃음소리가 들렸을까 봐 잽싸게 숲으로 돌아갔다. 앨리스가 다시 그쪽을 엿보았을 때 물고기 하인은 가고 없었으며 개구리 하

인만 멍청히 하늘을 쳐다보며 문 근처에 앉아 있었다.

앨리스는 조심스레 다가가 문을 두드렸다.

「문을 두드려도 소용없어.」 하인이 말했다. 「거기에는 두 가지 이유가 있지. 첫째로, 내가 너처럼 문밖에 있고, 둘째로, 안이 무척 시끄럽기 때문에 문 두드리는 소리를 들을 수 없기 때문이야.」 정말 안에서는 무척이나 이상한 소리가 들려왔다. 끊임없는 고함과 재채기 소리, 접시나 주전자가 산산조각 나는 듯한 소리가 연이어 들려왔다.

「그렇다면 말이에요.」 앨리스가 말했다. 「어떻게 해야 제가 안으로 들어갈 수 있나요?」

「문을 두드리는 것도 좋겠지.」 하인은 앨리스를 무시하며 계속 말했다. 「우리가 문을 사이에 두고 서로 다른 쪽에 있다면 말이야. 예를 들어, 네가 〈안〉에 있고, 네가 문을 두드리면 나는 너를 내보내 줄 수 있겠지.」하인은 말하는 내내 하늘만 쳐다보고 있었고, 앨리스는 이런 태도가 정말 무례하다고 생각했다. 「하지만 그럴 수밖에 없을 거야.」앨리스가 혼잣말을 했다. 「눈이 〈너무〉 머리 꼭대기에 붙어 있으니 말이야. 하지만 어쨌든 내게 대답은 해줄 수 있겠지. 어떻게 해야 안으로 들어갈 수 있죠?」앨리스가 다시 큰 소리로 물었다.

「난 여기 앉아 있을 거야.」하인이 말했다. 「내일까지…….」

바로 그때, 문이 열리고 커다란 접시가 하인의 머리를 향해 곧장 날아왔다. 접시는 하인의 코를 스치고 지나 뒤에 있는 나무에 부딪혀 산산조각이 났다.

「……아니 어쩌면 모레까지.」하인은 아무 일도 없었다는 듯 한결같은 목소리로 말했다.

「어떻게 해야 안으로 들어갈 수 있죠?」앨리스가 더 큰 목소리로 물었다.

「기어이 〈안〉으로 들어오겠다는 거야?」하인이 말했다. 「그렇다면 그것부터 먼저 물어봤어야지.」

맞는 말이었다. 다만 앨리스는 그런 말을 듣는 게 싫었다. 「여기 사는 생물들이 따지는 방식은 정말 끔찍해.」앨리스가 혼잣말로 중얼거렸다. 「사람을 미치게 하고도 남아!」

하인은 이 틈을 타 아까 했던 말을 약간 바꿔 되풀이했다. 「난 여기 앉아 있을 거야.」하인이 말했다. 「계속, 며칠이고 간에 말이야.」

「그러면 저는 어떻게 하고요?」앨리스가 말했다.

「하고 싶은 대로 하렴.」하인이 말하고 휘파람을 불었다.

「오, 이 하인하고는 말해 봤자 아무 소용이 없어.」앨리스는 절망하며 말했다. 「정말 멍청하잖아!」그리고 앨리스는 문을 열고 안으로 들어갔다.

문을 열자 곧바로 커다란 부엌이 나타났다. 부엌은 온통 연기로 자욱했다. 공작부인이 부엌 한복판에 있는 세 발 달린 걸상에 앉아 아이를 어르고 있었고, 요리사는 화덕에 몸을 굽혀 수프가 가득 담긴 듯한 커다란 솥을 젓고 있었다.

「수프에 후춧가루를 너무 많이 친 거야!」 앨리스는 재채기를 하면서 간신히 중얼거렸다.

확실히 공기 중에 후춧가루가 너무 많았다. 공작부인도 때때로 재채기를 했고, 아기는 잠시도 쉬지 않고 울다가 재채기하기를 반복했다. 요리사와 화덕가에 앉아 입이 찢어져라 웃는 고양

이만이 재채기를 하지 않았다.

「저, 실레이지만.」 자기가 먼저 말을 거는 것이 예의에 어긋날지도 모른다는 생각에 약간은 겁을 내며 앨리스가 말했다. 「왜 고양이가 저렇게 싱글거리고 있나요?」

「저건 체셔 고양이야.」 공작부인이 말했다. 「그래서 그래. 돼지야!」

공작부인이 마지막 단어를 어찌나 사납게 말했던지 앨리스는 뛸 듯이 놀랐다. 하지만 다음 순간 그건 앨리스가 아니라 아기에게 하는 말이라는 사실을 알 수 있었다. 그래서 앨리스는 용기를 내서 다시 물었다.

「전 체셔 고양이가 늘 싱글거린다는 걸 몰랐어요. 사실, 전 고양이가 〈싱글거릴 수 있다〉는 것도 몰랐어요.」

「고양이라면 다 할 수 있어.」 공작부인이 말했다. 「그리고 다 해.」

「제가 아는 고양이 가운데는 웃는 애들이 없어요.」 이야기를 나누게 된 점에 무척 기뻐하며 앨리스는 아주 공손하게 말했다.

「넌 너무 모르는 게 많구나.」 공작부인이 말했다. 「그건 확고한 사실이지.」

앨리스는 그 말투가 전혀 맘에 들지 않았기에 다른 이야깃거리를 꺼내는 것이 좋겠다고 생각했다. 앨리스가 무슨 말을 할까 궁리하는 사이에 요리사가 수프가 담긴 솥을 화덕에서 내려놓더니 손에 잡히는 것은 모조리 공작부인과 아기에게 집어던지기 시작했다. 부지깽이가 먼저 날아왔고 다음으로는 냄비, 쟁반, 접시가 무더기로 날아왔다. 공작부인은 그것들에 맞았는데도 아무런 티도 안 냈으며, 아기는 이미 목이 터져라 울어 대고 있었기 때문에 맞아서 우는 건지 아닌지 분간할 수 없었다.

「아, 〈제발〉 조심 좀 하세요!」 무서워 펄펄 뛰며 앨리스가 말했다.「아기가 〈귀여운〉 코를 다치겠어요.」 아주 커다란 냄비가 날아와 아기의 코를 떼어 버릴 듯이 스치고 지나갔기 때문이다.

「사람들이 자기 일에만 맘을 쓴다면 말이지.」 공작부인이 거친 목소리로 으르렁거리듯 말했다.「세상은 지금보다 더 빨리 돌아갈 텐데 말이야.」

「그게 좋은 건 〈아닐〉걸요.」 자기 지식 일부를 뽐낼 기회를 잡은 앨리스는 아주 기뻐하며 말했다.「밤낮이 어떻게 될지만 생각해 봐도 그래요! 지구가 자전축을 중심으로 한 바퀴 도는 데는 24시간이……」

「도끼들[10] 이야기가 나왔으니.」 공작부인이 말했다.「저 여자아이 목을 쳐라!」

앨리스는 혹시 요리사가 그 말을 알아들었는지 다소 걱정스러운 눈으로 살펴보았지만 요리사는 수프를 젓느라 정신이 없어 공작부인 말에 귀 기울이고 있지 않은 듯했다. 그래서 앨리스는 계속 말을 했다.「24시간이에요. 〈제 생각에는요〉 아니, 12시간인가? 전……」

「오, 〈나〉 좀 괴롭히지 마렴.」 공작부인이 말했다.「난 숫자라면 질색이야!」 공작부인은 다시 아기를 달래기 시작했고, 자장가 같은 노래를 불러 주었는데, 한 소절이 끝날 때마다 아기를 거칠게 흔들었다.

아이에게는 거칠게 말하고[11]

10 *axis*(자전축)라고 말한 것을 공작부인은 *axes*(도끼들)로 잘못 알아들었다.

11 데이비드 베이츠의「부드럽게 말하세요Speak Gently」를 패러디한 것이다.

재채기를 하면 두들겨 패려무나.
아이는 단지 장난 삼아 그러는 거란다
사람들을 골리는 방법인 줄 아니까.

다 함께
(이 부분에서는 요리사와 아기도 같이 불렀다.)
와우! 와우! 와우!

공작부인이 2절을 부르며 아기를 거칠게 위아래로 흔들었고,
가엾은 아기는 어찌나 크게 울어 대던지 앨리스는 가사를 제대
로 들을 수 없을 정도였다.

나는 우리 아이에게 매섭게 말했지.
재채기를 하면 때려 주었지.
우리 아이는 기분이 좋을 때면
후추 맛을 제대로 즐기거든.

다 함께
와우! 와우! 와우!

「자! 원한다면 아기를 달래 봐!」 앨리스에게 아기를 집어던지
며 공작부인이 말했다. 「나는 왕비님과 크로케 경기를 하러 갈 준
비를 해야 해.」 그리고 공작부인은 서둘러 방을 나갔다. 요리사가
공작부인에게 프라이팬을 던졌지만 아슬아슬하게 빗나갔다.

앨리스는 아기를 안고 있느라 꽤 애를 먹었다. 몸이 이상하게
생긴 데다가 팔다리가 여기저기로 뻗어 있었기 때문이다. 〈꼭 불

가사리 같네.〉 앨리스가 생각했다. 앨리스가 안고 있는 동안 가엾은 아기는 증기 기관처럼 킁킁댔고, 계속해서 몸을 오므렸다 폈다. 그 때문에 처음 1, 2분 동안은 아기를 안고 있기가 어려웠다.

아기를 제대로 안는 방법(매듭을 짓듯이, 아기를 한 번 비튼 뒤 풀리지 않도록 오른쪽 귀와 왼쪽 발을 꽉 쥐고 있으면 된다)을 알아내자마자 앨리스는 아기를 데리고 밖으로 나왔다. 《만약》 내가 이 아기를 데려가지 않으면 말이야.〉 앨리스가 생각했다. 「집에 있는 사람들은 하루 이틀 안쪽으로 이 아기를 죽여 버리고 말 거야. 이 아기를 저곳에 두고 가는 건 살인이나 마찬가지 아닐까?」 앨리스가 마지막 말을 크게 말하자 아기는 대답하듯 꿀꿀거렸다(이제 재채기는 하지 않았다). 「꿀꿀거리지 마.」 앨리스가 말했다. 「사람은 그렇게 의사 표시를 하는 게 아니야.」

아기는 다시 꿀꿀거렸고, 앨리스는 뭐가 문제인지 보려고 아기 얼굴을 아주 걱정스럽게 살펴보았다. 아기 코는 의심할 여지 없이 〈바짝〉 위로 들린 들창코로, 사람 코라기보다는 돼지 코에 가까웠다. 또한 아기 눈이라고 해도 눈이 너무 작았다. 앨리스는 아기 생김새가 전혀 마음에 들지 않았다. 〈아마 너무 울어서 이렇게 되었을 거야.〉 앨리스는 이렇게 생각하며 눈물이 있나 보려고 아기 눈을 다시 자세히 들여다보았다.

하지만 눈물은 한 방울도 없었다. 「아가, 네가 돼지로 변한다면 말이야.」 앨리스가 진지하게 말했다. 「나는 너랑 헤어질 거야. 알았지?」 가엾은 아기는 다시 울기 시작했고(아니 꿀꿀거리기 시작한 것인지도 몰랐지만 앨리스는 분간할 수 없었다), 앨리스는 잠시 말없이 아기를 안고 걸어갔다.

앨리스가 다시 생각하기 시작했다. 「이 아기를 집으로 데려가면 애와 뭘 해야 하지?」 그때 아기는 다시 꿀꿀거렸으며, 너무나

격렬하게 소리를 냈기에 앨리스는 깜짝 놀라 아기 얼굴을 들여다보았다. 이번에는 잘못 볼 수가 〈없었다〉. 더도 말고 덜도 말고 그냥 돼지였다. 앨리스는 돼지를 계속 안고 가는 건 아주 바보 같은 짓이라고 생각했다.

그래서 앨리스는 아기 돼지를 내려놓았고, 아기 돼지가 종종거리며 숲으로 조용히 들어가는 모습을 보고 마음이 홀가분해졌다.「사람이었다면 정말로 못생긴 아이가 되었을 거야. 하지만

돼지치고는 꽤 잘생긴 듯하네.」그리고 앨리스는 아는 아이들 가운데 돼지가 되는 편이 더 나아 보이는 애들을 떠올리기 시작했고 혼잣말을 했다.「그 아이들을 변하게 할 방법만 안다면⋯⋯.」바로 그 순간, 앨리스는 몇 미터 떨어진 나뭇가지에 앉아 있는 체서 고양이를 보고 조금 놀랐다.

고양이는 앨리스를 보고 빙그레 웃기만 했다. 앨리스는 고양이가 온순해 보인다고 생각했지만, 〈아주〉 긴 발톱과 수많은 이빨을 보고 정중하게 대해야겠다고 마음먹었다.

「체서 야옹아.」앨리스는 고양이가 이렇게 부르는 것을 좋아할지 알 수 없었기에 다소 조심스럽게 입을 열었다. 하지만 고양이는 좀 더 활짝 웃을 뿐이었다. 〈아직은 기분이 좋은 듯하네.〉앨리스는 이렇게 생각하고 계속 말을 했다. 「여기서 어느 길로 가야 하는지 가르쳐 줄래?」

「그건 네가 어디로 가고 싶은가에 달렸지.」고양이가 말했다.

「어디든 상관없어.」앨리스가 말했다.

「그러면 어느 길로 가도 상관없지.」고양이가 말했다.

「⋯⋯내가 〈어딘가〉에 도착하기만 하면 말이지.」앨리스가 설명을 덧붙였다.

「아, 분명히 그럴 거야.」고양이가 말했다. 「단지 충분히 걷기만 하면 된다고.」

틀린 말이 아니라는 생각이 들었기에 다른 걸 물어봤다. 「여기에는 어떤 사람들이 사니?」

「〈저〉쪽에는.」오른발을 흔들며 고양이가 말했다. 「모자 장수가 살아. 그리고 〈저〉쪽에는.」고양이가 다른 발을 흔들었다. 「삼월 토끼가 살아. 어느 쪽이든 가고 싶은 쪽으로 가렴. 둘 다 미쳤으니까.」

「하지만 난 미친 사람들이 있는 곳으로 가고 싶지 않은걸.」앨리스가 말했다.

「아, 그건 어쩔 수 없어.」고양이가 말했다. 「여기 있는 우리는 다 미쳤거든. 나도 미쳤고. 너도 미쳤고.」

「내가 미친 것을 어떻게 알아?」앨리스가 말했다.

「틀림없어.」고양이가 말했다. 「그렇지 않다면 여기 왔을 리가 없거든.」

앨리스는 그 말이 전혀 증거가 안 된다고 생각했다. 하지만 앨

리스는 계속 말을 했다. 「네가 미친 건 어떻게 아니?」

「우선 말이야.」고양이가 말했다. 「개는 안 미쳤어. 그건 인정해?」

「그런 거 같아.」앨리스가 말했다.

「그러면 말이지.」고양이가 계속 말했다. 「개는 화가 나면 으르렁대고 기분 좋으면 꼬리를 흔드는 건 알지? 난 기분 좋으면 으르렁대고 화가 나면 꼬리를 흔들어. 그러니 난 미친 거지.」

「난 그걸 으르렁댄다고 안 하고 가르랑거린다고 하는데.」앨리스가 말했다.

「네 맘대로 부르렴.」고양이가 말했다.「오늘 왕비님과 크로케 경기 하니?」

「정말로 그러고 싶지만.」앨리스가 말했다.「아직 초대받지 못했어.」

「거기서 보자.」고양이가 말하고 사라졌다.

앨리스는 별로 놀라지 않았다. 이상한 일들에 아주 익숙해졌기 때문이다. 고양이가 있던 곳을 계속 바라보고 있는데 갑자기 고양이가 다시 나타났다.

「그건 그렇고, 아기는 어떻게 됐어?」고양이가 말했다.「하마터면 물어보는 걸 잊을 뻔했네.」

「돼지로 변했어.」앨리스는 고양이가 자연스러운 방식으로 돌아왔다는 듯 조용히 말했다.

「그럴 줄 알았어.」고양이가 말하고 다시 사라졌다.

앨리스는 고양이가 혹시 다시 나타날지도 모른다는 기대를 품고 잠시 기다렸지만 고양이는 나타나지 않았다. 그래서 1, 2분 뒤, 앨리스는 삼월 토끼가 산다는 곳으로 걸어갔다.「모자 장수는 이미 전에도 봤어.」앨리스가 혼잣말을 했다.「삼월 토끼가 훨씬 더 재미있을 거야. 그리고 지금은 5월이니 정신없이 미쳐 날뛰지는 않을 거야…… 적어도 3월보다는 덜 할 거야.」앨리스가 이렇게 말하며 고개를 들었더니 나뭇가지에 고양이가 다시 앉아 있었다.

「돼지라고 했니, 아니면 무화과라고 했니?」[12]

12 *pig*(돼지)와 *fig*(무화과)의 발음이 비슷한 것을 가지고 한 말장난.

「돼지라고 했어.」앨리스가 대답했다.「그리고 난 네가 그렇게 불쑥 나타났다가 사라졌다 하지 않았으면 좋겠어. 어지러워.」

「알았어.」고양이가 말했다. 그리고 이번에는 아주 천천히, 꼬리 끝부터 시작해서 싱긋 웃는 모습을 마지막으로 아주 천천히 사라졌다. 웃음은 몸이 다 사라지고도 한동안 남아 있었다.

〈와! 웃지 않는 고양이는 자주 봤지만 말이야.〉앨리스가 생각했다. 〈고양이 없는 웃음은 처음 봐! 살면서 이렇게 신기한 것은 처음 봤어!〉

얼마 안 가서 삼월 토끼네 집이 보였다. 앨리스는 그 집이 틀림없다고 생각했다. 굴뚝은 귀처럼 뾰족했고 지붕은 털로 덮여 있었기 때문이다. 집이 무척 컸기에 왼손의 버섯을 조금 더 갉아먹어 키를 60센티미터 정도로 키운 다음에야 집에 더 가까이 다가갔다. 그런 뒤에도 다소 겁을 내며 집으로 다가가면서 앨리스는 혼잣말을 했다. 「혹시 미쳐 날뛰면 어쩌지! 차라리 모자 장수를 보러 갈 걸 그랬나?」

7
미친 다과회

집 앞 나무 아래에는 식탁이 차려져 있었고 삼월 토끼와 모자 장수가 그 앞에 앉아 차를 마시고 있었다. 도마우스[13]가 둘 사이에 앉아서 깊이 잠들어 있었고, 다른 둘은 도마우스가 쿠션이라도 되는 듯 팔꿈치를 기대고 머리 너머로 이야기를 나누었다. 〈도마우스가 아주 불편하겠네.〉 앨리스가 생각했다. 〈하지만 잠들어 있으니 별로 상관없겠지.〉

식탁은 아주 컸지만 셋은 모두 한구석에 몰려 있었다. 「자리가 없어! 자리가 없어!」 앨리스가 다가오는 모습을 보며 둘이 소리쳤다. 「자리는 〈넉넉한〉걸!」 앨리스는 성을 내며 말하고 식탁 한쪽 끝에 있는 커다란 안락의자에 앉았다.

「포도주 좀 마시렴.」 권하는 말투로 삼월 토끼가 말했다.

앨리스는 식탁을 둘러보았지만 차 말고는 아무것도 없었다. 「포도주는 안 보이는걸.」 앨리스가 말했다.

「포도주는 없어.」 삼월 토끼가 말했다.

「그러면서 포도주를 권하는 건 예의 바르지 않아.」 화를 내며 앨리스가 말했다.

13 겨울잠쥐.

「초대받지 않았는데도 와서 앉는 것도 예의 바르지 않아.」삼월 토끼가 말했다.

「난 이게 〈네〉 식탁인 줄 몰랐어.」앨리스가 말했다.「그리고 이 식탁에는 세 명보다 훨씬 더 많이 앉을 수 있겠는걸.」

「너 머리털을 좀 잘라야겠군.」모자 장수가 했다. 모자 장수는 한동안 호기심 어린 눈초리로 살펴보고 있었고, 이 말은 모자 장수가 앨리스에게 처음으로 한 말이었다.

「다른 사람에 대해 이러쿵저러쿵 떠들면 안 된다는 걸 배워야겠네.」앨리스가 조금 딱딱하게 말했다.「아주 무례한 짓이야.」

이 말을 들은 모자 장수는 눈을 휘둥그레 떴지만 이렇게 〈말〉했을 뿐이었다.「갈까마귀와 책상이 왜 비슷하게?」

〈흠, 이제 좀 재미있겠네.〉앨리스가 생각했다.「수수께끼를 물어봐 줘서 기뻐…… 알아맞힐 수 있을 거 같아.」앨리스가 큰 소리로 덧붙였다.

「네가 질문에 대한 답을 알아맞힐 수 있다는 뜻이야?」삼월 토끼가 말했다.

「물론이지.」앨리스가 말했다

「그러면 네가 뜻하는 것을 말해야 해.」삼월 토끼가 계속 말했다.

「나는 그렇게 해.」앨리스가 서둘러 대답했다.「적어도…… 적어도 난 내가 말하는 것을 뜻해…… 그건 같은 거야.」

「조금도 같지 않아!」모자 장수가 말했다.「그건 〈나는 내가 먹는 것을 본다〉가 〈나는 내가 보는 것을 먹는다〉와 같다는 말이나 마찬가지야!」

삼월 토끼가 말했다.「〈나는 내가 가진 것을 좋아한다〉와 〈나는 내가 좋아하는 것을 갖는다〉가 같다는 말과 마찬가지야!」

도마우스가 잠꼬대를 하듯 덧붙였다. 「〈난 숨을 쉴 때 잠을 잔다〉와 〈난 잠을 잘 때 숨을 쉰다〉가 같다는 말과 마찬가지야!」

「너에게는 〈같아〉.」 모자 장수가 말했다. 그리고 여기서 대화는 잠시 끊겼다. 일행은 잠시 조용히 있었고, 그동안 앨리스는 갈까마귀와 책상에 대해 아는 걸 죄다 떠올려 보았지만 몇 가지 되지 않았다.

모자 장수가 먼저 침묵을 깼다. 「오늘이 며칠이야?」 앨리스를 돌아보며 모자 장수가 물었다. 모자 장수는 주머니에서 시계를 꺼내더니 걱정스러운 듯 바라보고 때때로 흔들어 보고 귀에 대 보기도 했다.

앨리스는 잠시 생각해 본 뒤 대답했다. 「4일이야.」

「이틀이나 틀렸잖아!」 모자 장수가 한숨을 쉬었다. 「버터는 시계에 안 좋다고 내가 말했잖아!」 모자 장수는 화난 눈으로 삼월 토끼에게 말했다.

「그건 〈최고급〉 버터였어.」 삼월 토끼가 풀이 죽어 대답했다.

「그래, 하지만 빵부스러기도 들어갔을 거야.」 모자 장수가 투덜댔다. 「빵 칼로 버터를 집어넣으면 안 되었다고.」

삼월 토끼는 시계를 집어 들고 우울한 눈으로 바라보았다. 그리고 자기 찻잔에 담그고 다시 들여다보았다. 하지만 처음 했던 말보다 더 좋은 말을 생각해 낼 수 없었다. 「그건 〈최고급〉 버터였어. 알잖아.」

앨리스는 호기심이 좀 일어 삼월 토끼 어깨너머로 시계를 보고 있었다. 「이상한 시계네!」 앨리스가 말했다. 「며칠인지만 나오고 시간은 안 나오잖아!」

「왜 시간이 나와야 하는데?」 모자 장수가 중얼거렸다. 「〈네〉 시계에는 올해가 몇 년도인지 나와?」

「당연히 안 나오지.」 앨리스가 얼른 대답했다. 「하지만 연도는 아주 오랫동안 같잖아.」

「그게 바로 〈내〉 경우야.」 모자 장수가 말했다.

앨리스는 지독히 헷갈렸다. 모자 장수는 분명히 평범한 영어를 쓰고 있었지만 하는 말에는 아무런 내용도 들어 있지 않은 듯했다. 「무슨 말인지 못 알아듣겠어.」 최대한 예의 바르게 앨리스가 말했다.

「도마우스가 다시 잠들었군.」 모자 장수가 말하고 도마우스 코에 뜨거운 차를 약간 부었다.

도마우스는 짜증스럽게 고개를 젓더니 눈을 감은 채 말했다. 「그래, 그래. 나도 방금 그 말을 하려고 했어.」

「아직 그 수수께끼 답을 찾지 못한 거야?」 다시 앨리스를 돌아보며 모자 장수가 말했다.

「응. 포기할래.」 앨리스가 말했다. 「답이 뭐야?」

「나도 몰라.」 모자 장수가 말했다.

「나도.」 삼월 토끼가 말했다.

앨리스는 지친 듯 한숨을 쉬었다. 「이럴 시간에 뭔가 좀 더 알찬 걸 하는 게 나을 것 같아.」 앨리스가 말했다. 「답도 없는 수수께끼를 물으며 그것을 낭비하느니 말이야.」

「만약 네가 〈시간〉을 나만큼만 안다면 말이지.」 모자 장수가 말했다. 「〈그것〉이라고 하지 않았을 거야. 〈그 사람〉이라고 해야지.」[14]

「무슨 말인지 못 알아듣겠어.」 앨리스가 말했다.

「당연히 못 알아듣지!」 모자 장수는 고개를 쳐들며 깔보듯 말

14 앨리스가 *time*이라고 말했고 모자 장수는 *Time*이라고 말하며 의인화했다.

했다.「넌 시간과 말해 본 일도 없을 테니까!」

「아마 그럴 거야.」앨리스가 조심스레 대답했다.「하지만 음악을 배울 때는 박자를 맞춰야 해.」

「아! 그런 거였구나.」모자 장수가 말했다.「시간은 맞는 걸 참지 않을 거야.[15] 만약 네가 시간과 사이좋게만 지낸다면 시간은 네가 원하는 거의 모든 일을 시계에게 시킬 거야. 예를 들어, 아침 9시, 수업이 막 시작하는 시간이라고 생각해 봐. 네가 그저 귓속말만 한마디 하면 시간은 눈 깜빡할 새에 시곗바늘을 돌려놓는 거야! 그러면 1시 30분, 식사 시간이야!」

(「정말 그랬으면 좋겠어.」삼월 토끼가 혼자 속삭이듯 말했다.)

「정말 멋지겠다.」생각에 잠긴 채 앨리스가 말했다.「하지만 말이야…… 그 시간에는 배가 고프지 않을 듯해.」

「아마 처음에는 그렇겠지.」모자 장수가 말했다.「하지만 넌 원하는 만큼 시간을 1시 30분에 머물러 있게 할 수 있어.」

「지금 〈네〉가 그러는 거야?」앨리스가 물었다.

모자 장수는 슬픈 표정을 하며 고개를 흔들었다.「난 아냐!」모자 장수가 말했다.「우리는 지난 삼월에 싸웠어…… 〈쟤〉가 미치기 직전에 말이야, 너도 알겠지만…….」(모자 장수는 찻숟가락으로 삼월 토끼를 가리켰다.)「하트의 왕비가 연 대음악회에서 내가 이런 노래를 불렀을 때야.」

반짝, 반짝, 작은 박쥐!
난 네가 누구인지 정말 궁금해!

15 앨리스는 *beat time*이라는 표현을 〈박자를 맞추다〉는 뜻으로 썼고 모자 장수는 〈시간을 때린다〉라는 뜻으로 알아들었다.

「너도 이 노래는 알지?」

「그 비슷한 노래를 들어 봤어.」 앨리스가 말했다.

「그다음은 이렇게 돼.」 모자 장수가 말했다.

세상 저 높이 아주 높은 곳을 날아가네,
하늘의 찻쟁반처럼.
반짝반짝……[16]

이때 도마우스가 몸을 떨더니 잠자면서 노래를 부르기 시작했다.「반짝, 반짝, 반짝, 반짝……」 너무 오랫동안 계속했기 때문에 삼월 토끼와 모자 장수는 노래를 멈추게 하려고 도마우스를 꼬집었다.

「그런데 내가 1절도 마치기 전에 말이야.」 모자 장수가 말했다.「왕비님이 펄쩍 뛰며 고함을 지르셨어. 〈시간을 죽이고 있군! 저놈 목을 잘라라!〉 하고 말이야.」

「정말 야만적이잖아!」 앨리스가 소리쳤다.

「그리고 그 뒤로.」 모자 장수는 서글픈 목소리로 말을 이었다.「시간은 내가 부탁하는 것은 하나도 들어주지 않으려고 해! 요즘은 늘 여섯시란다.」

앨리스는 문득 뭔가 떠올랐다.「그래서 이렇게 다과 준비를 잔뜩 해놓은 거야?」 앨리스가 물었다.

「그래, 그래서야.」 한숨을 쉬며 모자 장수가 대답했다.「항상 다과 시간이라 그릇 닦을 짬도 없어.」

「그럼 자리를 돌아가며 옮기는 거고?」 앨리스가 말했다.

16 영국 동요 「반짝반짝 작은 별Twinkle, Twinkle, Little Star」에서 단어만 몇 개 바꿔 패러디했다.

「바로 그거야.」 모자 장수가 말했다. 「그릇들을 다 쓰고 나면 말이야.」

「그렇지만 처음 자리로 되돌아오면?」 앨리스가 용기를 내 물었다.

「우리 다른 이야기를 하자.」 하품을 하며 삼월 토끼가 끼어들었다. 「이 이야기는 지겨워. 젊은 아가씨가 우리에게 이야기를 해주면 좋겠어.」

「아는 이야기가 하나도 없는걸.」 토끼의 제안에 다소 놀라며 앨리스가 말했다.

「그러면 도마우스가 해줄 거야!」 삼월 토끼와 모자 장수가 동시에 외쳤다. 「일어나, 도마우스!」 둘은 즉시 양쪽에서 도마우스를 꼬집었다.

도마우스는 천천히 눈을 떴다. 「안 자고 있었어.」 도마우스가 쉰 목소리로 힘없이 말했다. 「너희들이 한 이야기를 다 듣고 있었다고.」

「이야기를 해줘!」 삼월 토끼가 말했다.

「그래, 제발 해줘!」 앨리스가 애원했다.

「그리고 빨리 해.」 모자 장수가 덧붙였다. 「이야기하다가 또 잠들어 버리기 전에 말이야.」

「옛날 옛날에 귀염둥이 세 자매가 살고 있었어.」 도마우스가 서둘러 이야기를 시작했다. 「각자 이름이 엘시, 레이시, 틸리였어. 셋은 우물 바닥에 살고 있었어…….」

「뭘 먹고 살았는데?」 먹고 마시는 문제에 늘 관심이 컸던 앨리스가 물었다.

「당밀을 먹고 살았어.」 도마우스는 1, 2분 정도 생각하다가 대답했다.

「그럴 리 없어.」 앨리스가 부드럽게 지적했다. 「그러면 건강에 안 좋아.」

「아팠어.」 도마우스가 말했다. 「아주 심하게 아팠어.」

앨리스는 그렇게 이상하게 사는 방식이 어떨지 생각해 보려 했지만 너무 혼란스러웠기에 다른 질문을 했다. 「하지만 왜 우물 바닥에서 살았는데?」

「차 좀 더 마셔.」 삼월 토끼가 아주 진지하게 앨리스에게 말했다.

「난 아직 조금도 안 마셨어.」 앨리스가 화난 투로 대답했다. 「그러니 더 마실 수가 없다고.」

「〈덜〉 마실 수가 없다는 말이겠지.」 모자 장수가 말했다. 「안 마신 상태에서 〈더〉 마시는 건 아주 쉬워.」

「누구도 〈당신〉 의견을 묻지 않았어요.」 앨리스가 말했다.

「지금 다른 사람에 대해 이러쿵저러쿵 떠드는 사람은 누구일까요?」 모자 장수가 의기양양하게 말했다.

앨리스는 딱히 대꾸할 말이 없었다. 그래서 차와 버터 바른 빵을 좀 먹고 마신 뒤 도마우스에게 몸을 돌리고 질문을 되풀이했다. 「왜 그 애들이 우물 바닥에 산 거야?」

도마우스는 또다시 1, 2분 정도 생각에 잠겼다가 말했다. 「당밀 우물이었거든.」

「그런 게 어딨어!」 앨리스는 아주 화가 나기 시작했지만 모자 장수와 삼월 토끼가 〈쉿! 쉿!〉거렸고 도마우스는 부루퉁해 대답했다. 「계속 그렇게 끼어들 거면 네가 나머지를 이야기해!」

「아니, 네가 해.」 앨리스는 아주 겸손하게 말했다. 「다시는 끼어들지 않을게. 〈그런 우물〉도 있을 수도 있을 거야.」

「있을 수도 있을 거라고? 정말로 있다고!」 도마우스가 화난 듯이 외쳤다. 하지만 도마우스는 이야기를 계속하기로 했다. 「그리고 세 자매는 그리는 법을 배우고 있었어…….」

「뭘?」[17] 약속은 까맣게 잊고 앨리스가 물었다.

「당밀.」 이번에는 전혀 생각해 보지 않고 도마우스가 말했다.

「깨끗한 잔이 필요해.」 모자 장수가 끼어들었다. 「한 자리씩 옆으로 옮기자.」

모자 장수는 말을 하며 자리를 옮겼고, 도마우스도 자리를 옮겼다. 삼월 토끼는 도마우스 자리로 옮겼고, 앨리스는 마지못해 삼월 토끼가 있던 자리로 옮겨 앉았다. 자리를 옮겨서 뭔가 좋아진 이는 모자 장수뿐이었다. 앨리스 경우는 이전보다 훨씬 더 나빠졌다. 삼월 토끼가 우유 단지를 접시에 엎어 놓은 상태였기 때문이다.

앨리스는 또다시 도마우스를 화나게 하고 싶지 않았기에 아주 조심스레 입을 열었다. 「하지만 이유를 모르겠어. 걔네들은 어디에서 당밀을 길어?」

「물은 우물에서 긷지.」 모자 장수가 말했다. 「그러니 당밀은 당연히 당밀 우물에서 긷지 않겠어? 너 바보야?」

「하지만 걔네들은 우물 〈안〉에서 살잖아.」 앨리스가 마지막 말은 무시하고 도마우스에게 말했다.

「물론 그렇지.」 도마우스가 말했다. 「우물 안에서 살지.」

가엾은 앨리스는 그 대답에 너무 헷갈렸기에 한동안 아무런 방해 없이 도마우스가 계속 말을 하게 했다.

「그 아이들은 그리는 법을 배우고 있었어.」 도마우스가 하품을

---

17 *draw*에는 〈그림을 그리다〉와 〈긷다〉라는 뜻이 있다. 여기에서 도마우스는 〈그림을 그린다〉는 뜻으로 말했고 앨리스는 〈긷다〉라는 뜻으로 알아들었다. 혹은 반대일 수도 있다.

하고 눈을 비비며 이야기를 계속했다. 「모든 걸 다 그렸어. M으로 시작하는 건 모두 다 그리기 시작······.」

「왜 하필 M으로 시작하는 거야?」앨리스가 말했다.

「안 될 게 뭔데?」삼월 토끼가 말했다.

앨리스는 조용히 했다.

이제 도마우스는 눈을 감고 졸기 시작했다. 하지만 모자 장수에게 꼬집히자 작게 비명을 지르며 다시 깨어나 이야기를 계속했다. 「M으로 시작하는 건 전부 다 그렸어, 쥐덫, 달, 기억, 많음[18]······ 사람들이 〈많음이 많음〉이라고 말하는 걸 들어 봤을 거야. 많음을 그려 본 걸 본 적이 있니?」

「이제 네가 내게 물어보는구나.」아주 혼란스러워하며 앨리스가 말했다. 「난 잘 모르겠어······.」

「그럼 입 다물고 있어.」모자 장수가 말했다.

앨리스는 이런 무례함을 참을 수가 없었다. 앨리스는 무척 화가 났고 그곳을 걸어 나왔다. 도마우스는 순식간에 잠이 들었고, 앨리스는 혹시 자기를 불러 주지 않을까 하는 바람에 한두 번 정도 뒤를 돌아보았지만 모자 장수와 삼월 토끼는 앨리스가 자리를 뜬 것조차 눈치 채지 못했다. 앨리스가 마지막으로 돌아봤을 때, 둘은 도마우스를 찻주전자에 집어넣으려 하고 있었다.

「어쨌든, 다시는 〈저기〉에 가지 않을 거야!」숲 속 길로 접어들며 앨리스가 말했다. 「저런 멍청한 다과회는 내 평생 처음이야!」

앨리스가 바로 이 말을 하는 순간, 문이 달린 나무 한 그루가 눈에 띄었다. 「아주 신기하네!」앨리스가 생각했다. 「하지만 오늘은 모든 게 다 신기해. 당장 들어가 봐야지.」그리고 앨리스는

18 원문은 *mousetraps, moon, memory, muchness*로 모두 m으로 시작하는 단어들이다.

문으로 들어갔다.

다시 한 번 앨리스는 긴 방에 와 있었고 가까이에 작은 유리 탁자가 있었다. 「이번에는 잘해야지.」 앨리스는 혼잣말을 하고 작은 황금 열쇠를 집어 들고 정원으로 통하는 문을 열었다. 그리고 키가 30센티미터가 될 때까지 버섯(앨리스는 버섯을 주머니에 넣어 두고 있었다)을 갉아먹었다. 그리고 작은 길을 따라 걸어가 마침내 화사한 꽃밭과 시원한 분수가 있는 아름다운 정원으로 들어갔다.

8
왕비의 크로케 경기장

정원 입구에는 커다란 장미 나무가 한 그루 서 있었다. 나무에 핀 장미들은 흰색이었지만 정원사 세 명이 달라붙어 장미를 빨갛게 칠하고 있었다. 앨리스는 아주 이상한 일이라고 생각했으며, 정원사들을 더 자세히 보려고 가까이 다가갔다. 정원사 가운데 한 명이 말하는 소리가 들렸다. 「조심해, 5! 페인트가 내게 튀잖아!」

「어쩔 수가 없었어.」 뚱한 어조로 5가 말했다. 「7이 내 팔꿈치를 쳤단 말이야.」

그 말에 7이 고개를 들고 말했다. 「어련하시겠어, 5! 넌 항상 남 탓만 하더라!」

「〈넌〉 조용히 있는 게 좋을 거야!」 5가 말했다. 「바로 어제 왕비님께서 넌 목을 베어도 싼 놈이라고 하셨어!」

「왜?」 처음에 말했던 이가 말했다.

「〈네〉가 알 바 아니야, 2!」 7이 말했다.

「아니야, 이건 〈저 친구〉 일이기도 해.」 5가 말했다. 「내가 말해 주지. 네가 요리사에게 양파 대신 튤립 뿌리를 갖다 줬기 때문이야.」

7은 붓을 집어던지고 입을 열었다. 「당하다 당하다 이런 부당

89

한 일은 내 평생……」그때 7이 자기들을 지켜보고 있던 앨리스를 보더니 돌연 말을 멈추었다. 다른 이들도 주변을 돌아보더니 모두 고개 숙여 절을 했다.

약간 겁먹으며 앨리스가 말했다. 「왜 장미에 칠을 하는지 말해 주시겠어요?」

5와 7은 아무 말 않고 2만 바라보았다. 2는 낮은 목소리로 이야기를 시작했다. 「사실은 말이죠, 아가씨, 여기에 〈붉은〉 장미 나무를 심었어야 했는데 실수로 그만 흰 장미 나무를 심어 버렸지 뭡

니까. 만약 왕비님이 이 사실을 아시면 저희는 목이 날아가 버릴 겁니다. 그래서 왕비님이 오시기 전에 온 힘을 다하고 있는 거지요……」 이때 정원 너머를 초조한 눈으로 바라보고 있던 5가 외쳤다. 「왕비님이다! 왕비님이다!」 그리고 정원사 셋은 순식간에 얼굴을 땅에 대고 엎드렸다. 여럿이 다가오는 발소리가 들렸고, 앨리스는 왕비님 얼굴을 보고 싶은 마음에 주위를 열심히 살폈다.

먼저 곤봉을 든 병사 열 명이 왔다. 병사들은 정원사 셋과 마찬가지로 몸이 직사각형에 납작했으며 몸통 네 귀퉁이에 손과 발이 달려 있었다. 다음으로는 신하 열 명이 왔다. 모두 다이아몬드가 그려져 있었고 병사들이 그랬듯이 두 명씩 짝지어 왔다. 그다음으로 왕족 아이들이 왔다. 아이들은 열 명이었으며 둘씩 손을 잡고 즐겁게 뛰어왔다. 아이들은 모두 하트 그림이 그려져 있었다. 다음으로는 손님이 왔다. 대부분 왕과 왕비들이었으며, 그 속에 흰 토끼가 있는 게 보였다. 토끼는 허둥거리며 초조한 기색을 띠고 있었고 누군가 말을 하면 싱긋 웃었으며, 앨리스를 알아보지 못하고 지나쳐 갔다. 다음으로는 하트의 잭이 진홍색 벨벳 쿠션에 왕관을 받쳐 들고 왔으며, 웅장한 행렬의 끝에서 〈하트의 왕과 왕비〉가 왔다.

앨리스는 자기도 정원사들처럼 얼굴을 묻고 엎드려야 하는지 생각했지만 행렬이 올 때 엎드려야 한다는 법을 들은 적이 없다는 생각이 들었다. 〈게다가 사람들이 모두 얼굴을 땅에 대고 엎드려 있어서 보지 못한다면 행렬이 무슨 소용이겠어?〉 앨리스가 생각했다. 그래서 앨리스는 선 채로 행렬을 기다렸다.

행렬이 앨리스 앞에 이르자 모두 멈춰 앨리스를 보았고, 왕비가 근엄하게 말했다. 「저건 누구지?」 왕비는 하트의 잭에게 말했으나 잭은 단지 머리를 조아리고 싱글거리기만 할 뿐이었다.

「멍청이!」참을 수 없다는 듯 고개를 뻣뻣이 들고 왕비가 말했다. 왕비는 앨리스를 보며 말했다.「네 이름이 뭐냐, 얘야?」

「제 이름은 앨리스라고 합니다, 마마.」앨리스는 아주 정중하게 말했지만 속으로 덧붙였다.「음, 이것들은 그냥 카드일 뿐이야. 겁먹을 필요 없어!」

「〈이자〉들은 누구지?」장미 나무 주변에 엎드려 있는 정원사 셋을 가리키며 왕비가 물었다. 엎드려 있었기에 얼굴이 보이지 않았고, 등에 있는 무늬가 다른 카드들과 같기 때문에 왕비는 엎드려 있는 이들이 정원사인지 병사인지 신하인지 아니면 자기 아이들 가운데 셋인지 알 수가 없었다.

「제가 어떻게 알겠습니까?」자기 용기에 놀라며 앨리스가 말했다.「〈저〉하고는 아무런 상관없는 일인걸요.」

왕비는 화가 나 얼굴이 빨개졌고 잠시 야수처럼 앨리스를 노려보다가 소리쳤다.「저 아이 목을 잘라라! 잘라……」

「말도 안 돼요!」앨리스가 크고 단호하게 말했고, 왕비는 입을 다물었다.

왕이 왕비 팔을 잡고 조심스레 말했다.「다시 생각해 보구려. 아직 어린애잖소!」

왕비는 화가 나 왕을 외면하더니 잭에게 말했다.

「저놈들을 뒤집어라!」

잭은 명령대로, 한 발로 아주 조심스레 정원사들을 뒤집었다.

「일어나!」왕비가 크고 쩨지는 목소리로 말했고, 정원사 셋은 벌떡 일어나 왕, 왕비, 왕가의 아이들을 비롯한 모든 이에게 머리를 조아렸다.

「그만두지 못하겠느냐!」왕비가 소리쳤다.「어지럽구나!」그리

고 장미 나무를 돌아보곤 왕비가 말했다. 「여기서 무엇을 〈하고 있었느냐〉?」

「왕비 마마.」 2가 한쪽 무릎을 꿇으며 아주 공손하게 말했다. 「저희는…….」

「알았다!」 장미를 살펴보던 왕비가 말했다. 「이것들 목을 잘라라!」 불쌍한 정원사 목을 벨 병사 셋만 남기고 행렬은 다시 출발했다. 정원사들은 앨리스에게 달려가 살려 달라고 했다.

「목이 잘리게 놔두지 않겠어요!」 앨리스가 말하고 근처에 있는 커다란 화분에 정원사들을 넣었다. 병사들은 1, 2분 정도 정원사들을 찾아다니더니 조용히 행렬을 뒤따라갔다.

「놈들 목을 잘랐느냐?」 왕비가 소리쳤다.

「말씀하신 대로 모두 목을 날렸습니다, 마마!」 병사들이 힘차게 대답했다.

「잘했다.」 왕비가 외쳤다. 「크로케 할 줄 아느냐?」

병사들은 조용히 앨리스를 바라보았다. 그 질문은 분명 앨리스에게 한 것이었기 때문이다.

「네!」 앨리스가 외쳤다.

「그러면 이리 오너라!」 왕비가 고함쳤고 앨리스는 다음에는 무슨 일이 벌어질지 몹시 궁금해하며 행렬에 합류했다.

「참…… 참 날씨가 좋네.」 옆에서 겁먹은 듯한 목소리가 들렸다. 앨리스는 흰 토끼 옆을 걷고 있었고, 토끼는 초조한 표정으로 앨리스를 훔쳐보았다.

「정말.」 앨리스가 말했다. 「공작부인은 어디에 있어?」

「쉿! 쉿!」 흰 토끼가 낮고 허둥대는 말투로 말했다. 토끼는 말하며 등 뒤를 걱정스레 돌아보더니 까치발을 하고 입을 앨리스 귀에 대고 속삭였다. 「공작부인은 사형 선고를 받았어.」

「왜?」 앨리스가 말했다.

「너 〈안됐다!〉라고 말했어?」 토끼가 물었다.

「아니, 안 그랬어.」 앨리스가 말했다. 「전혀 안됐다고 생각하지 않아. 〈왜?〉라고 말했어.」

「공작부인이 왕비님의 뺨을 때렸거든…….」 토끼가 말하기 시작했다. 앨리스는 작게 웃음을 터뜨렸다. 「오, 쉿!」 겁먹은 목소리로 토끼가 속삭였다. 「왕비님이 들으시겠다! 공작부인이 조금 늦게 왔거든, 그러자 왕비님이 말씀하시길…….」

「각자 자리로!」 왕비가 우레 같은 목소리로 외쳤고, 모두 우왕좌왕 사방으로 뛰어다니기 시작했다. 하지만 1, 2분 뒤 각자 자리를 잡았고, 경기가 시작되었다. 앨리스는 이렇게 이상한 크로케 경기장은 처음이라고 생각했다. 바닥은 울퉁불퉁했고 공은 살아 있는 고슴도치였으며 공을 치는 망치는 살아 있는 홍학이었고 병사들은 골대를 만들기 위해 앞으로 몸을 구부리고 팔다리로 몸을 지탱하고 있었다.

처음에 앨리스는 홍학을 어떻게 다뤄야 할지 몰라 애를 먹었다. 앨리스는 홍학 다리를 아래로 늘어뜨린 채 몸통을 자기 팔 아래로 안정감 있게 쑤셔 넣는 데 성공했다. 하지만 홍학의 목을 반

듯하게 펴 머리로 고슴도치를 치려고 하면 홍학이 몸을 꼬고 고개를 들고 어리둥절한 표정을 지으며 앨리스를 보곤 했기 때문에 앨리스는 웃음을 터뜨리지 않을 수 없었고, 홍학 머리를 내리고 다시 시작하려고 하면 이번에는 안타깝게도 고슴도치가 몸을 펴고 다른 곳으로 기어가 버렸다. 게다가 앨리스가 고슴도치를 쳐 보내려고 하는 곳마다 둔덕이나 고랑이 있었고, 몸을 굽히고 있던 병사들은 늘 일어나 경기장 다른 곳으로 가버렸다. 곧 앨리스는 지금 하는 게 정말로 어려운 경기라고 결론지었다.

모든 참가자들은 자기 차례를 기다리지 않고 한꺼번에 경기를 했기 때문에 시종 티격태격하며 고슴도치를 치려고 싸웠다. 그리고 얼마 안 가 왕비는 몹시 화가 나서 발을 구르며 〈저놈 목을 잘라라!〉 또는 〈저년 목을 잘라라!〉라고 1분에 한 번꼴로 외쳤다.

앨리스는 아주 불안해지기 시작했다. 아직 왕비와 무슨 문제가 있지는 않았지만 언제라도 그런 일이 벌어질 수 있다는 사실을 알고 있었기 때문이다. 앨리스는 생각했다. 〈그렇다면 난 어떻게 되는 걸까? 여기서는 목 자르기를 너무 좋아해. 살아 있는 사람들이 아직도 있다는 게 신기할 뿐이야!〉

앨리스는 도망칠 방법을 궁리했다. 하지만 들키지 않고 도망칠 수 있을지 의심스러웠다. 그때 공중에 이상한 것이 나타났다. 처음에는 무척 당혹스러웠지만 1, 2분 정도 살펴보니 그것이 웃음인 것을 깨달았다. 앨리스는 혼잣말을 했다. 「체셔 고양이구나. 이제야 이야기 상대가 나타났네.」

「어떻게 지내니?」 말을 할 수 있을 정도로 입이 생기자마자 고양이가 말했다.

앨리스는 고양이 눈이 나타나길 기다렸다가 고개를 끄덕였다. 〈지금 말해 봤자 소용없어.〉 앨리스는 생각했다. 〈귀가 나타나지

않았으니까 말이야. 적어도 하나는 나타날 때까지 기다려야지.〉

잠시 뒤 머리 전체가 나타났고 앨리스는 누군가 자기 이야기를 들어줄 상대가 있다는 사실에 기뻐하며 홍학을 내려놓고 경기 이야기를 하기 시작했다. 고양이는 지금 보이는 모습만으로도 충분하다고 생각하는 듯 다른 부분은 모습을 드러내지 않았다.

「여기서는 경기를 공정하게 하지 않는 것 같아.」다소 불평하는 투로 앨리스가 말하기 시작했다.「그리고 서로 어찌나 끔찍하게 다퉈 대는지 자기가 하는 말도 안 들릴 지경이야…… 그리고 특정한 규칙도 없는 듯해. 설사 있다고 해도 아무도 안 지키는 듯해…… 그리고 경기장에 있는 모든 게 다 살아 있다는 것이 얼마나 정신없게 하는지 넌 모를 거야. 예를 들어, 내가 공을 통과시켜야 할 골문이 경기장 다른 쪽으로 움직인다든가…… 또 방금 전에는 왕비님의 고슴도치를 내 고슴도치로 쳐내야 했는데, 내 고슴도치가 다가오는 걸 보더니 그게 도망을 갔어!」

「왕비님은 맘에 들어?」고양이가 낮은 목소리로 말했다.

「전혀.」앨리스가 말했다.「왕비님은 너무 극단적으로……」바로 그때 앨리스는 왕비가 자기 등 뒤에 와서 엿듣고 있다는 사실을 눈치 챘다. 그래서 앨리스는 말을 계속했다.「이길 가능성이 높아서 경기를 끝까지 할 필요도 없을 거 같아.」

왕비는 빙그레 웃으며 지나갔다.

「〈누구〉와 이야기를 하고 있는 거냐?」왕이 앨리스에게 다가와 말하더니 호기심 가득한 눈으로 고양이를 바라보았다.

「제 친구입니다…… 체셔 고양이라고 합니다.」앨리스가 말했다.「소개해 드릴게요.」

「생김새가 전혀 맘에 들지 않는구나.」왕이 말했다.「하지만 원한다면 내 손에 키스해도 좋다.」

「싫은데요.」고양이가 말했다.

「무례하게 굴지 마라.」왕이 말했다.「그리고 그런 식으로 바라보지 마라!」왕은 이렇게 말하며 앨리스 뒤쪽으로 갔다.

「고양이도 왕을 볼 수 있습니다.」[19] 앨리스가 말했다.「어느 책에선가 읽은 내용인데 어디였는지 기억이 안 나네요.」

「흠, 없애 버려야겠다.」왕은 아주 단호히 말하고 마침 옆을 지나던 왕비를 불렀다.「왕비! 당신이 이 고양이를 없앴으면 좋겠소!」

왕비는 크건 작건 골칫거리를 해결하는 방법이라고는 단 한 가지밖에 없었다.「저놈 목을 잘라라!」왕비는 돌아보지도 않고 말했다.

「내가 직접 망나니를 데려와야지.」왕이 신이 나 말하고 서둘러 사라졌다.

앨리스는 돌아가 경기가 어떻게 되는지 지켜보는 게 낫겠다고 생각했다. 멀리서 왕비가 고래고래 소리 지르는 소리가 들렸기 때문이다. 앨리스는 왕비가 자기 순서를 잊은 세 명에게 이미 사형 선고를 내리는 소리를 들었고, 그런 모습이 전혀 마음에 들지 않았다. 게임이 너무 혼란스러워 자기 차례가 언제인지알 수가 없었기 때문이다. 그래서 앨리스는 자기 고슴도치를 찾으러 갔다.

앨리스의 고슴도치는 다른 고슴도치와 싸우는 중이었다. 앨리스 눈에는 그중 한 마리로 다른 한 마리를 쳐낼 절호의 기회로 보였다. 단 한 가지 문제라면, 앨리스의 홍학이 정원 저편으로 가버렸다는 점이었다. 홍학은 거기서 나무 위로 날아 올라가려 헛된

19 *A cat may look at a king.* 사람은 다 평등하다는 뜻의 영국 속담.

노력을 하고 있었다.

앨리스가 홍학을 잡아 돌아와 보니 싸움은 끝나고 고슴도치는 두 마리 다 사라지고 보이지 않았다. 〈아무렴 어때.〉 앨리스가 생각했다. 〈경기장 이쪽에 있는 골대도 다 사라졌는걸.〉 그래서 앨리스는 다시 빠져나가지 못하도록 홍학을 겨드랑이에 끼고 친구와 좀 더 이야기를 나누기 위해 돌아왔다.

앨리스가 체셔 고양이에게 돌아와 보니 아주 많은 이들이 고양이 주위에 몰려 있어 앨리스는 깜짝 놀랐다. 망나니, 왕, 왕비 사이에 말다툼이 있었다. 모두가 한꺼번에 떠들어 대고 있었으며 다른 이들은 아주 조용히, 아주 불안한 표정을 하고 있었다.

앨리스가 나타나자 셋 모두 문제를 해결해 달라고 부탁했다. 그리고 자기들 주장을 반복했는데, 모두가 한꺼번에 말했기 때문에 무슨 말인지 정확히 알아듣기가 어려웠다.

망나니는 고양이에게 몸이 없으니 머리를 자를 수 없다고 주장했다. 이런 일을 해본 적이 한 번도 없으며, 〈자기〉 살아생전에는 하지 않을 거라고 주장했다.

왕은 머리가 있으면 머리를 자를 수 있으니 헛소리 말라고 주장했다.

왕비는 후딱 고양이에 대해 뭔가 조치를 취하지 않는다면 여기 있는 모든 이를 처형하겠다고 주장했다(모여 있는 이들이 그토록 무겁고 불안한 표정을 짓고 있던 건 왕비의 이 마지막 말 때문이었다).

「저 고양이는 공작부인 것이에요. 〈공작부인〉에게 물어보는 게 낫겠어요.」 앨리스는 다른 말은 생각해 낼 수가 없었다.

「공작부인은 감옥에 있다.」 왕비가 망나니에게 말했다. 「이리로 데려와.」 망나니는 쏜살같이 사라졌다.

망나니가 자리를 뜨자마자 고양이 머리가 서서히 사라지기 시작했다. 그리고 망나니가 공작부인을 데리고 돌아왔을 때 고양이 머리는 완전히 사라졌다. 그래서 왕과 망나니는 고양이를 찾아 허둥지둥 이리저리 헤매고 다녔고, 나머지는 모두 경기를 하러 돌아갔다.

9
가짜 거북의 이야기

「널 다시 보게 되어 얼마나 기쁜지, 넌 짐작도 못 할 거란다,
애야!」 공작부인은 이렇게 말하며 다정하게 앨리스와 팔짱을 꼈
고, 둘은 함께 그 자리를 떠났다.

앨리스는 공작부인이 이렇게 기분이 좋은 걸 보고 무척 기뻤
으며, 부엌에서 만났을 때 그토록 무례하게 행동했던 것은 아마
도 모두 후추 때문일 거라고 생각했다.

「〈내〉가 공작부인이 되면 말이야.」 앨리스가 혼잣말을 했다(하
지만 그리 기대하는 투는 아니었다). 「우리 부엌에는 그 어떤 후
추 종류도 〈절대로〉 들여놓지 말아야지. 수프는 후추가 없어도
맛있고…… 사람들을 화나게 하는 건 아마도 늘 후추 때문일지
도 몰라.」 앨리스는 새로운 규칙을 발견하게 되어 몹시 기뻐하며
말을 계속했다. 「그리고 식초는 사람들을 심술궂게, 카모마일 차
는 사람을 모질게, 보리엿은 아이들을 상냥하게 하지. 사람들이
이 사실을 알았으면 좋겠어. 그러면 단걸 가지고 그렇게 쩨쩨하
게 굴지는 않을 텐데.」[20]

이때까지 앨리스는 공작부인에 대해 까맣게 잊고 있었기에 바

20 여기서 음식 이름 뒤에 사람의 기분을 나타내는 단어는 영어에서 그 음
식의 맛을 나타내는 뜻도 가지고 있는 데서 착안한 말장난이다.

로 옆에서 공작부인의 목소리가 들리자 조금 놀랐다. 「말이 없는 걸 보니 뭔가 생각하고 있는 모양이로구나, 얘야. 지금은 이 말이 주는 교훈이 뭔지 기억이 안 나지만 금방 생각해 낼 수 있을 거란다.」

「아마 아무 교훈도 없을걸요?」 앨리스가 용감하게 말했다.

「쯧쯧, 아가야!」 공작부인이 말했다. 「모든 것에는 교훈이 있는 법이란다. 단지 네가 그걸 찾을 수 없을 뿐이야.」 그리고 공작부인은 말하며 앨리스에게 더욱 몸을 바짝 붙였다.

앨리스는 공작부인이 이렇게 달라붙는 것이 달갑지 않았다. 첫째로, 공작부인은 〈너무〉 못생겼고, 둘째로, 공작부인의 키가 앨리스의 어깨에 턱을 올려놓을 수 있기 딱 알맞을 정도였으며 올려놓은 공작부인의 턱이 불편할 정도로 뾰족했기 때문이다. 하지만 앨리스는 무례하게 굴고 싶지 않았기 때문에 최대한 참기로 했다.

「경기가 이제 좀 제대로 되어 가는 듯하네요.」 뭔가 말을 해야 할 것 같아서 앨리스가 말했다.

「그렇구나.」 공작부인이 말했다. 「그리고 그 말이 주는 교훈은 말이지…… 〈아, 사랑, 사랑이여, 세상을 돌아가게 하는 것, 그것은 사랑이로다〉라는 거지.」

「세상을 돌아가게 하려면 말이에요.」 앨리스가 속삭였다. 「사람들이 각자 자기 일만 마음 쓰면 된다고 한 사람도 있었죠!」

「아, 그래! 그건 둘 다 같은 뜻이야.」 공작부인이 작고 날카로운 턱으로 앨리스의 어깨를 찍어 누르며 말했다. 「그리고 〈그 말〉의 교훈은…… 〈말의 의미에 마음 써라, 그러면 문장은 저절로 만들어진다〉[21]는 거지.」

〈모든 일에서 교훈 찾는 걸 정말 좋아하네!〉 앨리스가 생각했다.

「내가 왜 네 허리에 손을 두르지 않는지 궁금해하는구나.」공작부인이 잠시 뒤 말했다. 「네 홍학이 사납게 굴까 봐 그래. 그래도 한번 해볼까?」

「〈홍학〉이 물 거예요.」앨리스는 공작부인이 허리를 두르는 게 전혀 달갑지 않아서 조심스레 대답했다.

「맞아. 홍학하고 겨자는 둘 다 물지.[22] 그리고 이 말의 교훈은 〈유유상종〉이란다.」

「하지만 겨자는 새가 아니에요.」앨리스가 꼬집었다.

「맞았어. 언제나처럼 말이야.」공작부인이 말했다. 「넌 참 사물에 대한 정의를 잘 내리는구나!」

「그건 광물이에요, 〈제 생각에는요〉.」앨리스가 말했다.

「당연하지.」공작부인이 말했다. 공작부인은 앨리스 말이라면 뭐든지 찬성하기로 작정한 듯했다. 「이 근처에 커다란 겨자 광산이 있단다. 그리고 그 교훈은…… 〈내 것이 많아지면 상대방 것은 줄어든다〉란다.」[23]

「아, 생각났어요!」마지막 말을 귀담아 듣지 않은 앨리스가 소리쳤다. 「그건 채소예요. 그렇게 생기지는 않았지만 채소예요.」

「네 말이 맞구나.」공작부인이 말했다. 「그리고 그 말이 주는 교훈은…… 〈남들이 보아 주길 바라는 대로 행동해라〉…… 또는 좀 더 간단히 말하면 〈네가 사람들에게 예전에 그랬거나 혹은 그

21 원문은 Take care of the sense, and the sounds will take care of themselves로 〈Take care of the pence and the pounds will take care of themselves(한 푼씩 아끼면 돈은 저절로 모인다)〉에서 단어만 몇 개 바꾼 말장난이다.

22 bite에는 〈물다〉와 〈자극하다〉라는 뜻이 있다.

23 mine에는 〈광산〉과 〈내 것〉이라는 뜻이 있다.

랬을지도 모르는 것으로 비쳤던 모습이 네가 그 사람들에게 다르게 보이지만 않았다면 네가 그랬을 수도 있는 것과는 다르지 않은 것과 다르지 않다고 상상하지 마라〉란다.」

「그걸 더 잘 이해하려면요.」 앨리스는 아주 공손하게 말했다. 「받아 적어야 할 듯해요. 말로만 들어서는 무슨 뜻인지 잘 알아듣지 못하겠어요.」

「만약 맘만 먹었으면 좀 전보다 훨씬 더 길게 말할 수도 있어.」 흐뭇한 목소리로 공작부인이 말했다.

「제발 그보다 더 길게 말씀하시느라 수고하지 마세요.」 앨리스가 말했다.

「오, 수고라니 무슨!」 공작부인이 말했다. 「지금까지 내가 한 말을 모두 네게 선물로 주마.」

〈정말 시시한 선물이잖아!〉 앨리스가 생각했다. 〈사람들이 그런 걸 생일 선물로 주지 않아서 다행이야!〉 그러나 앨리스는 감히 그 생각을 소리 내 말하지는 못했다.

「또 생각하고 있니?」 다시 조그맣고 뾰족한 턱으로 어깨를 찍어 누르며 공작부인이 물었다.

「제게는 생각할 권리가 있어요.」 앨리스는 조금 성가시게 느껴지기 시작했기에 날카롭게 말했다.

「돼지들이 날아다닐 수 있는 만큼 권리가 있지.」 공작부인 말했다. 「그리고 그 말이 주는 교……」

하지만 이때 놀랍게도, 공작부인은 그렇게 좋아하는 〈교훈〉이라는 단어를 말하다 말고 목소리를 죽였고, 앨리스와 팔짱을 낀 팔을 부르르 떨기 시작했다. 앨리스가 고개를 들고 보니 둘 앞에 서서 왕비가 팔짱을 끼고 금방이라도 벼락을 내릴 듯한 표정을 짓고 있었다.

「안녕하십니까, 마마!」 낮고 힘없는 목소리로 공작부인이 입을 열었다.

「자, 경고하는데.」 발을 꽝꽝 구르며 왕비가 소리쳤다. 「지금 당장 너 아니면 네 머리가 사라져야 한다! 선택해!」

공작부인은 선택을 하고 당장 사라졌다.

「경기를 계속하도록 하자.」 왕비가 앨리스에게 말했다. 앨리스는 너무 무서워 아무 말도 못하고 왕비를 따라 천천히 크로케 경기장으로 돌아갔다.

다른 손님들은 왕비가 없는 틈을 타 그늘에서 쉬고 있었다. 하지만 왕비를 본 순간 모두 허겁지겁 경기장으로 돌아갔고, 왕비는 그냥 간단하게 말하길, 한순간이라도 늦으면 목이 달아날 거라고 했을 뿐이었다.

경기가 진행되는 내내 왕비는 다른 이들과 끊임없이 다퉜고 〈저놈의 목을 잘라라!〉 또는 〈저년의 목을 잘라라!〉라고 외쳤다. 왕비가 사형 선고를 내린 이들은 병사들이 데려가 감시를 했으며, 당연히 골대 역할을 하던 병사들은 이 때문에 경기장을 떠야 했다. 그래서 30분 정도 지난 뒤에는 골대가 하나도 남지 않았고, 왕, 왕비, 앨리스를 제외한 모두가 사형 선고를 받고 갇혀 있었다.

이윽고 왕비는 경기를 멈추고 숨을 몰아쉬며 앨리스에게 물었다. 「가짜 거북을 본 적 있느냐?」

「아니요.」 앨리스가 말했다. 「가짜 거북이 뭔지도 모르는걸요.」

「가짜 거북 수프를 만드는 재료지.」 왕비가 말했다.

「본 적도 들은 적도 없어요.」 앨리스가 말했다.

「그럼 이리 오너라.」 왕비가 말했다. 「가짜 거북이 제 이야기를 해줄 테니 말이야.」

앨리스가 왕비를 따라갈 때, 왕이 낮은 목소리로 선수 모두에게 말했다. 「너희 모두를 사면한다.」 「와, 〈그거〉 정말 다행이야!」 왕비가 사형 선고를 너무 많이 내려 아주 슬펐던 앨리스가 혼잣말을 했다.

금세 둘은 햇볕 아래 깊이 잠들어 있는 그리핀에게 갔다(만약 그리핀이 뭔지 모르겠다면 116면의 그림을 보시라). 「일어나, 게으름뱅이야!」 왕비가 말했다. 「그리고 이 아가씨를 가짜 거북에게 모시고 가서 이야기를 듣게 해줘. 나는 돌아가서 내가 명령한 대로 사형이 집행되는지 살펴봐야 하니까.」 왕비는 앨리스를 그리핀 옆에 홀로 두고 떠났다. 앨리스는 그 생물 생김새가 별로 맘에 들지 않았지만 야만스러운 왕비를 쫓아가느니 이곳에 남아 있는 것이 더 안전하리라는 생각이 들었다. 그래서 앨리스는 기다렸다.

　그리핀은 일어나 눈을 비비더니 시야에서 사라질 때까지 왕비를 지켜보았다. 이윽고 그리핀이 킥킥댔다. 「웃겨!」 그리핀은 반은 혼잣말로, 반은 앨리스에게 말했다.

　「뭐가 〈웃기는데〉?」 앨리스가 말했다.

　「아, 〈왕비〉.」 그리핀이 말했다. 「모두 왕비의 환상이야. 아무도 처형하지 않아. 따라와!」

　〈여기서는 모두가 《따라와!》라고 말하네.〉 천천히 그리핀 뒤를 따라가며 앨리스가 생각했다. 「내 평생 이렇게 명령을 많이 받아 본 적은 한 번도 없어, 한 번도!」

　얼마 가지 않아 저 멀리 튀어나온 바위 위에 외롭고 슬픈 표정으로 앉아 있는 가짜 거북이 보였다. 가까이 다가가자 앨리스는 가짜 거북이 가슴이 미어지도록 한숨 쉬는 소리를 들었다. 앨리스는 가짜 거북이 아주 불쌍했다. 「왜 저렇게 슬퍼하는 거야?」 앨리스가 그리핀에게 물었고, 그리핀은 아까 했던 말과 거의 같은 답을 했다. 「모두 거북의 환상이야. 슬픈 일은 하나도 없어. 따라와!」

　둘은 가짜 거북에게 다가갔다. 가짜 거북은 아무 말도 하지 않은 채 눈물이 그렁그렁한 커다란 눈으로 둘을 바라보았다.

　「여기 이 아가씨가 말이야.」 그리핀이 말했다. 「네 이야기를 듣고 싶대.」

　「말해 줄 테니까.」 깊고 공허한 목소리로 가짜 거북이 말했다. 「여기 앉아. 그리고 내가 이야기를 끝낼 때까지 아무 말도 하지 마.」

　그래서 앨리스와 그리핀은 그 자리에 앉았고 얼마 동안 아무말도 하지 않았다. 앨리스가 생각했다. 〈어떻게 이야기를 끝낼

수 있을지 모르겠어. 이야기를 시작하지 않으면 말이야.〉하지만
앨리스는 끈기 있게 기다렸다.

「한때.」마침내 가짜 거북이 말했다.「나는 진짜 거북이었어.」

그리고 한참 동안 침묵이 흘렀다. 간간이 그리핀이 〈히크르〉라
고 외치는 소리와 가짜 거북이 끊임없이 서럽게 흐느끼는 소리
만이 침묵을 깰 뿐이었다. 앨리스는 하마터면 벌떡 일어나 〈재미
있는 이야기 잘 들었어〉라고 말하고 가고 싶었지만 무엇인가 재
미있는 이야기가 〈있을 거라는〉 생각이 들었기에 아무 말 없이
가만히 앉아 있었다.

「우리가 어렸을 때.」마침내 가짜 거북이 좀 더 마음을 가라앉
히고, 하지만 여전히 가끔 흐느끼며 말했다.「우리는 바다에 있

는 학교에 갔어. 선생님은 나이 든 바다거북이었어…… 우리는 그분을 민물 거북이라고 불렀지……」

「왜 민물 거북이 아닌데 민물 거북이라고 불렀어?」 앨리스가 물었다.

「우리를 가르쳤으니까 민물 거북이라고 불렀지.」[24] 가짜 거북이 화를 내며 말했다. 「너 정말 멍청하구나!」

「그렇게 쉬운 질문을 하다니 창피하지도 않니?」 그리핀이 덧붙였다. 그리고 둘은 조용히 앉아 가엾은 앨리스를 바라보았고, 앨리스는 땅속으로 꺼지고 싶은 기분이었다. 마침내 그리핀이 가짜 거북에게 말했다. 「계속해, 이 친구야! 이러다가 온종일 걸리겠어!」 그리고 가짜 거북은 이렇게 말했다.

「그래. 우리는 바다 속에 있는 학교에 다녔어. 너는 못 믿겠지만 말이야……」

「못 믿는다고 한 적 없어!」 앨리스가 끼어들었다.

「그랬잖아.」 가짜 거북이 말했다.

「입 좀 다물어!」 앨리스가 다시 뭐라고 말하려 하자 그리핀이 거들었다. 가짜 거북은 이야기를 계속했다.

「우리는 최고로 좋은 교육을 받았어…… 사실 우리는 학교에 날마다 갔어……」

「〈나도〉 날마다 학교에 갔는걸.」 앨리스가 말했다. 「그런 건 뻐길 일이 아니잖아.」

「과외 과목도 있었어?」 가짜 거북이 조금 긴장해서 물었다.

「그래.」 앨리스가 말했다. 「프랑스어와 음악을 배웠어.」

「빨래도?」 가짜 거북이 말했다.

---

24 *tortoise*(민물 거북)와 *taught us*(가르쳤다)는 발음이 비슷하다.

「당연히 아니지!」 성을 내며 앨리스가 말했다.

「아! 그럼 정말 좋은 학교는 아니었구나.」 아주 마음 놓았다는 듯한 목소리로 가짜 거북이 말했다. 「〈우리〉 학교 수업료 고지서 마지막에는 〈프랑스어, 음악, 빨래는 과외 과목〉이라고 적혀 있었어.」[25]

「넌 별로 필요 없었을 거 같아.」 앨리스가 말했다. 「넌 바다 밑에 사니까 말이야.」

「그걸 배울 만큼 넉넉하지 못했어.」 한숨을 쉬며 가짜 거북이 말했다. 「정규 수업만 들었어.」

「뭐였는데?」 앨리스가 물었다.

「물론 처음에는 비틀거리기와 몸부림치기를 배웠어.」[26] 가짜 거북이 대답했다. 「그리고 산수를 배웠어. 야망, 산만, 추화, 비웃기 같은 것들 말이야.」[27]

「〈추화〉란 말은 처음 들어 봐.」 앨리스가 용기를 내 말했다. 「그게 뭐야?」

그리핀이 놀라 앞발을 번쩍 들었다. 「뭐라고! 추화를 들어 본 적이 없다니! 넌 미화가 뭔지는 알아?」

「응.」 어리둥절해하며 앨리스가 대답했다. 「그건 더 아름답게 만든다는 뜻이야.」

「그렇지.」 그리핀이 말했다. 「그러니 만약 추화가 뭔지 모른다면 넌 〈바보〉야.」

---

25 *extra*에는 〈과외 과목〉과 〈추가 요금〉 두 가지 뜻이 있다.

26 〈비틀거리기*reeling*〉와 〈몸부림치기*writhing*〉는 〈읽기*reading*〉와 〈쓰기*writing*〉를 장난스럽게 바꿔 말한 것이다.

27 〈야망*ambition*〉, 〈산만*distraction*〉, 〈추화*uglification*〉, 〈비웃기*derision*〉은 산수의 〈덧셈*addition*〉, 〈뺄셈*subtraction*〉, 〈곱셈*multiplication*〉, 〈나눗셈*division*〉을 장난스럽게 바꿔 말한 것이다.

앨리스는 그것에 대해 더는 질문할 용기가 나지 않았다. 그래서 가짜 거북을 보고 말했다. 「또 뭘 배웠는데?」

「그리고 〈신비〉도 배웠어.」 지느러미로 과목 수를 꼽아 가며 가짜 거북이 대답했다. 「고대와 현대 신비를 배웠어. 바다 지리학, 느리게 말하기도. 느리게 말하기 선생님은 나이 든 붕장어였는데 일주일에 한 번만 오셨어. 우리에게 느리게 말하기, 기지개 켜기, 몸 둘둘 말고 기절하기를 가르치셨어.」

「〈그건〉 뭔데?」 앨리스가 말했다.

「글쎄, 지금은 보여 줄 수 없어.」 가짜 거북이 말했다. 「몸이 너무 뻣뻣하게 굳었거든. 그리고 그리핀은 배운 적이 없고.」

「시간이 없었어.」 그리핀이 말했다. 「그렇지만 나는 고전 선생님에게 배웠어. 고전 선생님은 나이 든 게였어.」

「나는 그 선생님에게는 안 배워 봤어.」 한숨을 쉬며 가짜 거북이 말했다. 「듣기로 그 선생님은 웃기와 슬픔을 가르쳤다던데.」

「그랬어, 그랬어.」 그리핀도 한숨을 쉬며 말했다. 그리고 둘은 앞발로 얼굴을 가렸다.

「하루에 몇 시간씩 수업을 했어?」 서둘러 화제를 돌리기 위해 앨리스가 말했다.

「첫날은 10시간이었어.」 가짜 거북이 말했다. 「다음 날은 9시간, 이런 식이었어.」

「이상한 시간표네!」 앨리스가 소리쳤다.

「그러니까 수업이라고 부르는 거야. 날마다 줄어드니까 말이야.」[28] 그리핀이 말했다.

앨리스에게는 무척 새로운 생각이었기에 다음 의견을 말하기

---

28 〈수업 *lesson*〉과 〈줄어들다 *lessen*〉는 발음이 같다.

전에 잠시 생각해 봤다.「그러면 열하루째는 휴일이었겠네?」

「당연하지.」가짜 거북이 말했다.

「그럼 열이틀째는 어땠어?」앨리스가 계속해서 진지하게 물었다.

「수업 이야기는 그만하면 됐어.」아주 단호한 어투로 그리핀이 말을 잘랐다.「이제 이 아가씨에게 새로운 놀이 이야기를 해줘.」

10
바다가재의 춤

가짜 거북은 한숨을 푹 쉬더니 지느러미 등으로 눈을 가렸다. 그리고 앨리스를 보며 말을 하려 했지만 한동안 흐느끼느라 목이 메어 아무 말을 할 수 없었다. 「목에 뼈라도 걸린 듯하군.」 그리핀이 말했다. 그리핀은 가짜 거북을 흔들며 등을 두드리기 시작했다. 마침내 가짜 거북은 목소리를 되찾자 볼에 눈물을 줄줄 흘리며 이야기를 다시 시작했다.

「너는 바다 밑에서 살아 본 경험이 별로 없을 거야…….」(〈없어〉 하고 앨리스가 말했다.) 「그리고 바다가재하고 인사한 적도 없을 거고.」(앨리스는 〈한 번 먹어 본……〉이라고 말을 꺼냈다가 얼른 〈아니, 한 번도 없어〉라고 말했다.) 「……그러니 넌 바다가재 춤이 얼마나 재미있는지 상상도 못 할 거야!」

「응, 몰라.」 앨리스가 말했다. 「그게 어떤 춤이야?」

「그러니까 말이야.」 그리핀이 말했다. 「우선 해변에 한 줄로 서야 해…….」

「두 줄이야!」 가짜 거북이 외쳤다. 「물개, 거북, 연어들이 있어. 하지만 해파리는 모두 치워…….」

「〈그러는 데〉는 시간이 좀 걸려.」 그리핀이 끼어들었다.

「……앞으로 두 발짝 나가고…….」

「각자 바다가재를 상대로 삼아!」그리핀이 외쳤다.

「당연하지.」가짜 거북이 말했다.「앞으로 두 발짝 가서 상대와 마주 서서……」

「……바다가재들을 바꾸고 같은 순서로 뒤로 물러나.」그리핀이 말을 이었다.

「그다음에는 말이야.」가짜 거북이 말을 계속했다.「바다가재를……」

「던지는 거야!」펄쩍 뛰어오르며 그리핀이 외쳤다.

「⋯⋯바다 멀리 힘차게⋯⋯」

「그 뒤를 따라 헤엄을 쳐.」 그리핀이 외쳤다.

「물속에서 공중제비를 돌아!」 이리저리 미친 듯이 깡충거리며 가짜 거북이 외쳤다.

「바다가재를 다시 바꾸는 거야!」 그리핀이 목청껏 고함쳤다.

「그리고 다시 뭍으로 와. 여기까지가 첫 번째 동작이야.」 돌연 목소리를 낮추며 가짜 거북이 말했다. 그리고 그때까지 미친 듯이 뛰어다니던 가짜 거북과 그리핀은 아주 조용히 앉아서 슬픈 표정으로 앨리스를 바라보았다.

「아주 멋진 춤 같아.」 앨리스가 작게 말했다.

「조금 보여 줄까?」 가짜 거북이 말했다.

「응, 무척 보고 싶어.」 앨리스가 말했다.

「그럼 첫 번째 동작만 해보자!」 가짜 거북이 그리핀에게 말했다. 「바다가재가 없어도 할 수 있어. 누가 노래를 부르지?」

「아, 〈네〉가 노래해.」 그리핀이 말했다. 「난 가사를 잊어버렸어.」

둘은 앨리스 주위를 돌며 엄숙하게 춤추기 시작했다. 때로는 앨리스를 너무 가까이 지나가다가 발가락을 밟기도 했으며, 박자를 맞추느라 앞발을 까닥거렸다. 가짜 거북은 아주 느릿느릿 슬프게 이 노래를 불렀다.

「조금만 더 빨리 걸을래?」 대구가 달팽이에게 말했지.

「돌고래들이 우리 바로 뒤에서 내 꼬리를 밟고 있잖아.

바다가재랑 거북이 얼마나 열심히 앞서가는지 봐!

모두 자갈 해변에서 기다리고 있어⋯⋯ 가서 함께 춤추지 않을래?

그럴래? 않을래? 그럴래? 않을래? 함께 춤추지 않을래?」

「얼마나 재미있는지 넌 정말로 모를 거야.

춤꾼들이 바다가재와 우리를 바다에 집어던지면 말이야.」

하지만 달팽이는 탐탁지 않은 표정으로 흘려보며 대답했네.
「너무 멀어, 너무 멀어!」

달팽이는 대구에게 고맙지만 함께 춤추지 않겠다고 말했지.

「추지 않을래, 출 수 없어, 추지 않을래, 출 수 없어, 함께 춤
추지 않을래.

추지 않을래, 출 수 없어, 추지 않을래, 출 수 없어, 함께 춤
추지 않을래.」

「멀리 가는 건 아무 상관없지 않아?」 비늘이 있는 친구가 대
꾸했네.

「저쪽에 또 다른 해변이 있잖아.

영국에서 멀어질수록 프랑스에는 가까워지지……

그러니 겁먹지 마, 사랑스러운 달팽이야, 와서 함께 춤추자.

그럴래? 않을래? 그럴래? 않을래? 함께 춤추지 않을래?

그럴래? 않을래? 그럴래? 않을래? 함께 춤추지 않을래?」[29]

「고마워, 정말 재미있는 춤이구나.」 마침내 끝난 게 아주 다행
이라고 느끼며 앨리스가 말했다.「그리고 대구에 대한 노래, 정
말 재밌고 좋아.」

「아, 대구 말인데.」 가짜 거북이 말했다.「당연히 넌 대구를 본
적이 있겠지?」

「응.」 앨리스가 말했다.「자주 봤어. 저녁 식…….」 앨리스는

---

29 메리 호윗의 「거미와 파리The Spider and the Fly」를 패러디한 것이다.
원시의 내용은 거미줄은 편안하고 신기한 것이 많으니 들어오라며 거미가 파
리를 유혹하는 것이다.

얼른 입을 다물었다.

「〈저녁 식〉이 어딘지는 잘 모르겠어.」가짜 거북이 말했다.「하지만 만약 네가 대구를 그렇게 자주 만났다면 대구가 어떻게 생겼는지 당연히 잘 알겠구나.」

「그런 듯해.」앨리스가 신중하게 대답했다.「꼬리를 입에 물고 말이야…… 온통 빵가루를 뒤집어쓰고 있어.」

「빵가루는 아니야.」가짜 거북이 말했다.「바다 속에 있으면 빵가루는 다 씻겨 떨어진다고. 하지만 꼬리를 입에 〈물고 있지〉. 그 이유는…….」이 대목에서 가짜 거북은 하품을 하며 눈을 감았다.「그 이유와 나머지는 네가 좀 이야기해 줘.」가짜 거북이 그리핀에게 말했다.

「그 이유는 말이지.」그리핀이 말했다.「대구는 바다가재하고 〈춤춰야〉 하기 때문이야. 그래서 춤출 때 바다로 던져졌지. 그래서 먼 곳에 떨어져야 했지. 그래서 얼른 꼬리를 입으로 물었어. 그래서 입에서 다시는 꼬리를 꺼내지 못했지. 그게 다야.」

「고마워.」앨리스가 말했다.「아주 재미있어. 전에는 대구에 대해서 그렇게 많이 알지 못했어.」

「더 가르쳐 줄 수도 있어. 원한다면 말이야.」그리핀이 말했다.「대구를 왜 대구라고 부르는지 알아?」

「생각해 본 적 없는데?」앨리스가 말했다.「왜?」

「장화와 구두를 그렇게 하기 때문이야.」

앨리스는 완전히 어리둥절해졌다.「장화와 구두를 그렇게 하기 때문이라니!」앨리스는 무슨 말인지 알아들을 수 없다는 어조로 같은 말을 되풀이했다.

「그럼 〈네〉 구두는 뭐로 해?」그리핀이 말했다.「내 말은, 구두에 어떻게 윤을 내느냐는 뜻이야.」

앨리스는 구두를 내려다보며 잠시 생각하다 답을 했다. 「구두약으로 닦아.」

「바다 속에서는 장화와 구두를 말이야.」 그리핀이 굵직한 목소리로 말했다. 「대구로 닦아. 이제 알았지?」[30]

「그럼 대구는 뭐로 만들어?」 잔뜩 호기심 어린 목소리로 앨리스가 물었다.

「물론 혀가자미와 장어지.」 그리핀이 다소 짜증을 내며 말했다. 「그건 새우도 아는 사실이야.」[31]

「만약 내가 대구라면 말이야.」 아직도 노래를 생각하고 있는 앨리스가 말했다. 「돌고래에게 말했을 거야. 〈뒤로 물러가 주세요. 우리는 당신들과 함께 있고 싶지 않아요!〉라고 말이야.」

「반드시 돌고래가 있어야 해.」 가짜 거북이 말했다. 「생각 있는 물고기라면 돌고래 없이 아무 곳에도 가지 않을 거야.」

「정말?」 깜짝 놀란 목소리로 앨리스가 말했다.

「물론이지.」 가짜 거북이 말했다. 「만약 물고기가 〈내〉게 와서 여행을 떠날 거라고 말한다면 나는 〈무슨 돌고래하고?〉라고 물을 거야.」

「너 혹시 〈목적〉을 말하는 거 아니야?」 앨리스가 말했다.[32]

「내가 말한 대로의 뜻이야.」 화난 어투로 가짜 거북이 말했다. 그리고 그리핀이 거들었다. 「자, 이제 〈네〉가 한 모험담 좀 들어보자.」

30 *whiting*에는 〈대구〉와 〈백악(白堊)〉이라는 뜻이 같이 있다.

31 *sole*에는 〈혀가자미〉와 〈신발 밑창〉이라는 뜻이 있으며 〈뒤축〉을 뜻하는 *heel*과 〈장어〉를 뜻하는 *eel*은 발음이 비슷하다.

32 〈돌고래〉라는 뜻의 *porpoise*와 〈목적〉이라는 뜻의 *purpose*는 발음이 비슷하다.

「내 모험담을 말해 줄게⋯⋯ 오늘 아침부터 시작됐어.」앨리스
는 살짝 조심스레 말했다.「어제 이야기는 할 필요가 없어. 어제
나는 완전히 다른 사람이었거든.」

「전부 다 설명해 봐.」가짜 거북이 말했다.

「아냐, 아냐! 모험담부터 말해 줘.」조급해하며 그리핀이 말했
다.「다 설명하려면 시간이 너무 걸려.」

앨리스는 흰 토끼를 처음 봤을 때부터 시작된 모험담을 말하
기 시작했다. 처음에는 두 동물이 눈을 〈몹시〉 크게 뜨고 입을
〈떡〉 벌린 채 옆에 바짝 붙어 있었기에 약간 겁이 났지만 점차 용
기가 났다. 둘은 앨리스가 「이제는 늙으셨어요, 윌리엄 어르신」
을 애벌레에게 외워 주는 대목에 이를 때까지 가만히 듣고만 있
었다. 그리고 단어가 완전히 다르게 나오더라고 말하자 가짜 거
북이 길게 숨을 내쉬고 말했다.「그건 정말 이상해.」

「정말 이상해.」그리핀이 말했다.

「완전히 다르게 나왔다고!」생각에 잠겨 가짜 거북이 되풀이
했다.「지금 저 애가 뭔가 외우는 걸 듣고 싶어. 시켜 봐.」가짜
거북은 그리핀이 앨리스에게 어떤 권위라도 있는 듯한 눈으로
그리핀을 보았다.

「일어나서 〈그건 게으름뱅이의 목소리라네〉를 외워 봐.」그리
핀이 말했다.

〈애네는 걸핏하면 명령하고 배운 것을 외워 보라고 하는군!〉
앨리스가 생각했다. 〈꼭 학교에 있는 것만 같잖아.〉하지만 앨리
스는 일어나 시를 외우기 시작했다. 하지만 머릿속이 바다가재
춤으로 가득 차 있어 자신이 무엇을 외우는지 모를 지경이었다.
단어는 아주 이상하게 튀어나왔다.

그건 바다가재의 목소리, 나는 바다가재가 하는 주장을 들었지.

「당신은 나를 너무 구웠어요. 내 머리털에 설탕을 쳐야 하겠어요.」

오리가 눈꺼풀로 하듯, 바다가재는 코로

허리띠와 단추를 다듬었네. 그리고 팔자걸음 걷는 자세를 하게 했네.

모래가 모두 마르면 바다가재는 종달새처럼 기뻐하며

상어에 대해 거만하게 말하지.

하지만 밀물이 밀려오고 상어가 나타나면

그 목소리는 작고 떨린다네.

「내가 어렸을 때 외웠던 거랑 다른데?」 그리핀이 말했다.

「음, 난 처음 들어 봐.」 가짜 거북이 말했다. 「하지만 이상하고 말도 안 되는 시야.」

앨리스는 아무 말도 하지 않았다. 앨리스는 주저앉아 두 손으로 얼굴을 감싸고 앞으로 뭔가 정상인 일이 〈단 한 번〉이라도 일어날지 생각했다

「그 시가 무슨 뜻인지 설명을 듣고 싶어.」 가짜 거북이 말했다.

「설명할 수 없을 거야.」 그리핀이 서둘러 말했다. 「다음 연을 외워 봐.」

「하지만 발가락은?」 가짜 거북이 고집했다. 「어떻게 코로 발가락들을 팔자걸음 걷는 자세로 〈하게 할 수〉 있어?」

「그건 춤의 첫 자세야.」 앨리스가 말했다. 하지만 머릿속이 너무나 복잡했기 때문에 화제를 바꾸고 싶었다.

「다음 연을 외워 봐.」 그리핀이 성마르게 반복해서 말했다.

「〈나는 그 친구의 정원을 지나쳤지〉로 시작해.」

앨리스는 이번에도 단어가 모두 다르게 튀어나올 것을 뻔히 알았지만 감히 명령을 거역할 수 없었다. 그래서 떨리는 목소리로 계속 외웠다.

나는 바다가재의 정원을 지나 한눈으로 보았지.
올빼미와 표범이 파이를 나눠 먹는 모습을.
표범은 파이 껍질과 육수와 고기를 가졌고
올빼미는 지기 몫으로 남은 접시를 가졌지.
파이를 다 먹었을 때 올빼미는
수저를 가져가도 된다는 허락을 받았고
반면 표범은 나이프와 포크를 으르렁거리며 챙겼고
연회는 끝났다네.[33]

「그런 걸 외우는 게 무슨 소용이야.」 가짜 거북이 끼어들었다. 「설명을 못 하면 말이야. 내가 들어 본 가운데 제일 이상한 시야.」

「그래. 그만두는 게 좋겠어.」 그리핀이 말했다. 앨리스는 그만두는 게 기쁠 따름이었다.

「바다가재 춤을 더 볼래?」 그리핀이 말했다. 「아니면 가짜 거북이 노래하는 걸 듣고 싶니?」

「아, 노래가 좋아. 가짜 거북만 괜찮다면 말이야.」 앨리스가 너무나 열을 내며 말했기에 그리핀은 다소 기분 상한 듯한 목소리로 말했다. 「흥! 별난 취향이네. 저 아이에게 〈거북이 수프〉를 불러 줘. 괜찮지, 친구?」

33 아이작 위츠의 「게으름뱅이The Sluggard」를 패러디 한 시이다. 원시는 아이들에게 부지런해지라는 교훈을 전한다.

가짜 거북은 한숨을 쉬더니 때때로 울음을 삼켜 가며 이렇게 노래를 불렀다.

근사한 수프, 진하고 푸르지,
뜨거운 그릇에서 기다리고 있다네!
이런 진미에 누가 무릎을 꿇지 않겠어?
저녁의 수프, 아름다운 수프!
저녁의 수프, 아름다운 수프!
그은사아하안 수으프으!
그은사아하안 수으프으!
저어녀어억으이 수으프으.
근사한, 근사한 수프!

근사한 수프! 누가 생선에,
고기에, 다른 음식에 손을 대겠어?
이 근사한 수프 조금만 주면
모든 걸 다 내놓지 않을 사람 누가 있겠어?
이 근사한 수프 조금만 주면!
모든 걸 다 내놓지 않을 사람 누가 있겠어?
그은사아하안 수으프으!
그은사아하안 수으프으!
저어녀어억으이 수으프으!
근사한, 〈근사한 수프〉![34]

34 제임스 세일즈의 「저녁별Star of the Evening」의 패러디이다. 원작의 내용은 밤하늘에 뜬 별의 아름다움을 찬미하는 것이다.

「후렴 다시!」 그리핀이 외쳤고, 가짜 거북이 막 다시 하려는 찰나, 〈재판이 시작됩니다!〉라는 외침이 멀리서 들려왔다.

「가자!」 노래가 끝나는 걸 기다리지 않고 그리핀은 앨리스의 손을 잡고 급히 그곳을 떠났다

「무슨 재판인데?」 달리느라 헐떡이며 앨리스가 말했다. 하지만 그리핀은 다만 〈가자!〉라고만 대꾸하고서 점점 더 빠르게 달렸다. 그리고 바람결에 가짜 거북의 구슬픈 노래가 점차 희미하게 실려 왔다.

저어녀억으이 수으프으,
그은사아하안 수으프으!

11

누가 과일 파이를 훔쳤나?

앨리스와 그리핀이 도착했을 때, 하트의 왕과 왕비는 왕좌에 앉아 있었고 주위로 카드 한 벌을 비롯해 온갖 종류의 작은 새들과 짐승이 모여 있었다. 사슬에 묶인 잭이 양쪽에서 병사가 감시하는 가운데 왕좌 앞에 서 있었다. 왕 근처에는 흰 토끼가 한 손에는 트럼펫을, 다른 한 손에는 두루마리 양피지를 들고 서 있었다. 재판장 한가운데 테이블이 있었고, 그 위에는 커다란 과일 파이가 놓여 있었다. 아주 먹음직했기에 앨리스는 파이를 보는 순간 무척 허기가 졌다. 〈재판이 끝나면 간식으로 나눠 주면 좋겠어!〉 앨리스가 생각했다. 하지만 그럴 가능성은 전혀 없어 보였기에 앨리스는 시간을 보내려 주변을 둘러보기 시작했다.

앨리스는 재판장에 와본 적이 없었지만, 책에서 재판장에 관한 내용을 읽은 적이 있었기에 그곳에 있는 대부분의 이름을 아는 게 무척 기뻤다. 「저쪽이 판사구나.」 앨리스가 혼잣말을 했다. 「커다란 가발을 쓰고 있잖아.」

판사는 왕이었다. 왕은 가발 위에 왕관을 쓰고 있었고 전혀 편해 보이지 않았으며 어울리지도 않았다.

〈그리고 저쪽은 배심원석이구나.〉 앨리스가 생각했다. 〈그리고 저기 열두 생물이〉 (〈생물〉이라고 밖에 달리 표현할 수가 없

었다. 일부는 동물이었고 일부는 새였기 때문이다.) 〈배심원이야.〉 앨리스는 무척 자랑스러워하며 마지막 단어를 두세 번 반복해서 말했다. 자기 또래 여자 아이 가운데 그 단어 뜻을 알고 있는 아이는 거의 없을 거라고 생각했기 때문이다. 하지만 〈재판단〉이라고 말해도 괜찮았을 터였다.

배심원 열두 명은 모두 석판에 뭔가를 열심히 적고 있었다. 「뭘 하고 있는 거야?」 앨리스가 그리핀에게 속삭였다. 「아직 재판이 시작 안 했으니까 쓸 게 아무것도 없잖아.」

「자기 이름을 적는 거야.」 그리핀이 속삭였다. 「재판이 끝나기 전에 자기 이름을 잊을까 봐 말이야.」

「바보잖아!」 앨리스는 분개한 어투로 크게 외쳤지만 흰 토끼가 〈재판장에서는 조용히 하십시오!〉라고 소리치고 왕이 안경을 쓰고 누가 말을 하는지 열심히 찾는 모습을 보자 급히 입을 다물었다.

앨리스는 배심원들이 석판에 〈바보 같은 짓이야!〉라고 쓰는 모습을 어깨너머로 볼 수 있었다. 심지어 배심원 한 명이 〈바보〉라는 철자를 몰라 옆에 있는 배심원에게 물어보는 모습까지 보였다. 〈재판이 끝나기도 전에 석판이 엉망이 되겠네!〉 앨리스가 생각했다.

배심원 한 명의 펜에서 끽끽거리는 소리가 났다. 당연히 앨리스는 이 소리를 참을 수 없었고, 재판장을 돌아 그 배심원 뒤로 가서 펜을 재빨리 빼앗았다. 앨리스가 어찌나 빨리 이 일을 해치웠던지 그 가엾고 조그만 배심원(도마뱀 빌이었다)은 어찌 된 영문인지조차 알지 못했다. 빌은 펜을 찾아 주위를 샅샅이 찾다가 그날의 나머지 기록은 손가락으로 했지만 석판에 아무 흔적도 남지 않았기 때문에 전혀 소용이 없었다.

「의전관, 고발장을 읽도록!」 왕이 말했다.

이 말에 흰 토끼는 트럼펫을 세 번 불고 양피지 두루마리를 펴고 다음과 같이 읽었다.

어느 여름날,

하트의 왕비가 파이를 만들었네.

하트의 잭이 그 파이를 훔쳐서

멀리 달아났네!

「평결을 내리시오.」 왕이 배심원들에게 말했다.

「아직, 아직 안 됩니다!」 흰 토끼가 황급히 말렸다. 「그전에 해야 할 절차가 많습니다!」

「첫 번째 증인을 불러라.」 왕이 말했다. 흰 토끼는 트럼펫을 세 번 불고 외쳤다. 「첫 번째 증인!」

첫 번째 증인은 모자 장수였다. 모자 장수는 한 손에는 찻잔을, 다른 손에는 버터 바른 빵을 들고 들어왔다. 「용서하십시오, 폐하.」 모자 장수가 말했다. 「이런 것들을 들고 와서 송구합니다만, 소환을 받았을 때는 아직 차를 마시던 중이었습니다.」

「다 마시고 왔어야지.」 왕이 말했다. 「언제 마시기 시작했지?」

모자 장수는 도마우스와 팔짱을 끼고 재판장에 따라 들어온 삼월 토끼를 보고 대답했다. 「3월 14일이었던 듯합니다.」 모자 장수가 말했다.

「15일이야.」 삼월 토끼가 말했다.

「16일.」 도마우스가 거들었다.

「적어 두시오.」 왕이 배심원들에게 말했고, 배심원들은 석판에 세 날짜를 모두 적고 그 대답을 모두 합한 다음 실링과 페니로 환

산한 답을 적었다.

「네 모자를 벗도록 하라.」왕이 모자 장수에게 말했다.

「이건 제 것이 아닙니다.」모자 장수가 말했다.

「절도!」배심원들을 돌아보며 왕이 외쳤고, 배심원들은 얼른 그 사실을 석판에 기록했다.

「팔 물건입니다.」모자 장수가 설명을 덧붙였다.「제 것은 없습니다. 저는 모자 장수입니다.」

이때 왕비가 안경을 쓰고 모자 장수를 노려보기 시작했고, 모자 장수는 하얗게 질려 어찌할 바를 몰라 했다.

「증언을 하라.」왕이 말했다.「긴장하지 마라. 안 그러면 당장 널 처형하겠다.」

이 말은 증인에게 전혀 도움이 되지 않는 듯했다. 모자 장수는 쉴 틈 없이 다리를 움직이며 불안한 눈으로 왕비를 바라보았고, 당황한 나머지 버터 바른 빵 대신 찻잔을 크게 한입 깨물었다.

바로 이 순간, 앨리스는 아주 이상한 기분이 들었다. 앨리스는 무슨 일이 벌어지는지 깨닫기까지 상당히 놀랐다. 앨리스는 다시 몸이 커지기 시작했고, 처음에는 얼른 일어나 재판장을 나갈까 생각했지만 다시 생각을 해보고는 앉아 있을 공간이 있는 한 재판장에 남아 있기로 마음먹었다.

「그렇게 밀지 않았으면 좋겠어.」옆에 앉아 있던 도마우스가 말했다.「숨을 못 쉬겠어.」

「나도 어쩔 수가 없어.」앨리스가 아주 온순하게 말했다.「몸이 자라고 있거든.」

「〈여기서는〉 자랄 권리가 없어.」도마우스가 말했다.

「말도 안 되는 소리는 하지도 마.」앨리스가 좀 더 대담하게 말했다.「너도 자라고 있잖아.」

「그래, 하지만 나는 정상적인 속도로 자란다고.」 도마우스가
말했다. 「그렇게 우스꽝스러운 방식은 아니라고.」 도마우스는 아
주 뚱한 표정으로 일어나더니 재판장 반대편으로 가버렸다.

　그동안 왕비는 내내 모자 장수에게서 눈길을 떼지 않고 있었
고, 도마우스가 재판장을 건너갈 때 왕비가 정리[35]에게 말했다.
「지난 음악회 때 참석했던 가수들 명단을 가져와라!」 이 말에 불
쌍한 모자 장수는 너무 떨어서 신발 두 짝이 모두 벗겨졌다.

　「증언을 하라.」 왕이 화를 내며 다시 말했다. 「그렇지 않으면

35 재판장에서 소송 진행에 필요한 잡무를 맡아 보는 공무원.

네가 긴장을 했건 아니건 처형할 테다.」

「저는 불쌍한 사람입니다, 폐하.」떨리는 목소리로 모자 장수가 말하기 시작했다.「……그리고 저는 아직 차도 마시기 시작하지 않았습니다…… 일주일도 넘게요…… 그리고 버터 바른 빵이 무엇 때문에 그토록 얇아졌는지…… 차가 반짝이는…….」

「〈뭐가〉 반짝인다고?」왕이 말했다.

「차가 그렇게 되기 〈시작〉했습니다.」모자 장수가 대답했다.

「당연히 반짝인다는 건 T로 시작하지.」[36] 왕이 날카롭게 말했다.「나를 바보로 아는 거냐? 계속해!」

「저는 불쌍한 사람입니다.」모자 장수가 계속했다.「그리고 그 일이 있은 뒤 모든 것이 반짝이기 시작했습니다……. 삼월 토끼가 말하고 난 뒤부터…….」

「난 안 그랬어!」삼월 토끼가 급히 끼어들었다.

「그랬어!」모자 장수가 말했다.

「부인합니다!」삼월 토끼가 말했다.

「토끼가 부인한다.」왕이 말했다.「그 부분은 빼도록.」

「어쨌든, 도마우스가 말하길…….」도마우스 역시 부인할까 걱정스럽게 둘러보며 모자 장수가 말했다. 하지만 도마우스는 깊이 잠들어 있어 아무것도 부인하지 않았다.

「그 뒤로.」모자 장수가 계속했다.「저는 버터 바른 빵을 조금 더 잘라서…….」

「그런데 도마우스는 뭐라고 했지요?」배심원 가운데 하나가 물었다.

---

36 〈차가 그렇게 되기 시작했습니다 *It began with the tea*〉를 왕은 〈*It began with the T*〉 즉 〈T로 시작합니다〉로 알아들었다. 〈반짝이다*twinkle*〉은 당연히 t로 시작한다.

「기억이 안 납니다.」 모자 장수가 말했다.

「기억을 〈해내야만〉 한다.」 왕이 말했다. 「안 그러면 널 처형하겠다.」

가엾은 모자 장수는 찻잔과 버터 바른 빵을 떨어뜨리고 무릎을 꿇었다. 「저는 불쌍한 사람입니다, 폐하.」 모자 장수가 말했다.

「너는 〈진짜 말재주가 없구나〉.」 왕이 말했다.

그때 기니피그가 함성을 질렀고, 즉각 정리가 이를 진압했다. (정확하게 말로 옮기기 다소 어려우니, 나는 어떻게 그렇게 되었는지 단지 설명만 하겠다. 정리들은 두꺼운 천으로 된 커다란 자루에 기니피그를 머리부터 넣고 그 위에 앉았다.)[37]

〈어떻게 하는 건지 보게 되어 기뻐.〉 앨리스가 생각했다. 〈신문에서 재판이 끝났을 때《손뼉을 치려는 시도가 있었으나 정리에게 진압당했다》라는 글을 자주 읽었는데 이제야 그게 무슨 뜻인지 알겠어.〉

「네가 아는 것이 그게 전부라면 내려가도 좋다.」 왕이 계속 말했다.

「내려갈 곳이 없습니다.」 모자 장수가 말했다. 「저는 지금 바닥에 서 있습니다.」

「그러면 〈앉아〉도 좋다.」 왕이 대답했다.

여기서 다른 기니피그가 함성을 질렀고 곧 진압당했다.

〈이제 더는 기니피그가 없군!〉 앨리스가 생각했다. 〈이제 더 매끄럽게 진행되겠다.〉

「저는 차를 마저 마시고 싶습니다.」 가수 명단을 읽는 왕비를 걱정스레 보며 모자 장수가 말했다.

37 *suppress*에는 〈주의를 주다〉와 〈진압하다〉라는 뜻이 있는 데서 만들어 낸 말장난이다.

「가도 좋다.」왕이 말하자 모자 장수는 신발도 신지 않고 급히 재판장을 떠났다.

「……그리고 밖에서 저놈의 목을 잘라라.」왕비가 관리 가운데 한 명에게 말했다. 하지만 관리가 문에 도착하기도 전에 모자 장수는 벌써 사라지고 없었다.

「다음 증인을 불러라!」왕이 말했다.

다음 증인은 공작부인의 요리사였다. 요리사는 후춧가루 통을 들고 왔기에, 앨리스는 들어오는 모습을 보기도 전에 증인이 누구인지 알 수 있었다. 문 옆에 있는 사람들이 한꺼번에 재채기를 해댔기 때문이다.

「증언을 하라.」왕이 말했다.

「싫습니다.」요리사가 말했다.

왕은 걱정스럽게 흰 토끼를 쳐다보자 토끼가 낮은 목소리로 말했다. 「〈이〉 증인에게는 반대 심문을 하셔야 합니다.」

「흠, 그래야 한다면, 그래야 하겠지.」왕이 우울하게 말했다. 왕은 팔짱을 끼고 앞이 거의 안 보일 정도로 인상을 찡그리며 요리사를 바라보다가 낮은 목소리로 말했다. 「과일 파이는 무엇으로 만드는가?」

「후추가 주재료입니다.」요리사가 말했다.

「당밀이야.」요리사 뒤에서 졸린 목소리가 들렸다.

「도마우스를 체포하라.」왕비가 소리쳤다. 「도마우스 목을 잘라라! 도마우스를 재판장에서 내쫓아라! 진압하라! 꼬집어라! 수염을 뽑아라!」

도마우스를 내보내느라 한동안 재판장이 온통 소란스러웠고, 다시 주위가 정리되었을 때 요리사는 사라지고 없었다.

「괜찮다!」정말 다행이라는 듯 왕이 말했다. 「다음 증인을 불러라.」 그리고 왕은 왕비에게 낮은 목소리로 말했다. 「왕비, 다음 증인은 〈당신〉이 반대 심문을 하시오. 난 머리가 다 지끈거리오!」

앨리스는 다음 증인이 누굴까 아주 궁금해하며 증인 명단을 훑어보는 흰 토끼를 바라보았다. 「〈아직〉은 별다른 증거를 잡지 못했어.」 앨리스가 혼잣말을 했다. 흰 토끼가 가늘고 작은 목소리를 떨면서 〈앨리스!〉라고 소리 높여 외쳤을 때 앨리스가 얼마나 놀랐을지 상상해 보시라.

12
앨리스의 증언

「네!」 순간 당황한 앨리스는 지난 몇 분 사이에 자신이 얼마나 커졌는지 까맣게 잊고 소리치며 벌떡 일어나는 바람에 치맛자락으로 배심원석을 뒤집어 버렸고, 배심원들은 모두 그 아래 있던 군중 머리 위로 엎어지며 떨어졌다. 배심원들이 뻗어 있는 모습이 꼭 앨리스가 지난주에 실수로 엎었던 어항 속 금붕어 같았다.

「오, 〈용서〉해 주세요!」 앨리스는 아주 놀란 목소리로 외쳤다. 그리고 머릿속에서 금붕어 사건이 떠나지 않아 최대한 빨리 배심원들을 주워 모았다. 어렴풋이 드는 생각이었지만, 이들을 즉시 배심원석으로 돌려놓지 않으면 곧 죽어 버릴 것만 같았기 때문이다.

「배심원들이 모두 제자리에 돌아올 때까지 재판을 진행할 수 없다. 〈모두〉 제자리에 돌아올 때까지.」 왕이 아주 엄숙한 목소리로 말했다. 왕은 앨리스를 내섭게 노려보며 힘주어 반복했다.

앨리스는 배심원석을 보았고, 자신이 서두르는 바람에 도마뱀이 거꾸로 처박힌 것을 알게 되었다. 가엾은 도마뱀은 움직이지도 못하고 처량하게 꼬리만 흔들고 있었다. 앨리스는 얼른 도마뱀을 꺼내 제대로 앉혔다. 「별거 아냐.」 앨리스가 혼잣말을 했다. 「바로 앉히나 거꾸로 앉히나 재판에는 〈별〉 차이가 없을 테니까.」

배심원들은 뒤집혔던 충격에서 약간 회복되자마자 석판과 연필을 찾아 쥐고 사건의 경과에 대해 열심히 적기 시작했다. 하지만 도마뱀은 예외였다. 도마뱀은 너무 충격을 받아 입을 벌리고 재판장 천장을 바라보며 멍하니 앉아 있는 것 말고는 아무것도 할 수 없는 듯했다.

「이 일에 대해 아는 것이 무엇이냐?」 왕이 앨리스에게 물었다.

「없습니다.」 앨리스가 말했다.

「〈아무것도〉 없느냐?」 왕이 끈질기게 되물었다.

「아무것도 없습니다.」 앨리스가 말했다.

「이건 아주 중요하다.」 배심원들을 바라보며 왕이 말했다. 배심원들이 석판에 이 말을 막 받아 적는 순간 흰 토끼가 끼어들었다. 「〈안〉 중요하지요, 당연한 말씀이십니다, 폐하.」 흰 토끼는 아주 공손하게 말했으나 말하며 얼굴을 찡그리고 있었다.

「〈안〉 중요하다는 뜻이었지. 당연하잖나.」 왕이 서둘러 말하더니 어떤 단어가 더 낫게 들리는지 시험해 보려는 듯 낮은 목소리로 〈중요해…… 안 중요해…… 안 중요해…… 중요해……〉 하고 중얼거렸다.

어떤 배심원은 〈중요하다〉라고 적었고, 어떤 배심원은 〈안 중요하다〉라고 적었다. 앨리스는 석판을 볼 수 있을 정도로 가까이 있었기에 이 모든 것을 볼 수 있었다. 〈하지만 아무 상관없어.〉 앨리스가 혼자 생각했다.

그때 한동안 공책에 뭔가를 열심히 적고 있던 왕이 외쳤다. 「제42조, 〈키가 1킬로미터 이상인 자는 법정에서 나가야 한다〉.」

모두 앨리스를 쳐다보았다.

「〈저〉는 1킬로미터가 안 되는데요.」 앨리스가 말했다.

「돼.」 왕이 말했다.

「거의 3킬로미터야.」 왕비가 거들었다.

「어쨌든 전 안 나갈 거예요.」 앨리스가 말했다. 「게다가 그건 정식 법규도 아니잖아요. 지금 막 만들어 낸 거잖아요.」

「이건 법전에서 가장 오래된 법규야.」 왕이 말했다.

「그렇다면 제1조여야죠.」 앨리스가 말했다.

왕은 하얗게 질려 얼른 공책을 덮었다. 「평결을 내리시오.」 낮고 떨리는 목소리로 왕이 배심원들에게 말했다.

「아직 증거가 더 있습니다, 폐하.」 흰 토끼가 급히 뛰어나오며 말했다. 「방금 이 쪽지를 발견했습니다.」

「뭐라고 쓰여 있는가?」 왕비가 말했다.

「아직 열어 보지는 않았습니다.」 흰 토끼가 말했다. 「하지만 편지 같습니다. 죄인이…… 누군가에게 쓴 듯합니다.」

「그렇겠지.」 왕이 말했다. 「안 그러면 아주 드문 경우거든.」

「수신인이 누군가요?」 배심원 하나가 물었다.

「수신인이 없습니다.」 흰 토끼가 말했다. 「사실, 〈겉〉에는 아무것도 적혀 있지 않습니다.」 흰 토끼는 말하며 쪽지를 폈다. 「이건 편지가 아니군요. 시입니다.」

「죄인이 손으로 쓴 건가요?」 다른 배심원이 물었다.

「아니요, 그건 아닙니다.」 흰 토끼가 말했다. 「참 이상하군요.」 (배심원들은 모두 어리둥절한 표정을 지었다.)

「다른 사람 글씨체를 흉내 냈겠지.」 왕이 말했다. (배심원들 모두 얼굴이 다시 밝아졌다.)

「폐하.」 잭이 말했다. 「제가 쓴 게 아닙니다. 그리고 제가 썼다는 증거도 없습니다. 마지막에 제 이름도 없습니다.」

「만약 이름이 없다면.」 왕이 말했다. 「네게 더 불리할 뿐이야. 뭔가 나쁜 짓을 〈할 뜻이 있었던 거지〉 그렇지 않으면 떳떳하게

네 이름을 적었을 테니까.」

이 말에 한꺼번에 손뼉 치는 소리가 들렸다. 오늘 처음으로 왕이 똑똑한 말을 했기 때문이다.

「그것으로 유죄가 〈증명되었다〉.」 왕비가 말했다.

「그것은 아무런 증거도 되지 못해요!」 앨리스가 말했다. 「뭐라고 적혀 있는지조차 모르잖아요!」

「읽어 보아라.」 왕이 말했다.

흰 토끼가 안경을 걸쳤다. 「어디서부터 읽을까요, 폐하.」 흰 토끼가 물었다.

「처음부터 시작해서.」 왕이 심각하게 말했다. 「죽 읽다가 끝이 나오면 멈춰라.」

흰 토끼가 시를 읽었다.

사람들이 내게 말하길, 네가 그녀에게 찾아갔고
내 이야기를 그에게 했다고 하더군.
그녀는 날 좋게 말했지만
내가 수영을 못한다고 말했지.

그는 내가 못 간다고 그들에게 말했고
(우리는 그 말이 사실이라는 것을 알지)
만약 그녀가 그 일을 다그치면
너는 어떻게 될까?

나는 그녀에게 하나를 주었고, 그들은 그에게 둘을 주었네.
너는 우리에게 셋 이상을 주었지.
그것들은 모두 그로부터 너에게 돌아갔지.

전에는 내 것이었는데 말이야.

만약 나나 그녀가 우연히
이일에 말려든다면
그는 네가 그들을 풀어 주리라 믿어.
우리가 전에 똑같이 그랬듯이.

내가 보기에 너는 그랬지.
(그녀가 이렇게 격노하기 전에)
그와 우리와 그것 사이를
가로막는 장애물이었어.

그녀가 그것들을 가장 좋아한다는 것을 그에게 알리지 마.
왜냐면 이 사실은 영원히
다른 사람은 모르게 해야 하는 비밀이니까.
너와 나만 알기로 해.[38]

「지금까지 들은 가운데 가장 중요한 증거로군.」 왕이 손을 비비며 말했다. 「자 이제 배심원들은…….」

「만약 누군가 이 뜻을 설명할 수 있다면 말이에요.」 앨리스가 말했다. (앨리스는 지난 몇 분 사이에 너무나 커졌기에 왕의 말을 가로막는 것이 전혀 두렵지 않았다.) 「6페니를 주겠어요. 〈나〉는 저 시에 티끌만치도 뜻이 담겨 있지 않다고 생각해요.」

배심원들은 모두 석판에 적었다. 〈저 애는 이 시에 티끌만치도

---

38 윌리엄 미의 「앨리스 그레이Alice Gray」를 패러디한 시이다. 원시는 다른 남자를 사랑하는 앨리스 그레이를 사모하는 내용이다.

뜻이 담겨 있지 않다고 생각한다.〉하지만 아무도 쪽지 내용을 설명하려 하지 않았다.

「만약 아무 뜻도 없다면 말이다.」왕이 말했다. 「큰 수고를 덜게 되는 거지. 무슨 뜻인지 알아내려 애쓸 필요가 없으니 말이다. 하지만 글쎄다.」왕이 무릎 위에 쪽지를 펼치고 한쪽 눈으로 살펴보며 말했다. 「아무래도 무슨 뜻이 있는 것 같아. 〈내가 수영을 못한다고 말했지.〉넌 수영을 못하지, 그렇지?」왕이 잭에게 고개를 돌리고 물었다.

잭은 슬프게 고개를 끄덕였다. 「제가 할 수 있을 것 같습니까?」잭이 말했다. (〈할 수 없는 게〉당연한 게, 잭은 마분지로 만들어져 있었다.)

「좋아, 지금까지는.」왕이 말하고 혼자 시를 중얼거리며 말을 이었다. 「〈우리는 그 말이 사실이라는 것을 알지.〉그건 분명 배심원을 말하는 거고, 〈나는 그녀에게 하나를 주었고, 그들은 그에게 둘을 주었네〉. 이건 과일 파이를 가지고 그랬다는 것이겠지.」

「〈그것들은 모두 그로부터 너에게 돌아갔지〉라고 나오잖아요.」앨리스가 말했다.

「저기 있군!」왕이 의기양양하게 식탁 위에 있는 과일 파이를 가리켰다. 「〈저것〉보다 더 명확한 것은 없어. 그럼 다시…… 〈그녀가 이렇게 격노하기 전에〉, 왕비, 당신은 격노한 적이 없잖소?」왕이 왕비에게 말했다.

「절대로요!」왕비는 대답하며 버럭 화를 내더니 잉크병을 도마뱀에게 던졌다. (가엾은 빌은 석판에 아무 표시가 남지 않는 것을 알게 되어 손가락으로 쓰기를 멈추고 있었다. 하지만 이제 얼굴에 튀어 흘러내리는 잉크를 찍어 급히 다시 쓰기 시작했다.)

「그렇다면 그 말은 당신에게 〈맞지〉 않는군.」왕이 싱긋 웃으며 재판장 주위를 둘러보았다.[39] 쥐죽은 듯한 침묵만 흘렀다.

「말장난이야!」 왕이 화난 말투로 덧붙이자 모두가 소리 내어 웃었다. 「배심원은 평결을 내리도록 하시오.」 왕은 오늘 하루 스무 번 정도 했던 말을 또 했다.

「안 돼, 안 돼!」 왕비가 말했다. 「선고부터 하고…… 평결은 나중에 내리도록.」

「말도 안 돼!」 앨리스가 큰 소리로 말했다. 「선고를 먼저 내리다니!」

「입 닥쳐!」 얼굴이 울그락불그락해지며 왕비가 말했다.

「싫어!」 앨리스가 말했다.

「저년 목을 잘라라!」 왕비가 악을 쓰며 외쳤다. 아무도 움직이지 않았다.

「누가 너희 따위를 겁낼 줄 알아?」 앨리스가 말했다. (이때쯤 앨리스는 원래 크기로 커져 있었다.) 「너희는 카드에 불과하다고!」

이때 모든 카드들이 공중으로 날아올라 앨리스에게 떨어져 내렸다. 앨리스는 한편으로는 겁이 나고 한편으로는 화가 나서 작게 소리를 지르며 카드를 쳐내려 했다. 그 순간, 앨리스는 자기가 언니 무릎을 베고 강둑에 누워 있다는 사실을 깨달았다. 언니는 앨리스 얼굴에 떨어진 나뭇잎을 살며시 쓸어내고 있었다.

「일어나렴, 앨리스야!」 언니가 말했다. 「무척 오래 잤어!」

「아, 정말 이상한 꿈을 꿨어!」 앨리스가 말했다. 그리고 방금 여러분이 읽은 이상한 모험에 대해 기억할 수 있는 한 모두 언니에게 말해 주었다. 앨리스가 이야기를 마치자 언니는 앨리스에게 입을 맞추고 말했다. 「정말 이상한 꿈이었네. 자, 다과 시간에

---

39 *fit*에는 〈격노하다〉라는 뜻과 〈적합하다〉라는 뜻이 있다.

늦겠다. 서두르렴.」 그래서 앨리스는 일어나 달려가면서 정말 멋진 꿈이었다고 생각했다.

*

하지만 앨리스가 떠난 뒤에도 언니는 턱을 괴고 가만히 앉아 저무는 해를 바라보며 어린 앨리스, 그리고 앨리스의 멋진 모험에 대한 생각에 잠겼다. 그리고 언니 또한 비슷한 꿈을 꾸기 시작했다. 언니가 꾼 꿈은 다음과 같았다.

먼저, 언니는 어린 앨리스가 꾸었던 꿈을 꾸었다. 그리고 다시한 번 앨리스는 조그만 두 손으로 언니 무릎을 꽉 껴안고 초롱초롱하게 반짝이는 눈으로 언니를 바라보았다. 앨리스의 목소리를 생생하게 들을 수 있었고, 눈으로 〈흘러 내리려는〉 머리칼을 뒤로 넘기느라 앙증스럽게 고개를 젖히는 모습도 선명했다. 그리고 주변에 있는 모든 것이 어린 동생의 꿈에 나타난 신기한 생물들이 되어 살아 움직이는 소리를 들을 수 있었다. 아니, 들리는 듯했다.

흰 토끼가 허둥지둥 지나가자 긴 풀잎들이 바스락거렸다…… 놀란 쥐가 옆에 있는 웅덩이로 뛰어들었다……. 언니는 삼월 토끼와 친구들이 끝없는 다과회를 하며 찻잔을 달그락거리는 소리를, 왕비가 날카로운 목소리로 운 나쁜 손님들에게 사형을 선고하는 소리를 들을 수 있었다. 쟁반과 접시가 깨지는 와중에 다시 한 번 돼지 아기는 공작부인 무릎 위에서 재채기를 하고 있었다……. 그리핀의 외침, 도마뱀이 석판과 연필로 끽끽거리는 소리, 진압당한 기니피그가 숨막혀 하는 소리, 불쌍한 가짜 거북의 흐느낌이 다시 한 번 들리며 모두 뒤섞여 허공을 메웠다.

언니는 눈을 감은 채 앉아 자신이 이상한 나라에 있다고 믿었다. 하지만 눈을 뜨면 모든 것이 지루한 현실로 바뀌리라는 사실을 알고 있었다. 풀잎은 바람에 바스락거릴 뿐이며, 물결이 이는 웅덩이는 갈대의 일렁임으로 바뀔 터였다. 달그락거리는 찻잔 소리는 양들의 방울 소리로, 왕비의 고함은 목동의 외침으로 바뀔 터였다. 그리고 아이의 재채기, 그리핀의 비명, 그리고 그 밖의 모든 별난 소리는 모두 바쁜 농장에서 들리는 웅성거림으로 바뀔 터였다(앨리스의 언니는 그것을 알고 있었다). 그리고 가짜 거북의 무거운 흐느낌은 멀리서 들려오는 소 울음소리가 대신할 터였다.

마지막으로 언니는 어린 앨리스가 성숙한 여인이 된 모습을, 원숙한 나이가 되어도 어린 시절의 순진하고 다정한 마음을 간직한 모습을, 아이들을 모아 놓고 갖가지 이상한 이야기, 심지어 오래전 꿈속에서 보았던 이상한 나라 이야기 같은 걸로 〈아이들의〉 눈을 초롱초롱 빛나게 할 모습을, 어린 시절과 행복한 여름날을 기억하면서 아이들의 순수한 슬픔을 함께 나누고 아이들의 순수한 기쁨 속에서 즐거움을 찾아내는 모습을 그려 보았다.

거울 나라의 앨리스

등장인물

(게임 전에 정해진 대로)

흰 편		붉은 편	
〈말〉	〈병사〉	〈병사〉	〈말〉
트위들디	데이지	데이지	험프티 덤프티
유니콘	헤어	심부름꾼	목수
양	굴	굴	바다코끼리
흰 왕비	릴리	참나리	붉은 왕비
흰 왕	사슴	장미	붉은 왕
할아버지	굴	굴	까마귀
흰 기사	해터	개구리	붉은 기사
트위들덤	데이지	데이지	사자

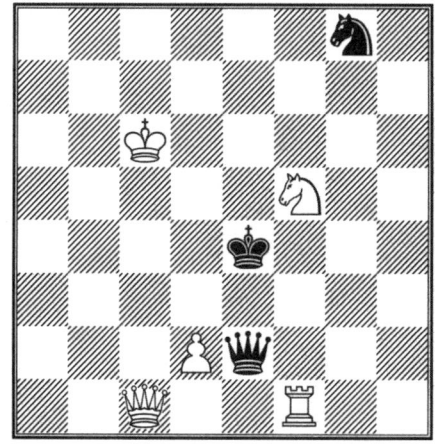

빨강

하양

흰 병사(앨리스)가 열한 수로 이길 때까지

머리말

앞쪽에 나온 체스 문제를 일부 독자가 궁금해하는 듯하니 이 자리를 빌려 행마에 관한 한 앞의 기보가 옳다는 점을 설명하는 게 좋을 듯하다. 붉은 말과 흰 말이 교대로 하는 것은 아주 정확히 지켜지지 않을 수도 있고 왕비 둘과 앨리스 여왕이 〈성으로 들어가는 것〉[1]은 단지 이들 셋이 성으로 들어갔다는 뜻이다. 하지만 체스 규칙을 정확히 지키면서 앞서 설명한 대로 말을 움직이는 수고를 하는 독자라면 누구나 6번째 행마에서 흰 왕에게 체크를 치고 7번째 행마에서 붉은 기사를 잡고 붉은 왕이 최후로 〈체크메이트〉를 받는 모습을 볼 수 있다.

1 체스에서 *castling* 은 왕과 어느 한쪽에 있는 차 사이에 말이 없을 때, 한 수에 왕을 두 칸 오른쪽 또는 왼쪽으로 옮기고 차를 그 안쪽에 앉힐 수 있다. 이 수는 왕도 차도 아직 움직인 일이 없고, 왕의 통로에 상대방 말의 행마길이 안 뚫려 있을 때만 허용된다.

티 없이 해맑은 얼굴과
신비로움을 꿈꾸는 눈빛의 아이야!
세월은 쏜살같이 흐르고 나와 너
인생의 절반이 엇갈린다 하여도
너의 사랑스러운 웃음은
사랑의 선물, 요정 이야기를 반기리라.

나는 햇살 같은 너의 얼굴을 보지 못했고
은빛 웃음도 듣지 못했네.
이제 네 젊은 삶에
나를 생각할 자리 없겠으나
내 요정 이야기에 귀 기울이는
네 모습으로 충분하리.

여름 해가 이글거리던 어느 날
이야기는 시작되었네
시간을 알리던 소박한 종소리,
우리가 젓던 노의 박자

여전히 기억 속에서 메아리치네.
시샘하는 세월이 아무리 〈잊어라〉 해도.

자, 귀 기울여 들어 보렴,
수심에 찬 아이야!
무서운 목소리가
가기 싫은 침대로 너를 부르는
슬픈 소식이 들려오기 전에,
우리는 잠잘 시간이 가까워지면
칭얼거리는 나이 든 아이일 뿐이란다.

밖에는 추위로 얼어붙고 눈보라가 눈앞을 가리고,
폭풍이 변덕스레 몰아쳐도
안에는 붉게 타오르는 벽난로 불빛과
즐거운 아이들의 보금자리가 있네.
마법 이야기가 너를 단단히 사로잡아
사납고 매서운 바람을 잊게 해주리.

비록 〈행복한 여름날〉이 가버렸기에
여름의 영광이 사라졌기에
한숨의 그림자가
이야기 속에서 떤다 할지라도
우리 요정 이야기의 산책길에는
비통의 숨결이 닿지 않으리.

1
거울 속 집

한 가지 확실한 것은 〈흰〉 아기 고양이가 이 일과 아무 상관이 없다는 점이었다. 이건 오롯이 검은 아기 고양이의 잘못이었다. 흰 아기 고양이는 지난 15분 동안 어미 고양이가 얼굴을 핥아 주고 있었기 때문에(흰 아기 고양이는 아주 얌전하게 잘 견뎌 내고 있었다) 장난을 칠 〈짬이 없었다〉.

엄마 고양이 다이너가 아기 고양이의 얼굴을 닦아 주는 방식

은 다음과 같았다. 먼저 다이너는 가엾은 아기 고양이의 귀를 앞 발로 지그시 누르고는 다른 발로 아기 고양이의 얼굴 전체를 코 에서부터 반대쪽으로 문질렀다. 그리고 좀 전에 말했듯이, 지금 다이너는 흰 아기 고양이를 열심히 닦아 주고 있었고, 흰 아기 고 양이는 가만히 앉아서 가르랑거렸다. 흰 아기 고양이는 이 모든 게 자기에게 이로운 일이라 생각하는 게 분명했다.

그러나 검은 아기 고양이는 오후 일찍 세수를 마쳤고, 그래서 앨리스가 커다란 안락의자 구석에 쪼그리고 앉아 혼잣말을 중얼 거리며 조는 사이에 검은 아기 고양이는 앨리스가 감고 있던 털 실 뭉치를 이리저리 굴리며 장난을 쳐 도로 풀어헤쳐 놓았다. 그 러고는 털실이 이리저리 얽히고설킨 난로 깔개 한가운데서 자기 꼬리를 잡으려고 빙글빙글 돌고 있었다.

「아, 이런 장난꾸러기!」 앨리스는 이렇게 외치며 잘못을 깨닫 게 하려고 아기 고양이를 들어 올려 살짝 입 맞추었다. 「정말, 다 이너는 가정교육을 잘못했어! 〈너 말이야〉, 다이너, 정말 잘못했 어!」 앨리스는 어미 고양이를 꾸짖듯이 바라보며 아주 언짢아하 는 투로 말했다. 그러고는 아기 고양이와 털실 뭉치를 들고 안락 의자에 쪼그려 앉아 다시 털실을 감기 시작했다. 그러나 앨리스 는 계속해서 아기 고양이에게 말하거나 혼잣말을 하느라고 실을 빠르게 감지 못했다. 아기 고양이는 앨리스의 무릎에 아주 얌전 히 앉아 털실이 감기는 모습을 바라보고 있었다. 그리고 이따금 자기도 도와주고 싶다는 듯이 털실 뭉치에 앞발을 살짝 갖다 대 기도 했다.

「키티, 내일이 무슨 날인지 알아?」 앨리스가 말하기 시작했다. 「나하고 창가에 있었다면 알 수 있었을 텐데. 하지만 다이너가 너를 깨끗하게 씻겨 주고 있었으니까 그럴 수 없었지. 난 남자 아이들이 모닥불에 나뭇가지를 던져 넣는 것을 보고 있었어. 모닥불을 피우려면 나뭇가지가 아주 많이 있어야 해, 키티! 하지만 날씨가 추워지고 눈이 많이 내려서 모두 집으로 가버렸어. 걱정마, 키티, 내일이면 우리도 모닥불을 보러 갈 거니까.」 말을 마친 앨리스는 단지 어울리는지 보려는 생각으로 아기 고양이 목에 털실을 두세 번 감아 보았다. 그리고 그 때문에 털실 뭉치가 바닥에 떨어져 굴러가며 다시 한참 풀리는 소동이 벌어졌다.

다시 자리에 편안히 앉자마자 앨리스가 말했다. 「키티, 내가 얼마나 화났는지 알아? 네가 어질러 놓은 걸 봤을 때는 창문을 열고 눈 쌓인 바깥에 너를 던져 버리려는 생각마저 했단 말이야! 넌 그래도 싸, 요 조그만 말썽꾸러기야! 할 말이 없지? 이제 방해하지 말고 있어!」 앨리스가 손가락을 하나 쳐들고 말했다. 「네가 저지른 잘못을 말해 줄게. 첫째, 오늘 아침에 다이너가 세수시켜 줄 때 넌 두 번이나 걍걍거렸어. 안 그랬다고 해도 소용없어, 키티. 내가 확실히 들었어! 뭐라고?」(앨리스는 아기 고양이의 말을 듣는 척했다.) 「다이너의 앞발이 네 눈을 찔렀다고? 하지만 그건 눈을 뜨고 있었던 〈네〉 잘못이야. 눈을 꼭 감고 있었다면 괜찮았을 테니까. 그러니까 이제 변명할 생각 말고 잘 들어! 둘째, 내가 스노우드롭 앞에 우유 접시를 놓아 줬을 때 넌 개의 꼬리를 잡아당겼어! 뭐라고? 목이 말랐다고? 하지만 스노우드롭은 목이 안 말랐을까? 이제 세 번째, 넌 내가 안 보는 사이에 털실을 죄다 도로 풀어 놨어!」

「키티, 넌 이렇게 세 가지 잘못을 했고 아직 벌은 한 가지도 받지 않았어. 네 벌은 모두 다음 주 수요일에 모아서 줄 거야. 사람들이 〈내〉가 받을 벌을 다 모아 두었다고 생각해 봐!」 앨리스는 이제 아기 고양이에게 말을 한다기보다는 혼잣말을 하듯 말을 계속했다. 「그러면 연말에는 나는 〈어떻게〉 될까? 그날이 되면 감옥에 가게 될지도 몰라. 아니면, 어디 보자……, 잘못 한 가지에 저녁을 한 끼씩 굶는 게 벌이라고 생각해 보자. 그러면 그 비참한 날에는 자그마치 저녁을 50끼나 굶어야 하네! 〈그건〉 별로 상관없어! 저녁을 50번이나 먹는 것보다 차라리 안 먹는 게 더 좋으니까.」

「키티, 창에 눈송이가 부딪히는 소리 들리니? 참 부드럽고 포근하네! 누군가가 밖에서 창문 여기저기에 입 맞추는 것 같아. 눈이 나무와 들판을 〈사랑〉하기 때문에 이렇게 다정하게 입 맞추는 거 아닐까? 그러고는 나무와 들판을 하얀 이불로 아늑하게 덮어 주는 거야. 〈잘 자요, 여러분. 여름이 다시 찾아올 때까지요〉하고 속삭이는 걸지도 몰라. 여름에 깨어나면, 나무랑 들판은 온통 푸른 옷으로 갈아입고 바람이 불 때마다 춤을 춰. 와, 그거 정말 멋진 생각이다!」 앨리스는 이렇게 외치며 손뼉을 치느라 털실 뭉치를 떨어뜨렸다. 「진짜였으면 〈좋겠어〉! 나뭇잎이 갈색이 되는 가을엔 숲이 정말로 졸려 보여.」

「키티, 체스 둘 줄 알아? 안 돼, 웃지 마, 이 귀염둥이야. 난 지금 진지하게 묻는 거라고. 우리가 체스를 두고 있을 때 다 아는 듯이 보고 있었잖아. 그리고 내가 〈체크!〉 하고 말하니까 네가 가르랑거렸잖아! 음, 그건 참 멋진 체크였어. 그 못된 기사가 내 체스 말 사이로 끼어들지만 않았어도 이길 수 있었는데……. 키티, 우리 가정해 보자…….」 앨리스가 제일 좋아하는 말인 〈우리 가정해 보자〉로 시작해서 하는 말들을 내가 여기에 반만이라도 적을 수 있으면 좋으련만. 바로 전날에도 앨리스는 언니와 꽤 오랫동안 다퉜다. 순전히 앨리스가 〈우리가 왕들과 왕비들이라고 가정해 보자〉라며 말을 시작했고 매사에 빈틈없는 걸 좋아하는 언니는 단둘밖에 없으니 왕과 왕비라면 모를까 왕들과 왕비들은 불가능하다고 말했고, 마침내 앨리스는 이렇게 말할 수밖에 없었다. 「좋아, 〈언니〉는 그 가운데 하나만 해, 나머지는 〈내〉가 다 할래.」 그리고 한번은 나이 든 보모 귀에 대고 갑자기 소리를 질러 놀래 주기도 했다. 「아줌마! 내가 배고픈 하이에나이고 아줌마는 뼈다귀라고 가정해 봐요.」

하지만 이제 앨리스가 아기 고양이에게 말하는 장면으로 돌아가는 것이 좋겠다. 「키티, 네가 붉은 왕비라고 가정해 보자. 너 아니? 네가 꼿꼿이 서서 팔짱을 끼면 붉은 왕비하고 똑같아 보일 거야. 자, 한번 해보자. 저기 있네!」 앨리스는 아기 고양이가 제대로 흉내 낼 수 있도록 탁자 위에 있던 붉은 왕비를 집어서 아기 고양이 앞에 모델로 놓았다. 하지만 잘되지 않았다. 앨리스 말에 따르면, 아기 고양이가 팔짱을 제대로 끼려고 하지 않았기 때문이다. 그래서 앨리스는 그 벌로 심술궂은 얼굴을 직접 보라고 아기 고양이를 거울 앞에 번쩍 들어 올렸다. 앨리스가 덧붙였다. 「제대로 하지 않으면 널 거울 속 집으로 넣어 버릴 거야. 〈그러면〉 좋겠니?」

「자, 키티, 잠자코 말 잘 들으면 거울 속 집에 대해 이야기해 줄게. 먼저 거울을 들여다보면 그 안에 방이 있는 게 보일 거야. 반대로 되어 있다는 것만 빼면 우리 거실하고 똑같아. 의자 위에 올라서면 그 안에 있는 것이 다 보여. 벽난로 뒤를 빼고는 전부. 오! 〈그곳〉도 볼 수 있으면 좋을 텐데! 겨울에 불을 피우는지 정말로 알고 싶어. 우리 벽난로에 불을 피울 때 말고는 〈알 수가 없어〉. 우리가 불을 피우면 거기에서도 연기가 피어오르거든. 하지만 그건 거기에서도 불을 피운다고 믿게 하려는 속임수인지도 몰라. 응, 그리고 그 속의 책들도 여기에 있는 것과 아주 비슷해.

글자가 반대로 쓰인 것만 빼면 말이야. 언젠가 내가 거울 앞에서 책을 한 권 펴서 들고 있으니까 반대편 방에 있는 사람들도 책을 펼쳐 보여 줘서 알았어.」

「거울 속 집에서 사는 건 어떨 것 같니, 키티? 거기에서도 너에게 우유를 줄까? 거울 속 우유는 마실 수 없는 걸지도 몰라. 하지만, 오, 키티! 저기 복도가 보여. 우리 거실문을 활짝 열어 놓으면 거울 속 집에 복도가 나 있는 것을 살짝 〈엿볼 수 있어〉. 보이는 곳까지는 우리 집 복도하고 똑같지만 그 너머는 아주 다를지도 몰라. 오, 키티! 우리가 거울 속 집으로 들어갈 수 있다면 얼마나 멋질까? 분명히, 아주, 아주 아름다운 것이 많을 거야! 그럼, 키티, 우리 그 속으로 들어가는 길이 하나 있다고 가정해 보자. 거울이 거즈처럼 부드러워서 우리가 통과할 수 있다고 가정해 보는 거야. 자, 이제 안개 같은 것으로 변해, 정말로! 이제 정말 통과할 수도 있을 정도로……」 앨리스는 이렇게 말하며 벽난로 위로 올라갔다. 하지만 자신이 어떻게 그리로 올라가게 되었는지는 전혀 알지 못했다. 그리고 확실히 거울은 찬란한 은빛 안개같이 〈녹기〉 시작했다.

곧 앨리스는 거울을 통과해 거울 속 방으로 사뿐히 뛰어내렸다. 앨리스는 제일 먼저 벽난로에 불이 피워져 있는지부터 살펴보았다. 앨리스는 저쪽 방에 있던 것만큼 실제로 환하게 타오르는 불을 보고 아주 기뻤다. 「저번 방만큼 따뜻하게 있을 수 있겠어.」 앨리스가 생각했다. 「아니, 더 따뜻할 거야. 여기에는 벽난로에 가까이 가지 말라고 호통 치는 사람이 없으니까. 사람들은 내가 거울 속에 있는 것을 보면서도 잡지 못할 거야. 와, 그거 정말 재미있겠는걸!」

앨리스는 주위를 둘러보기 시작했고, 저쪽 방에서 거울을 통

해 볼 수 있었던 것들은 모두 평범하고 지루했지만 보이지 않았던 것들은 모두 완전히 다르다는 걸 알아차렸다. 예를 들면 벽난로 벽에 걸려 있는 그림들은 모두 살아 있는 것 같았고, 벽난로 선반에 있는 (거울에는 뒷부분만 비쳤던) 시계 앞면은 작은 노인의 얼굴이었으며 앨리스를 보면서 생긋 웃었다.

〈우리 방처럼 깨끗하지는 않네.〉 체스 말 여러 개가 벽난로 바닥의 재 속에 떨어져 있는 모습을 보고 앨리스가 생각했다. 하지만 앨리스는 곧 놀라서 〈오!〉 하고 작게 소리치고서 두 손과 무릎을 바닥에 대고 체스 말들을 살펴보았다. 체스 말들은 둘씩 짝을 지어 걸어 다녔다!

「붉은 말의 왕과 왕비가 있네!」 앨리스는 (둘을 놀라게 할까 걱정이 되어 속삭이듯이) 말했다. 「그리고 흰 말의 왕과 왕비는 부삽 언저리에 앉아 있어. 그리고 성(城) 두 개가 어깨동무를 하고 걷고 있고……, 내 말을 들을 수 없는 것 같은데……」 앨리스는 머리를 더 가까이 가져가며 계속 말했다. 「그리고 아마 나를

볼 수도 없는 것 같아. 내가 안 보이는 게……」

그때 뒤에 있는 탁자에서 무언가가 낑낑거리는 소리가 들려와서 앨리스가 뒤돌아보니 흰 병사가 바닥에 뒹굴며 발을 버둥거리는 모습이 보였다. 앨리스는 무슨 일이 벌어질지 너무나 궁금해 호기심 가득한 눈으로 지켜보았다.

「내 아이의 울음소리야!」 흰 왕비가 크게 소리쳤다. 그러고는 왕을 거세게 밀치고 달려가자 흰 왕이 잿더미 속으로 고꾸라졌다. 「내 소중한 릴리! 왕실의 귀여운 아기 고양이!」 그리고 흰 왕비는 힘차게 벽난로의 쇠창살을 기어 올라가기 시작했다.

「정말 어처구니없군!」 넘어질 때 다친 코를 문지르며 흰 왕이 말했다. 머리에서 발끝까지 재로 뒤덮였으니 왕비에게 〈조금〉 화를 내는 것도 당연했다.

가엾은 릴리는 화가 잔뜩 나서 거의 비명을 지르다시피 하고 있었으므로 앨리스는 도움이 되길 바라는 마음에서 얼른 왕비를 집어 탁자 위에서 소란을 피우는 작은 딸아이 옆에 놓았다.

흰 왕비는 숨을 멈추고 그 자리에 주저앉았다. 눈 깜짝할 사이에 공중을 통해 이동했기에 적잖이 놀란 것 같았다. 잠깐 아무 말도 없이 자신의 아이를 끌어안고만 있던 왕비는 정신을 차리자마자 재 속에서 뿌루퉁하게 앉아 있던 흰 왕에게 소리쳤다. 「화산 폭발을 조심하세요!」

「무슨 화산 말이오?」 왕은 화산이 있다면 아마도 불 속이 가장 그럴 만한 장소라고 생각하는지 벽난로 불을 조심스럽게 올려다보았다.

「날…… 날려…… 버렸어요.」 왕비는 여전히 놀란 듯이 숨을 헐떡였다. 「조심해서…… 오세요……, 화산 폭발에 날아가지 말고요!」

앨리스는 흰 왕이 느릿느릿 난로의 쇠창살을 기어오르는 것을 바라보다가 마침내 한숨을 쉬며 말했다. 「이런, 그렇게 가다가는 몇 시간이 걸리겠어요. 제가 도와주는 게 낫겠어요, 안 그래요?」 하지만 왕은 이 질문을 못 들은 듯했다. 왕은 앨리스를 보거나 그 소리를 들을 수 없는 것이 확실했다.

앨리스는 놀라게 하지 않으려고 왕을 아주 살짝 들어 올려서 왕비를 옮길 때보다 더 천천히 옮겼다. 하지만 탁자 위에 내려놓기 전에 왕이 재를 온통 뒤집어쓴 모습을 보고 조금 털어 줘야겠다는 생각이 들었다.

앨리스는 나중에 말하길, 보이지 않는 손이 자신을 허공으로 들어 올려 재를 털어 주는 것을 알고 왕이 지은 표정은 정말 가관이었으며 그런 표정은 자기 평생에 처음 봤다고 했다. 왕은 너무나 놀라서 소리도 지르지 못했다. 다만 두 눈과 입만 점점 더 동그랗게 커질 뿐이었다. 앨리스는 이 모습에 웃느라고 손이 흔들려서 하마터면 왕을 바닥에 떨어뜨릴 뻔했다.

「오, 〈제발〉 그런 표정 짓지 마세요!」 앨리스는 왕이 자기 목소리를 들을 수 없다는 사실을 까맣게 잊고 외쳤다. 「너무 우스워서 듣고 있을 수가 없잖아요! 그리고 입 좀 그렇게 크게 벌리지 마세요! 입 안으로 재가 들어가겠어요. 다 됐어요. 이제 좀 깨끗하군요!」 앨리스는 왕의 머리털을 넘겨 주며 이렇게 덧붙이고 탁자 위 왕비 옆에 왕을 내려놓았다.

왕은 그대로 납작하게 뻗어 기절해 버리고 꼼짝도 하지 않았다. 자기가 한 일에 약간 놀란 앨리스는 왕에게 끼얹을 물을 찾아 방 안을 돌아다녔다. 하지만 방에는 잉크 한 병밖에 없었다. 앨리스가 잉크병을 들고 탁자로 돌아오니 왕은 이미 정신을 차리고 겁에 질린 목소리로 왕비와 속삭였다. 너무나 작은 소리라 앨리스는 거의 알아들을 수 없을 정도였다.

왕이 말했다. 「여보, 어찌나 놀랐는지 구레나룻까지 다 오한이 났소!」

왕비가 대답했다. 「당신은 구레나룻이 없잖아요.」

「그 순간의 공포라니!」 왕이 계속 말을 했다. 「절대로, 〈절대로〉 잊지 않을 거요!」

「잊을 거예요.」 왕비가 말했다. 「메모를 해놓지 않으면요.」

앨리스는 왕이 호주머니에서 커다란 메모장을 꺼내 뭔가를 적기 시작하는 모습을 흥미롭게 지켜보았다. 갑자기 장난기가 발동한 앨리스는 왕의 어깨너머로 삐죽 나온 연필의 끝 부분을 잡고 왕 대신에 연필을 움직이기 시작했다.

불쌍한 왕은 어리둥절하고 불쾌한 표정으로 한동안 말없이 끙끙거리며 연필과 씨름했지만 왕이 상대하기에 앨리스는 너무나 힘이 셌다. 마침내 왕이 헐떡이며 말했다. 「여보, 좀 〈작은〉 연필로 써야겠소. 이 연필은 도무지 다룰 수가 없소…… 내가 원치도 않는 걸 쓰고 있으니……」

「무엇을요?」 왕비가 말하며 메모장을 살펴보았다. (앨리스는 메모장에 〈흰 기사가 부지깽이를 타고 미끄러져 내려온다. 흰 기사는 중심을 잘 잡지 못한다〉라고 써놓았다.) 「이건 당신의 느낌을 써놓은 것이 아니잖아요!」

탁자에는 앨리스 가까이 책이 한 권 놓여 있었다. 앨리스는 (아직도 조금 걱정스러워 혹시라도 왕이 다시 기절하면 잉크를 끼얹을 준비를 하고) 흰 왕을 지켜보며 앉았고, 자기가 읽을 수 있는 부분이 있나 찾아보려고 책장을 넘겼다. 〈이건 내가 모르는 말로 되어 있네.〉 앨리스는 속으로 말했다.

책에는 이렇게 적혀 있었다.

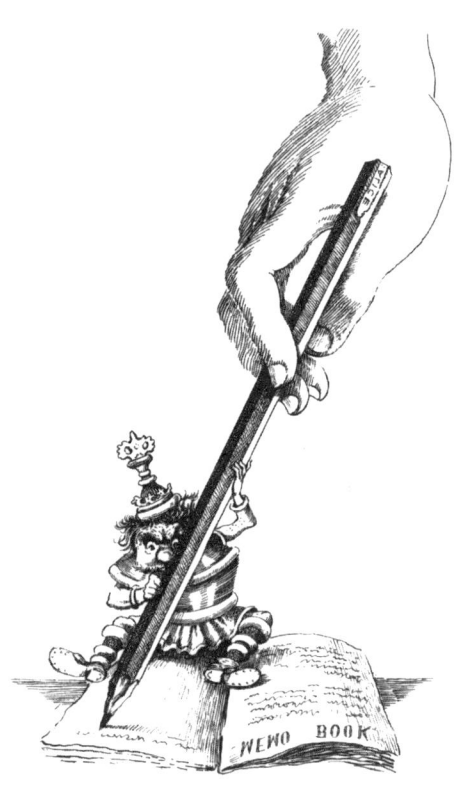

키워버재

은들와도오 한끈낭, 때 굴
네었있 고하구사나 고하돌팽 에밭외
들브고로보 불날
네었있 고하함휘 은들스라 나집

앨리스는 이 시를 보고 한동안 어리둥절해하다가 마침내 반짝하고 좋은 생각이 떠올랐다. 〈그래, 이건 거울 속 책이잖아! 거울에 비춰 보면 글이 제대로 보일 거야.〉

앨리스가 읽은 시는 다음과 같았다.

재버워키

굴 때, 낭끈한 오도와들은
외밭에 팽돌하고 나사구하고 있었네.
날불 보로고브들.
집나 라스들은 휘함하고 있었네.

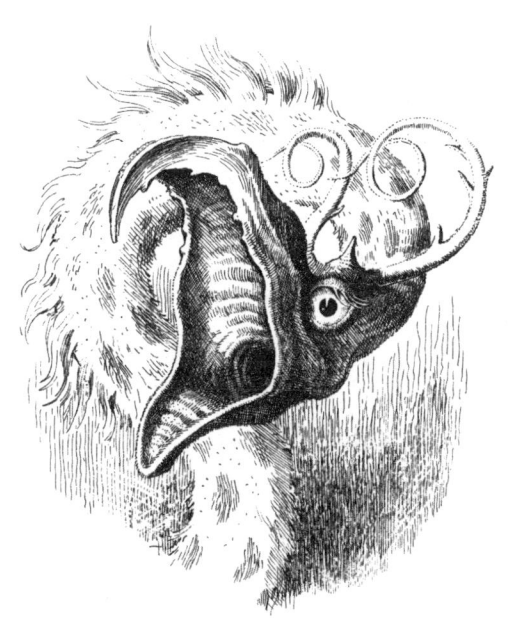

재버워크를 조심하렴, 아들아!
물어뜯는 아가리와 할퀴는 발톱을!
주브주브 새[2]를 조심하고,
증노(烝怒)[3] 한 밴더스내치[4]를 조심하려무나!

그 사내는 보팔 검을 잡았네.
무시무시한 괴물을 오랫동안 찾아다녔지.
텀텀 나무 옆에서 쉬며
생각에 잠겨 잠시 서 있었네.

거쉬한[5] 생각에 잠겨 있을 때
재버워크가 눈에 불꽃을 튀기며
빽빽한 나무 사이로 흔들흔들
부글대며 나왔다!

한 번, 두 번! 한 번, 두 번! 푹, 푹
보팔 검으로 슥슥!
사내는 재버워크를 죽이고
머리를 잘라 질주양양(疾走揚揚) 돌아왔노라.

---

2 영원한 욕정에 사로잡혀 절망에 빠진 새. 루이스 캐럴의 『스나크 사냥』에
나온다.

3 원 단어는 *frumious*로 *fuming*과 *furious*를 합쳐 만든 것이다. 『스나크 사
냥』 서문.

4 『스나크 사냥』에 따르면, 밴더스내치는 확 잡아채는 턱이 달린 날짐승이
다. 동작이 재빠르며 목을 길게 늘일 수 있다.

5 원 단어는 *uffish*로 캐럴의 편지에 따르면 목소리가 쉬고 *gruffish* 태도가
거칠고 *ruffish* 화를 잘 내는 *huffish* 상태를 뜻한다.

「네가 재버워크를 죽였다고?
이리 오너라, 빛나는 내 아들아!
오, 멋거운 날이로구나! 칼루! 칼레!」
사내는 기쁨에 겨워 껄웃거렸네.

굴 때, 낭끈한 오도와들은
외밭에 팽돌하고 나사구하고 있었네.
낼불 보로고브들.
집나 라스들은 휘함하고 있었네.

「참 멋진 시 같아.」 시를 다 읽고 앨리스가 말했다. 「하지만 〈약간〉 어려운걸!」(보다시피, 앨리스는 비록 혼잣말일지라도 시를 전혀 이해할 수 없다고 시인하기 싫었다.) 「이 시를 읽으니 머릿속에 생각이 마구 떠오르기는 한데, 그게 뭔지 꼭 집을 수가 없네! 어쨌든 〈누군가〉가 〈무언가〉를 죽였다는 내용인 건 확실해.」

「어!」 앨리스는 갑자기 펄쩍 뛰며 생각했다. 「서두르지 않으면 이 집의 다른 곳이 어떻게 생겼나 보기도 전에 거울 밖으로 나가야 할지도 몰라! 먼저 정원부터 구경해야지!」 앨리스는 곧 그 방에서 나와 아래층으로 달려 내려갔다. 아니, 정확히 말하자면 달린 것은 아니었다. 앨리스가 혼잣말한 걸 빌리면, 더 쉽고 빠르게 내려가려고 새로 개발한 방식이라고 할 수 있었다. 앨리스는 손가락 끝을 계단 난간에 살짝 대고 발로 계단을 밟지도 않고서 가볍게 둥둥 떠서 내려왔다. 그러고는 문설주에 걸리지만 않았다면 붕 뜬 채로 홀을 가로질러 곧장 문을 나섰을 터였다. 앨리스는 너무 오래 공중에 떠 있다 보니 약간 어지러워졌고, 그래서 다시 자연스러운 방법으로 걷게 된 게 오히려 다행이라고 생각했다.

2
말하는 꽃들의 정원

「저 언덕 위로 올라가면 정원이 더 잘 보일 거야.」 앨리스가 혼자서 중얼거렸다. 「여기 언덕으로 곧장 뻗은 길이 있네. 어라, 그렇지 않은데……」(길을 따라 몇 미터쯤 가고, 급하게 꺾이는 모퉁이를 몇 번 돈 뒤였다.) 「하지만 결국은 갈 수 있겠지. 이 길은 정말 신기하게 꼬여 있구나! 길이라기보다는 포도주 병 따개같이 생겼는걸. 언덕 쪽으로 꼬여 있는 것 같아. 아냐, 아니잖아! 다시 집으로 돌아왔어! 음, 그렇다면 다른 길로 가봐야지.」

그리고 앨리스는 그렇게 했다. 오르락내리락하고, 모퉁이를 돌고 돌았지만 어떻게 하든지 항상 집으로 되돌아왔다. 실제로, 한번은 보통 때보다 더 빠르게 모퉁이를 돌았더니 미처 멈출 새도 없이 집에 쿵 하고 부딪히기까지 했다.

「그렇게 말해 봤자 소용없어.」 앨리스는 집을 올려다보며 마치 자기와 말다툼이라도 하는 양 얘기했다. 「난 아직 돌아가지 〈않을 거야〉. 다시 거울을 통과해 원래 내 방으로 돌아가야 한다는 건 나도 알아. 하지만 그럼 이 모험도 끝나 버리잖아!」

그래서 앨리스는 단호하게 집을 등지고 다시 한 번 언덕으로 향한 길을 걷기 시작했다. 앨리스는 언덕에 도착할 때까지 계속해서 가기로 굳게 마음먹었다. 몇 분 동안은 모든 게 순조롭게 진행되었다. 앨리스는 이렇게 중얼거렸다. 「이번에는 기어이 〈가고야〉 말겠어…….」 그때 (나중에 앨리스가 묘사한 바에 따르면) 길이 갑자기 휙 구부러지더니 흔들거렸다. 그리고 앨리스는 곧 자신이 문 앞에서 걷는 것을 깨달았다.

「오, 이건 정말 너무해!」 앨리스가 외쳤다. 「이렇게 길을 막는 집은 한 번도 본 적이 없어, 한 번도!」

하지만 앨리스의 눈에는 언덕밖에 보이지 않았다. 다시 시작하는 것 외에는 달리 방도가 없었다. 이번에 앨리스가 도착한 곳은 한가운데 버드나무가 서 있고 가장자리에는 데이지가 핀 넓은 꽃밭이었다.

「와, 참나리다!」 앨리스는 바람결에 부드럽게 흔들리는 꽃을 향해 말했다. 「너희가 말을 할 수 있었으면 〈좋겠어〉!」

「할 수 있어.」 참나리가 말했다. 「말을 주고받을 만한 가치가 있는 상대라면 말이야.」

앨리스는 너무나 놀라서 잠시 아무 말도 하지 못했다. 숨도 쉬지 못할 지경인 듯했다. 참나리는 바람결에 몸을 이리저리 흔들며 잠자코만 있었고, 앨리스는 다시 작은 목소리로, 거의 속삭이는 목소리로 물었다. 「꽃들은 〈모두〉 말할 수 있는 거야?」

「〈너〉만큼이나 잘하지.」 참나리가 말했다. 「아마 더 크게 말할 수도 있을걸.」

「우리가 먼저 말을 거는 건 예의가 아니거든.」 장미가 말했다. 「난 네가 언제쯤 말을 걸까 정말 궁금했어! 난 속으로 생각했지. 〈별로 영리해 보이지는 않지만 눈치는 《좀》 있어 보이는데…….〉 어쨌든 넌 색깔이 좋아. 그건 중요한 거야.」

「난 색깔에는 관심 없어.」 참나리가 말했다. 「꽃잎이 조금만 더 위로 말려 올라갔으면 괜찮았을 거야.」

앨리스는 이런 식으로 평가받는 게 싫었기에 질문을 하기 시작했다. 「너희는 돌봐 줄 사람도 없는데 여기 있으면 안 무서워?」

「저기 가운데에 나무가 있잖아.」 장미가 말했다. 「더 뭐가 필요한데?」

「하지만 위험한 일이 닥쳤을 때 저 나무가 무슨 소용인데?」 앨리스가 물었다.

「짖지.」 장미가 말했다.

「〈바우와우!〉라고 한다고.」 데이지가 외쳤다. 「그래서 나뭇가지를 〈바우〉라고 부르는 거야!」[6]

「〈그런 걸〉 몰랐어?」 다른 데이지가 외쳤다. 이 말에 모두가 저마다 목청껏 떠들어 대는 바람에 작은 목소리들로 주위가 시끄러워졌다. 「모두, 조용히 해!」 참나리가 흥분해서 부르르 떨며, 열심히 몸을 좌우로 흔들었다. 「쟤네들은 내가 자기들에게 다가가지 못한다는 걸 알고 있어서 저래.」 참나리는 떨리는 머리를 앨리스에게 구부리며 숨찬 목소리로 말했다. 「아니면 감히 저렇게 할 수 없어!」

「맘 쓰지 마!」 앨리스는 달래는 목소리로 말하고는 다시 떠들기 시작하는 데이지들에게 허리를 구부리고 속삭였다. 「입 다물지 않으면 너희를 다 뽑아 버릴 거야!」

순식간에 조용해졌고, 분홍색 데이지 몇 송이는 하얗게 변해 버렸다.

「잘했어!」 참나리가 말했다. 「데이지들이 가장 못됐어. 누가 한마디만 하면 모두 입을 열어. 쟤네들이 떠드는 소리를 듣고 있

---

6 영어로 개 짖는 소리를 표현하는 의성어 *bow wow*의 *bow*와 나뭇가지를 뜻하는 *bough*가 발음이 같은 걸 이용한 말장난이다. 원문에서 데이지는 *bough-wough*라고 했다.

으면 누구라도 시들어 버릴 거야!」

「어떻게 그렇게 말을 잘해?」 앨리스는 칭찬을 하면 참나리 기분이 좋아지지 않을까 하는 마음에 말했다. 「다른 정원에도 많이 가봤는데, 말하는 꽃은 한 번도 본 적이 없어.」

「땅에 손을 대고 만져 봐.」 참나리가 말했다. 「그러면 왜 그런지 알 거야.」

앨리스는 참나리가 시키는 대로 했다. 「아주 딱딱해. 하지만 이게 무슨 상관이 있는지 모르겠어.」

「다른 정원 대부분은 말이야.」 참나리가 말했다. 「침대가 너무 푹신해. 그래서 꽃들이 항상 잠들어 있는 거야.」[7]

앨리스는 이 말이 일리가 있다고 생각했고, 그래서 그런 사실을 알게 되어 아주 기뻤다. 「난 그런 건 생각도 못 했어!」 앨리스가 말했다.

「〈내가〉 보기엔, 넌 생각이라고는 〈전혀〉 하지 않는 아이야!」 장미가 다소 거친 목소리로 말했다.

「너같이 멍청해 보이는 애는 처음 봤어.」 제비꽃이 너무나 갑자기 말을 했기 때문에 앨리스는 깜짝 놀랐다. 제비꽃은 지금까지 한마디도 하지 않았던 것이다.

「〈너나〉 입 다물어!」 참나리가 외쳤다. 「〈네가〉 누굴 본 적이나 있어? 잎 아래에 머리를 파묻고 코 골며 잠이나 자면서 세상 돌아가는 건 꽃봉오리들만큼도 모르는 주제에!」

「이 정원에 나 말고 다른 사람이 있어?」 장미의 말은 무시하기로 하고 앨리스가 말했다.

「너같이 움직이는 꽃이 한 송이 더 있어.」 장미가 말했다. 「그

7 꽃밭은 영어로 *flower bed*이다. 여기에서 *bed*를 말 그대로 〈침대〉라는 뜻으로 사용한 말장난이다.

176

런데 난 너희가 어떻게 그럴 수 있는지 궁금해……」 (〈넌 뭐든지 궁금하잖아〉 하고 참나리가 말했다.) 「하지만 그 여자는 너보다 더 잎이 우거져 있어.」

「나같이 생겼어?」 앨리스는 〈정원 어딘가에 여자 아이가 있나 봐!〉 하는 생각에 열심히 물었다.

「그게, 그 여자도 너처럼 꼴사납게 생기긴 했어.」 장미가 말했다. 「너보다 더 빨갛고 꽃잎은 더 짧아.」

「그 여자 꽃잎은 달리아처럼 오므라져 있어.」 참나리가 끼어들었다. 「네 것처럼 헝클어져 있지 않아.」

「하지만 그건 〈네〉 잘못이 아니야.」 장미가 상냥하게 덧붙였다. 「넌 시들어 가고 있잖아. 그리고 그럴 때는 누구나 꽃잎이 지저분해지니 어쩔 수 없지.」

앨리스는 그 생각이 전혀 마음에 들지 않았다. 그래서 화제를 돌리려고 질문을 했다. 「그 여자가 여기에 와?」

「장담하건대, 곧 만날 수 있을 거야.」 장미가 말했다. 「가시가 많은 종류야.」

「어디에 가시가 있는데?」 앨리스는 호기심이 일어 물었다.

「당연히 머리에 두르고 있지.」 장미가 대답했다. 「〈넌〉 가시가 없는 게 참 이상해. 난 다들 가시가 있는 줄 알았거든.」

「온다!」 참제비고깔이 외쳤다. 「발소리가 들려. 쿵, 쿵, 쿵, 자갈을 밟는 소리가 들려!」

앨리스는 열심히 주위를 둘러보고 소리의 주인공이 붉은 말의 왕비라는 것을 알았다. 「와 굉장히 커졌네!」 앨리스가 왕비를 보고 처음으로 한 말이었다. 정말 그랬다. 앨리스가 잿더미 속에서 처음으로 왕비를 봤을 때 왕비는 8센티미터 정도밖에 되지 않았다. 하지만 지금은 앨리스보다도 머리 반 정도는 더 커져 있었다!

「신선한 공기 때문이야.」 장미가 말했다. 「여기 이 바깥공기는 환상적으로 맑거든.」

「가서 만나 봐야겠어.」 말하는 꽃들도 재미는 있지만 그래도 진짜 왕비와 이야기해 보는 쪽이 더 근사할 것 같았다.

「그렇게 할 수 없을걸.」 장미가 말했다. 「다른 길로 가라고 충고하고 싶어.」

앨리스는 그 말이 터무니없는 소리라고 생각했기 때문에 대꾸도 하지 않고 즉시 왕비를 향해 걸어가기 시작했다. 하지만 놀랍게도 그 순간에 왕비가 시야에서 사라져 버렸고 앨리스는 자신이 다시 집의 현관문 앞에서 걷는 걸 깨달았다.

조금 약이 오른 앨리스는 뒷걸음질 친 뒤 왕비를 찾아 주위를 둘러본 다음 (결국 저 멀리에 있는 왕비를 찾아내고서) 이번에는 반대 방향으로 가보기로 했다.

대성공이었다. 1분도 채 걷지 않아 앨리스는 붉은 왕비와 마주쳤고, 그렇게 가고자 했던 언덕도 눈에 가득히 들어왔다.

「넌 어디서 왔지?」 붉은 왕비가 물었다. 「그리고 어디로 가는 길이지? 고개를 들고 똑바로 말해. 그렇게 손가락만 비비 꼬고 있지만 말고.」

앨리스는 왕비의 지시를 따랐고, 길을 잃었다고 최대한 열심히 설명했다.

「〈네〉 길을 잃었다니 무슨 말인지 모르겠구나.」 왕비가 말했다. 「여기 있는 길은 모두 〈내〉 것이니 말이야.[8] 그건 그렇고, 대체 여긴 왜 왔느냐?」 왕비가 좀 더 상냥하게 말했다. 「대답할 말을 생각하는 동안 무릎 굽혀 절을 해라. 시간이 절약되니까.」

8 앨리스가 길을 잃었다며 *I lost my way*라고 한 말을 왕비는 앨리스 소유의 길을 잃어버렸다고 받아들여 〈네〉 길이 아니라 〈내〉 길이라고 말한 것이다.

　앨리스는 이 말이 조금 이상했지만 왕비가 하도 위엄이 넘쳐 흐르기에 믿지 않을 수 없었다. 〈집에 가면 해봐야지.〉 앨리스가 생각했다. 〈저녁 식사 시간에 조금 늦으면 말이야.〉

　「자 이제 대답할 시간이야.」 시계를 보며 왕비가 말했다. 「말을 할 때 입을 조금 〈더〉 벌리고 항상 〈폐하〉라고 말해라.」

　「저는 정원이 어떻게 생겼나 보려 했을 뿐입니다, 폐하…….」

　「옳지.」 왕비가 말하며 앨리스의 머리를 쓰다듬었지만 앨리스는 그게 전혀 맘에 들지 않았다. 「넌 〈정원〉이라고 말했지만 여태까지 〈내〉가 본 정원들에 비하면 이곳은 그냥 황무지에 지나지 않지.」

앨리스는 이 점에 대해 감히 왕비와 의견을 달리할 수 없었지만 계속 말을 했다. 「그리고 저는 언덕 꼭대기로 가는 길을 찾으려고 했습⋯⋯.」

「〈언덕〉이라고?」 왕비가 끼어들었다. 「내가 너에게 진짜 언덕들을 보여 줘야겠구나. 그곳에 비하면 저곳은 골짜기라고 부르는 게 나을 거다.」

「아니, 그럴 수 없어요.」 앨리스는 왕비를 참지 못하고 반박하는 자신의 모습에 깜짝 놀랐다. 「언덕은 골짜기가 〈될 수 없어요〉. 그건 말도 안 돼요⋯⋯.」

붉은 왕비는 고개를 저었다. 「〈말도 안 된다〉고 말해서 맘이 편해진다면 그렇게 표현하려무나.」 왕비가 말했다. 「하지만 〈내〉가 지금껏 들어 온 말도 안 되는 소리에 비한다면 지금 이건 사전만큼이나 정확한 말이야!」

앨리스는 다시 무릎 굽혀 절을 했다. 왕비의 목소리에서 왕비가 〈약간〉 기분이 상했다는 걸 깨달았기 때문이다. 그리고 둘은 작은 언덕 꼭대기에 도착할 때까지 조용히 걸었다.

앨리스는 잠시 아무 말 없이 서서 이 나라의 사방을 둘러보았다. 정말 신기한 나라였다. 한쪽 끝에서 다른 쪽 끝으로 개울이 여럿 곧게 흘렀으며, 수많은 조그맣고 푸른 울타리들이 개울과 개울 사이를 이으며 땅을 정사각형으로 나누고 있었다.

「꼭 커다란 체스판처럼 생겼네요!」 마침내 앨리스가 말했다. 「어딘가 움직이는 사람이 보일 텐데⋯⋯, 아, 저기 있네요!」 앨리스는 기쁜 목소리로 말했고, 말을 하며 점차 흥분되어 심장 고동이 빨라졌다. 「지금 아주 큰 체스 게임이 벌어지고 있나 봐요. 세계 전체를 판으로 하고 말이에요. 이걸 세계 전체라고 할 수 있다면 말이지만요. 오, 정말 재미있어요! 저도 체스 말이면 〈좋겠어요〉! 저도 참가할 수만 있다면 〈병사〉라도 상관없어요. 물론 〈왕비〉가 가장 좋겠지만요.」

앨리스는 이렇게 말하며 다소 수줍은 표정으로 진짜 왕비를 곁눈으로 보았지만 왕비는 싱긋 웃음 지을 뿐이었다. 그리고 왕비가 말했다.「그건 쉽지. 네가 원한다면 흰 왕비의 병사가 될 수 있을 거야. 릴리는 게임을 하기에 너무 어리거든. 그리고 둘째 칸부터 시작하는 거야. 여덟 번째 칸에 도착하면 너도 여왕이 되는 거야.」[9] 이 순간, 어찌 된 일인지 둘은 달리기 시작했다.

나중에 다시 곰곰이 생각을 해봐도, 앨리스는 어떻게 달리기 시작했는지 도무지 알 수가 없었다. 기억나는 것이라고는 둘이 손을 잡고 달렸다는 것과, 왕비가 어찌나 빨리 달리던지 앨리스도 온 힘을 다해 달렸다는 것뿐이었다. 왕비는 계속해서 〈더 빨리, 더 빨리!〉 하고 외쳤고, 앨리스는 더 빠르는 〈뛸 수 없다고〉 생각했으나 너무나 숨이 차 그런 말을 할 수도 없었다.

정말 이상한 것은 둘을 둘러싼 나무와 다른 것들은 전혀 움직이지 않고 그 자리에 가만히 있다는 점이었다. 아무리 빨리 달려도 지나치는 것이 전혀 없었다. 〈모두 우리하고 같이 움직이는 걸까?〉 가엾은 앨리스는 어리둥절해하며 생각했다. 그리고 왕비는 그런 앨리스의 생각을 읽기라도 한 듯 외쳤다.「더 빨리! 말하려 하지 마!」

9 체스 게임에서 병사는 한 번에 한 칸씩 전진만 할 수 있다. 이렇게 해서 체스판의 끝(여덟째 칸)에 도달하면 왕을 제외한 어떤 말로도 바꿀 수 있다. 이를 체스 용어로 승진*promotion*이라고 한다. 대개 왕비로 대체되는데 그래서 이를 퀴닝*queening*이라고도 한다.

앨리스는 〈말할〉 생각이 전혀 없었다. 어찌나 숨이 차던지 다시는 말할 수 없을 것만 같았다. 그리고 왕비는 여전히 〈더 빨리! 더 빨리!〉하고 외치며 앨리스를 질질 끌다시피 하며 달렸다. 「거의 다 왔나요?」이윽고 앨리스가 숨을 몰아쉬며 간신히 물었다.

「거의 다 왔냐니!」왕비가 대답했다. 「우리는 그곳을 10분 전에 지나쳤어! 더 빨리!」그리고 둘은 한동안 묵묵히 달리기만 했다. 바람 때문에 귀가 윙윙거렸고 머리털이 다 뽑혀 나갈 것만 같았다.

「어서! 어서!」왕비가 외쳤다. 「더 빨리! 더 빨리!」그리고 둘은 너무나 빨리 달렸기에 마치 발을 거의 땅에 대지도 않고 공중을 미끄러져 나가는 듯 보였다. 앨리스가 완전히 지쳐 나가떨어

지려는 순간 갑자기 둘은 달리기를 멈췄고, 앨리스는 숨이 차고 머리가 빙빙 도는 걸 느끼며 바닥에 주저앉았다.

왕비는 앨리스를 나무에 기대 세우고 상냥하게 말했다. 「이제 좀 쉬려무나.」

앨리스는 주위를 둘러보고 깜짝 놀랐다. 「아니 계속 이 나무 아래에 있었던 건가요? 모든 게 그대로잖아요!」

「당연히 그렇지.」 왕비가 말했다. 「그럼 뭘 기대한 거지?」

「그게, 〈우리〉 나라에서는요.」 아직도 약간 숨차 하며 앨리스가 말했다. 「어딘가 다른 곳으로 가게 되거든요……. 우리가 달렸던 것처럼 그렇게 오랫동안 빨리 달리면요.」

「느려 터진 나라일세!」 왕비가 말했다. 「자, 〈여기〉에서는, 보다시피, 계속 같은 곳에 있으려면 쉬지 않고 힘껏 달려야 해. 어디든 다른 곳으로 가고 싶으면 그보다 두 배는 더 빨리 달려야 하고!」

「다른 곳으로 가고 싶지 않아요, 제발요!」 앨리스가 말했다. 「지금 이곳에 이대로 있는 게 좋아요……. 단지 너무 덥고 목이 마를 뿐이에요!」

「〈네〉가 뭘 원하는지 알지!」 왕비가 맘 좋게 말하며 주머니에서 작은 상자를 꺼냈다. 「비스킷 하나 먹으련?」

앨리스는 먹고 싶은 마음이 전혀 없었지만 〈아니요〉라 대답하는 것이 예의 없는 짓이라 생각했다. 그래서 비스킷을 받아 억지로 먹었다. 비스킷은 〈아주〉 뻑뻑했다. 앨리스는 지금껏 이렇게 목이 멘 적은 한 번도 없다고 생각했다.

「네가 쉬는 동안에.」 왕비가 말했다. 「나는 측량이나 해야겠다.」 그리고 왕비는 주머니에서 눈금이 그려진 리본을 꺼내 땅을 재고 작은 막대기들을 여기저기에 꽂았다.

「2미터 지점에 이르면 말이다.」 막대기로 거리를 표시하며 왕비가 말했다. 「네가 갈 곳을 가르쳐 주지. 비스킷 하나 더 먹으련?」

「아뇨, 괜찮아요.」 앨리스가 말했다. 「하나면 〈충분〉하답니다!」

「목마른 게 좀 가셨지?」 왕비가 말했다.

앨리스는 이 질문에 뭐라고 대답해야 할지 알 수 없었지만 다행히도 왕비는 대답을 기다리지 않고 계속해 말했다. 「〈3〉미터 지점에 가면 다시 말해 줄게. 네가 잊어버릴지도 모르니 말이야. 〈4〉미터 지점에서는 난 작별인사를 할 거란다. 그리고 〈5〉미터 지점에 가면 난 갈 거야!」

왕비는 이제 막대기를 다 꽂았고, 앨리스는 왕비가 다시 나무로 돌아왔다가 막대기들을 따라 천천히 걸어가는 모습을 흥미롭게 지켜보았다.

2미터 지점에 박힌 막대기에 다다른 왕비는 돌아서서 말했다. 「병사는 처음 움직일 때 두 칸을 갈 수 있어. 그러니까 너는 〈아주〉 빨리 셋째 칸을 통과해서, 내 생각에는 기차가 좋겠어, 금방 넷째 칸에 있게 될 거야. 〈그〉 칸은 트위들덤과 트위들디의 칸이야. 다섯째 칸은 거의 물밖에 없고, 여섯째 칸은 험프티 덤프티의 칸이지. 그런데 너 아무 말도 안 하는구나?」

「저는……, 저는 말을 해야 하는지 몰랐어요.」 더듬거리며 앨리스가 말했다.

「〈그렇게 자세히 알려 주시니 고맙습니다〉라고 〈했어야지〉. 하지만 그렇게 말했다고 치자. 일곱째 칸은 전부 숲이고, 그곳에서 기사가 너에게 길을 가르쳐 줄 거야. 그리고 여덟째 칸에서 우리는 여왕과 왕비가 되어 잔치를 벌이고 재미있게 노는 거야.」 앨리스는 자리에서 일어나 무릎을 굽혀 절을 하고 다시 앉았다.

다음 막대기에 다다른 왕비는 다시 돌아서서 말했다. 「무슨 말을 해야 할지 영어로 생각나지 않으면 프랑스어로 말해. 걸을 땐 발끝을 밖으로 향하게 하고, 네가 누군지 잊어서는 안 돼!」 그리고 이번에는 앨리스가 절을 할 틈도 없이 왕비는 다음 막대기로 서둘러 걸어가더니 돌아서서 〈안녕〉이라고 하고는 서둘러 마지막 막대기로 걸어갔다.

어찌 된 영문인지 앨리스는 도무지 알 수 없었지만, 왕비는 마지막 막대기에 다다르자마자 사라졌다. 공중으로 사라졌는지 아니면 잽싸게 숲 속으로 달려갔는지(《왕비는 아주 빨리 달릴 수 있으니까 《가능해》!〉라고 앨리스는 생각했다) 짐작할 방법은 없었지만, 왕비는 사라졌고, 앨리스는 자기가 병사가 되었으며 곧 움직여야 할 때가 되었다는 사실을 기억해 냈다.

3
거울 나라 곤충들

　가장 먼저 해야 할 일은 물론 앞으로 여행할 나라를 두루 조사하는 일이었다. 〈이건 지리 공부를 하는 것과 아주 비슷하잖아.〉 더 멀리 보려고 발뒤꿈치를 들고 서며 앨리스가 생각했다. 〈주요 하천은…… 하나도 《없군》. 주요 산들은, 지금 내가 서 있는 바로 이곳이 단 하나뿐인 산이군, 하지만 이름은 없는 것 같고……. 주요 도시는, 와, 저기 아래에서 벌꿀을 모으는 게 대체 뭐지? 벌일 리가 없어. 1킬로미터도 넘게 떨어진 곳에서도 벌이 보일 리가 없으니까.〉 그리고 앨리스는 얼마 동안 꽃들 사이로 윙윙거리며 날아다니면서 주둥이를 꽃 속에 집어넣기도 하는 것들을 말없이 바라보았다. 〈그냥 벌같이 행동하네.〉 앨리스는 생각했다.

　하지만 그건 진짜 벌이 아니었다. 사실, 그것은 코끼리였다. 앨리스는 이 사실을 깨닫고 처음에는 너무 놀라 숨을 멈출 정도였다. 그다음에 떠오른 것은 〈그럼 꽃은 대체 얼마나 큰 걸까!〉였다. 〈지붕을 떼어 내고 줄기로 받쳐 놓은 오두막이랑 비슷할 거야. 꿀은 또 얼마나 많이 만들까! 내려가 봐야지……. 아니 《지금은》 아냐.〉 앨리스는 막 언덕을 달려 내려가려다 말고 멈춰 서서 그렇게 갑자기 마음을 바꾼 데 대한 변명을 찾아내려고 했다. 「쟤네들이 가까이 오지 못하도록 쫓아 버릴 기다란 나뭇가지 없이 내려가면 안 돼. 산책이 어땠냐고 사람들이 묻는다면 얼마나 재미있을까? 그러면 〈아 꽤 재미있었어요……〉(이 말을 하면서 앨리스는 머리를 살짝 뒤로 젖히는 시늉을 했다. 앨리스가 좋아하는 몸짓이었다.), 〈먼지가 아주 많고 더운 데다가, 코끼리들이 좀 성가시게 했지만 말이에요!〉라고 말해야지.」

「반대쪽으로 내려가야겠어.」 잠시 뒤 앨리스가 말했다. 「아마 코끼리는 나중에 봐도 될 거야. 게다가, 난 지금 너무나 셋째 칸에 가고 싶거든!」

이런 변명을 하며 앨리스는 언덕을 달려 내려갔고, 여섯 개 개울 가운데 첫 번째를 뛰어넘었다.

*

「표 좀 보여 주세요!」 창문으로 얼굴을 들이밀고 차장이 말했다. 순식간에 모두 표를 내밀었다. 모두가 사람만 한 크기였으며, 객실은 꽉 찬 듯 보였다.

「어서! 표를 보여 달라고, 꼬마야!」 차장은 화난 표정으로 앨리스를 보며 말을 이었다. 그리고 많은 이들이 한목소리로 말했다(〈꼭 합창하는 것 같네.〉 앨리스가 생각했다). 「얘, 차장을 기다리게 하지 마라! 차장에게는 1분이 1천 파운드만큼이나 귀하거든!」

「죄송한데요, 전 표가 없어요.」 겁먹은 목소리로 앨리스가 말했다. 「제가 온 곳에는 매표소가 없었어요.」 그리고 다시 합창이 이어졌다. 「저 아이가 온 곳에는 매표소를 세울 자리가 없어. 그 땅은 3센티미터에 천 파운드나 하거든!」

「변명하지 마라!」 차장이 말했다. 「기관사에게서 사두었어야지!」 다시 한 번 합창이 들려왔다. 「기차를 운전하는 사람 말이야. 연기 한 오라기를 뿜어내는 데 천 파운드나 하지!」

앨리스가 생각했다. 〈그럼 말해 봐야 아무 소용없겠네.〉 앨리스가 소리 내어 말을 하지 않았기 때문에 이번에는 합창이 들리지 않았으나, 놀랍게도 이번에는 모두 합창으로 〈생각하고〉 있었다(여러분은 〈합창으로 생각〉하는 것이 무엇 뜻인지 알아들었으면 좋겠다. 고백하건대, 나는 잘 모르겠다). 「아무 말도 하지 않는 게 나아. 한 마디에 천 파운드씩이라니까!」

〈아무래도 오늘 밤에는 천 파운드에 대한 꿈을 꾸겠네.〉 앨리스가 생각했다.

그동안 차장은 처음에는 망원경으로, 다음에는 현미경으로, 그리고 마지막으로는 오페라 쌍안경으로 앨리스를 살펴보았다. 마침내 차장이 말했다. 「넌 지금 엉뚱한 곳으로 가고 있어.」 그리고 차장은 창을 닫고 가버렸다.

「어린아이라면 말이지.」 앨리스 맞은편에 앉은 신사가 말했다(흰 종이로 만든 옷을 입고 있었다). 「자기 이름은 몰라도 가는 방향은 알고 있어야지!」

흰옷을 입은 신사 옆에 앉은 염소가 눈을 감으며 큰 소리로 말했다. 「자기 이름 철자는 몰라도 매표소로 가는 길은 알고 있어야지!」

염소 옆에는 딱정벌레가 앉아 있었는데(객실에는 모두 이상한 여행객들로 가득했다), 마치 돌아가며 말하는 게 규칙이기라도 한 듯 〈딱정벌레〉가 말을 이었다. 「짐짝처럼 돌려보내야 해!」

앨리스에게는 딱정벌레 옆에 누가 앉아 있는지 보이지 않았지만, 쉰 목소리가 다음 말을 했다. 「기차를 갈아 태우고……」 그리고 말을 잇지 못했다.

〈말[馬] 소리인 것 같네.〉 앨리스가 생각했다. 그리고 아주 작

은 목소리가 앨리스 귓가에 들려 왔다. 「그걸로 농담을 해봐. 〈말〉이나 〈쉰〉이라는 단어로.」[10]

조금 떨어진 곳에서 아주 부드러운 목소리가 들려왔다. 「꼬리표도 붙여야 해. 〈여자 아이, 취급 주의〉하고 말이야.」

그리고 다른 목소리들이 이어졌다(〈한 칸에 여럿이도 탔네!〉하고 앨리스는 생각했다). 「머리가 붙어 있으니까 우편으로 보내야지.」[11] 「전보로 보내야 해.」 「여기부터 기차를 끌고 가라고 해.」

그러나 흰 종이옷을 입은 신사가 몸을 숙이더니 앨리스 귀에 대고 속삭였다. 「저런 말에 맘 쓰지 마라. 하지만 기차가 설 때마다 돌아가는 표를 사렴.」

「절대 못 해요!」 앨리스가 좀 짜증을 내며 말했다. 「저는 이 기차와 아무 관련이 없어요. 저는 좀 전까지 숲 속에 있었다고요. 그리고 다시 돌아갔으면 좋겠어요!」

「〈그걸로〉 농담을 해봐.」 작은 목소리가 앨리스 귓가에서 말했다. 「할 수 있으면 〈하고 싶어요〉라는 식으로 말이야.」

「놀리지 마세요.」 앨리스는 주위를 돌아보며 누가 말하는지 살펴보았으나 목소리 주인은 보이지 않았다. 「만약 그렇게 농담이 좋으면 직접 하지 그래요?」

작은 목소리는 한숨을 깊이 쉬었다. 〈아주〉 슬프게 들렸기에 앨리스는 그 목소리 주인을 위로하려 했을 것이다. 〈만약 다른 사람들처럼만 한숨을 쉬면 말이야!〉 앨리스가 생각했다. 그러나 그 한숨은 너무나 작았기에, 귀 〈바로〉 옆에서 들리지 않았다면 아예 들을 수조차 없을 정도였다. 그 결과, 앨리스는 귀가 몹시 간지러웠고, 가엾은 작은 생물의 불행은 까맣게 잊었다.

10 말*horse*과 쉰*hoarse*은 발음이 같다.
11 *head*에는 머리라는 뜻과 우표라는 뜻이 있다.

「네가 친구라는 걸 알아.」 작은 목소리가 계속 말했다. 「아주 소중한 친구, 오래된 친구지. 그리고 비록 내가 〈곤충〉이라 해도 네가 날 해치지 않으리라는 것도 알아!」

「어떤 곤충?」 앨리스가 다소 걱정스럽게 물었다. 앨리스가 정말 알고 싶은 것은 이 곤충이 쏘는 유인지 아닌지였지만, 그런 질문은 예의에 어긋난다고 생각했다.

「뭐라고? 그러면 너는……」 작은 목소리가 말했지만, 열차 엔진의 날카로운 소리에 묻혀 버렸고, 모두가 놀라서 펄쩍 뛰었고, 앨리스 역시 마찬가지였다.

말이 창밖으로 머리를 내밀었다가 조용히 머리를 다시 들여놓고 말했다. 「개울을 뛰어넘느라 그런 것뿐이야.」

이 말에 다들 안심하는 눈치였으나, 앨리스는 기차가 펄쩍 뛸 수도 있다는 점이 꺼림칙했다. 「어쨌든 이 기차가 우리를 네 번째 칸까지 데려다 줄 테니까 그건 좀 마음이 놓여!」 앨리스는 혼잣말을 했다. 다음 순간, 앨리스는 객실이 허공으로 곧장 떠오르는 걸 느끼고 놀라 손에 잡히는 대로 아무거나 움켜쥐었는데, 그건 바로 염소의 수염이었다.

*

그러나 수염은 앨리스의 손이 닿자마자 녹아 버린 듯했고, 앨리스는 나무 그늘에 가만히 앉아 있었다. 머리 바로 위 나뭇가지에서는 모기(앨리스에게 이야기를 하던 곤충이었다)가 균형을 잡으며 날개로 앨리스에게 부채질을 해주었다.

〈아주〉 큰 모기였다. 〈거의 닭만 하네.〉 앨리스가 생각했다. 하지만 지금까지 한참을 이야기를 나눈 터라 겁이 나지는 않았다.

「그러면 넌 곤충은 다 싫어해?」 마치 아무 일도 없었다는 듯 모기가 물었다.

「말하는 곤충은 좋아해.」 앨리스가 말했다. 「하지만 내가 사는 곳에는 말하는 곤충은 하나도 없었어.」

「〈네〉가 사는 곳에서는 어떤 곤충을 좋아했는데?」

「난 곤충을 전혀 〈좋아하지〉 않았어.」 앨리스가 설명했다. 「난 곤충을 다소 무서워했어…… 적어도 큰 종류는 말이야. 하지만 곤충 이름은 많이 알아.」

「그럼 이름 부르면 대답하겠네?」 별생각 없이 모기가 물었다.

「아닐걸.」

모기가 말했다. 「불러도 대답하지 않으면 이름이 무슨 소용이야?」

「〈곤충〉에게는 소용이 없지.」앨리스가 말했다.「그렇지만, 곤충에게 이름을 붙인 사람들에게는 유용할 거야. 그렇지 않으면 이름이란 게 왜 있겠어?」

「모르겠어.」모기가 대답했다.「저 아래, 숲 속에 사는 애들은 이름이 없어. 그건 그렇고, 아는 곤충 이름을 대봐. 시간 낭비하지 말고.」

「음, 말파리.」손가락을 꼽으며 앨리스는 곤충 이름을 대기 시작했다.

「좋아.」모기가 말했다.「저기 덤불 조금 못 가면 흔들목마파리가 있어. 네가 볼 수 있다면 말이야. 흔들목마파리는 나무로 만들어졌고, 나뭇가지에서 나뭇가지로 옮겨 다녀.」

「뭘 먹고 사는데?」호기심이 가득해진 앨리스가 물었다.

「나무즙하고 톱밥.」모기가 말했다.「계속해 봐.」

앨리스는 흔들목마파리를 아주 유심히 살펴보고 나서 이제 막 색칠을 했을 거라고 생각했다. 너무 반짝이고 끈적거려 보였기 때문이다. 이윽고 앨리스가 계속 이야기를 했다.

「잠자리.」

「네 머리 위에 있는 가지를 봐.」모기가 말했다.「금어초자리가 있을 거야. 몸은 건포도 푸딩으로 되어 있고 날개는 호랑가시나무 잎이며 머리는 브랜디에 젖어 타는 건포도지.」[12]

「저건 뭘 먹고 살아?」

---

12 잠자리는 영어로 *dragonfly*. 본문에서 〈금어초자리〉로 번역된 원 단어는 *snap-dragon-fly*이다. *snapdragon*은 〈금어초〉라는 식물이며 16세기부터 19세기까지 영국에서 크리스마스 전날에 했던 놀이이기도 하다. 그릇에 건포도를 담은 뒤 브랜디를 붓고 불을 붙이고 나서 건포도를 꺼내 먹는 놀이이다. 호랑가시나무 잎은 크리스마스 장식에 쓰인다.

「우유죽하고 민스파이.」 잠자리가 대답했다. 「크리스마스 선물 상자 안에 둥지를 만들어.」[13]

앨리스는 머리에 불이 붙은 금어초자리를 찬찬히 살펴보고 나서 생각했다. 「벌레들이 왜 자꾸 촛불로 날아드는지 궁금했는데 금어초자리처럼 되고 싶어서 그런가 봐!」 앨리스가 계속 말했다. 「그리고 나비도 있어.」

「네 발밑에서 기어 다니고 있지.」 모기가 말했다(앨리스는 약간 놀라 얼른 발을 뒤로 뺐다). 「버터 바른 빵나비를 볼 수 있을 거야.[14] 날개는 버터를 바른 얇은 빵 조각이고 몸통은 빵 껍질, 머리는 각설탕이야.」

「〈그건〉 뭘 먹고 살아?」

「옅게 타서 크림을 넣은 차.」

새로운 문제점이 앨리스의 머리에 떠올랐다. 「그런 걸 못 찾으면?」 앨리스가 물었다.

「그럼 당연히 죽는 거지.」

「하지만 그런 일이 자주 일어나겠구나.」 앨리스가 생각에 잠겨 말했다.

「늘 일어나지.」 모기가 말했다.

앨리스는 말없이 한동안 곰곰이 생각했다. 그동안 모기는 앨리스의 머리 위를 윙윙거리며 신나게 돌아다니다가 이윽고 다시 내려앉아 말했다. 「이름을 잃어버리긴 싫겠지?」

「당연하지.」 조금 걱정스러운 말투로 앨리스가 말했다.

---

13 금어초가 크리스마스 장식에 쓰이는 식물이라는 점에서 착안해 〈금어초자리〉의 먹이나 사는 곳도 크리스마스의 음식이나 선물 상자라고 농담을 하고 있다. 우유죽과 민스파이도 크리스마스에 먹는 음식이다.

14 나비가 *butterfly*라는 점을 이용한 말장난이다.

「난 잘 모르겠어.」 모기가 아무렇지도 않게 말했다. 「이름 없이 집으로 돌아가면 얼마나 편할지 생각해 봐! 예를 들어, 가정교사가 공부하자고 너를 부를 때 〈이리 오렴……〉 하고 더는 말을 못하고 멈춰야 해. 부를 이름이 없으니까 말이야. 그러니 넌 수업받으러 갈 필요가 없게 되잖아.」

「절대로 그렇게는 안 될 거야.」 앨리스가 말했다. 「가정교사는 그런 핑계로 수업을 빼주진 않을 거야. 만약 내 이름이 기억나지 않는다면 하인들이 나를 부를 때처럼 〈아가씨!〉 하고 부를 거야.」

「만약 가정교사가 〈아가씨〉라고만 말하고 다른 말을 하지 않는다면.」 모기가 말했다. 「당연히 넌 수업을 빼먹게 될 거야. 농담이야. 〈네〉가 그 농담을 했으면 좋았을 텐데.」[15]

「왜 내가 그런 농담을 하길 원해?」 앨리스가 물었다. 「정말 재미없는 농담인걸.」

그러나 모기는 한숨만 내쉴 뿐이었다. 그리고 볼에서는 커다란 눈물 두 방울이 굴러 떨어졌다.

「농담을 하고 그렇게 슬퍼진다면 농담을 하면 안 돼.」 앨리스가 말했다.

그리고 모기는 우울하게 한숨을 한 번 더 내쉬었는데 이번에는 그 한숨이 불쌍한 모기를 아예 날려 버린 것 같았다. 앨리스가 위를 올려다봤을 때 나뭇가지에는 아무것도 없었기 때문이다. 앨리스는 오랫동안 가만히 앉아만 있다 보니 추워져서 일어나 걷기 시작했다.

곧 앨리스는 훤히 트인 공터에 다다랐고, 그 맞은편으로 숲이 우거져 있었다. 그 숲은 지난번 숲보다 더 깊어 보였다. 앨리스는

15 아가씨*Miss*의 수업을 빼먹다*miss the lessons*에서 *miss*가 동음이의어인 데서 착안한 말장난이다.

그 속으로 들어가기가 〈약간〉 겁났다. 하지만 다시 생각해 보고 숲으로 들어가 보기로 마음먹었다. 《되돌아가지는》않을 거니까.〉 앨리스는 속으로 생각했다. 게다가 이 길은 여덟째 칸으로 가는 유일한 길이었다.

「이게 이름이 있는 건 아무것도 없다는 바로 그 숲인 모양이야.」앨리스가 생각에 잠겨 말했다. 「이 안으로 들어가면 〈내〉 이름은 어떻게 될까? 내 이름을 잃어버리긴 정말 싫은데. 그러면 나에게 다른 이름을 지어 줄 거고, 보나 마나 아주 미운 이름일 거야. 하지만 내 옛날 이름을 가진 걸 찾아보면 아주 재미있을 거야! 잃어버린 개를 찾는 광고랑 비슷할 거야. 《대시》라고 부르면 대답함. 놋쇠 목걸이를 하고 있음.〉 만나는 것마다 죄다 〈앨리스〉하고 불러 보는 거야. 누군가 대답을 할 때까지 말이야. 하지만 영리한 존재라면 절대 대답하지 않겠지.」

앨리스는 이렇게 중얼거리면서 숲에 이르렀다. 숲은 아주 시원하고 그늘이 짙어 보였다. 「뭐, 어쨌든 아주 좋은걸.」나무 아래로 걸어가며 앨리스가 혼잣말을 했다. 「무척 더웠는데 이렇게 시원한…… 〈뭐〉더라?」단어가 생각나지 않자 앨리스는 깜짝 놀라서 계속 중얼거렸다. 「〈이거〉…… 〈이거〉 아래 말이야.」앨리스는 손을 나무 둥치에 댔다. 「이걸 〈뭐라〉 부르더라? 아마 이름이 없을 거야. 맞아, 없어!」

앨리스는 잠시 생각에 잠겨 조용히 서 있었다. 이윽고 앨리스는 돌연 입을 열었다. 「그런 일이 정말로 〈일어났잖아〉! 그런데 난 누구지? 해낼 수만 있다면 꼭 〈기억해 낼 거야〉! 그렇게 하겠다고 결심했어!」그러나 그렇게 결심한 것도 별 소용이 없었다. 앨리스는 아주 오랫동안 애써 보았지만 간신히 이렇게 말했을 뿐이었다. 「L, L로 시작하는 건 〈알겠어〉!」[16]

바로 그때 아기 사슴이 어슬렁거리며 앨리스 곁을 지나갔다. 아기 사슴은 커다랗고 순진한 눈으로 앨리스를 바라보았고, 전혀 겁을 내지 않는 듯했다. 「이리 오렴! 이리 오렴!」 앨리스는 이렇게 말하면서 손을 내밀며 아기 사슴을 쓰다듬으려 했다. 그러나 아기 사슴은 살짝 뒤로 물러서더니 다시 앨리스를 바라보았다.

「네 이름이 뭐야?」 마침내 아기 사슴이 말했다. 얼마나 달콤한 목소리던지!

「나도 알고 싶어!」 가엾은 앨리스가 생각했다. 그리고 다소 슬픈 목소리로 대답했다. 「없어. 지금은.」

「다시 생각해 봐.」 아기 사슴이 말했다. 「그런 답은 소용없어.」

앨리스는 생각해 보았으나 아무것도 떠오르지 않았다. 「〈네〉 이름은 무엇인지 말해 주지 않을래?」 앨리스가 조심스레 물었다. 「그러면 좀 도움이 될 거 같아.」

「네가 좀 더 걷고 나면 말해 줄게.」 아기 사슴이 말했다. 「여기서는 기억이 나지 않아.」

16 앨리스의 표기는 Alice이다.

그래서 둘은 함께 숲 속으로 걸어갔다. 앨리스는 아기 사슴의 부드러운 목에 다정히 두 팔을 두르고 걸었지만, 또 다른 공터에 도착하자 갑자기 아기 사슴이 펄쩍 뛰어오르더니 몸을 흔들어 앨리스의 팔에서 빠져나왔다. 「난 아기 사슴이야!」 아기 사슴은 기쁜 목소리로 말했다. 「그리고, 맙소사! 넌 인간의 아이잖아!」 아기 사슴은 아름다운 갈색 눈동자에 돌연 경계하는 빛을 띠더니, 다음 순간 쏜살처럼 달아났다.

앨리스는 귀여운 길동무를 너무 갑자기 잃어버린 게 속상해 울먹이며 사슴이 뛰어간 쪽을 바라보았다. 「하지만 이제 난 내 이름을 알아.」 앨리스가 말했다. 「〈좀〉 위안이 돼. 앨리스, 앨리스. 다시는 잊어버리지 말아야지. 그런데, 어떤 길 안내 표시판을 따라가야 하는 걸까?」

대답하기 몹시 어려운 질문은 아니었다. 숲에는 길이 하나밖에 없었고, 길 안내 표시판은 둘 다 그 길을 가리키고 있었기 때문이다. 〈길이 갈라지고 표시판이 서로 다른 길을 가리키면 그때 결정해야지.〉 앨리스가 생각했다.

그러나 그런 일은 일어날 것 같지 않았다. 앨리스는 계속해서 한참을 걸었고, 길이 갈라질 때마다 길 안내 표시판이 두 개 있기는 했지만 둘 다 같은 쪽을 가리켰다. 표시판 하나에는 〈트위들덤의 집으로 가는 길〉이라 적혀 있었고 또 다른 표시판에는 〈트위들디의 집으로 가는 길〉이라 적혀 있었다.

마침내 앨리스가 말했다. 「둘이 같은 집에 사는 게 틀림없어! 왜 진작 이 생각을 못 했을까? 하지만 오래 있을 수는 없어. 그냥 잠깐 들러서 〈안녕하세요?〉 하고 인사만 한 다음에 이 숲을 빠져나가는 길을 물어봐야지. 어두워지기 전에 여덟째 칸에 닿아야 할 텐데!」 앨리스는 혼잣말을 하며 계속 걸었다. 그리고 급하게 꺾인 모퉁이를 돌자 땅딸막한 남자 둘과 마주쳤다.

너무 갑작스러워서 앨리스는 깜짝 놀라 뒤로 한 발짝 물러서지 않을 수 없었다. 하지만 곧 앨리스는 정신을 차리고 확신했다. 이 둘이 바로

4
트위들덤과 트위들디였다

둘은 서로 상대방의 목에 팔을 두르고 나무 아래 서 있었고, 앨리스는 누가 누구인지 금방 알 수 있었다. 한 명의 옷깃에는 〈덤〉이라고 다른 한 명의 옷깃에는 〈디〉라고 수놓여 있었기 때문이다. 「아마 옷깃 뒷부분에는 둘 다 〈트위들〉이라 수놓였을 거야.」 앨리스가 중얼거렸다.

둘이 어찌나 가만히 있던지 앨리스는 둘이 살아 있다는 것을 깜빡 잊고는 옷깃 뒷부분에 〈트위들〉이라고 적혀 있는지 살펴보려다가 〈덤〉이라 표시된 옷을 입은 사람의 목소리를 듣고 깜짝 놀랐다.

「만약 우리가 밀랍 인형이라고 생각한다면 말이야.」 그 남자가 말했다. 「돈을 내야 하잖아. 밀랍 인형은 공짜로 구경하라고 만든 게 아니라고!」

「반대로.」 〈디〉라고 표시된 옷을 입은 남자가 말했다. 「만약 우리가 살아 있다고 생각한다면 말을 걸어야지!」

「정말 미안해요.」 앨리스는 이 말밖에 할 수 없었다. 앨리스의 머릿속에서 마치 시계가 째깍거리듯 옛날 노래 가사가 맴돌았기 때문이다. 앨리스는 자기도 모르게 큰 소리로 그 가사를 말했다.

트위들덤과 트위들디
전투를 하기로 했지.
트위들덤이 트위들디에게
멋진 새 방울을 망가뜨렸다고 말했기 때문이지.

그때 괴물 같은 까마귀가 내려왔지.
타르 통처럼 새까만.
두 영웅은 너무 놀라
싸우던 걸 까맣게 잊었네.

「네가 무슨 생각을 하는지 난 알아.」 트위들덤이 말했다. 「하지만 그게 절대로 아니야.」

「반대로.」 트위들디가 말을 이었다. 「만약 그렇다면, 그럴 수도 있지. 그리고 그랬다면, 그랬을 수도 있어. 하지만 그렇지 않으니까 그렇지 않아. 논리적이지.」

「전 이 숲에서 나가려면 어떻게 해야 할까 생각하고 있었어요.」 앨리스가 아주 예의 바르게 말했다. 「날이 저물고 있어요. 가르쳐 주시겠어요?」

그러나 땅딸보 둘은 서로 보며 히죽거릴 뿐이었다.

둘의 모습은 꼭 덩치 큰 학생처럼 보였기에 앨리스는 자기도 모르게 트위들덤을 가리키며 이렇게 말했다.

「첫 번째 학생!」

「천만에!」 트위들덤은 기운차게 소리치고 입을 딱 다물었다.

「다음 학생!」 앨리스는 트위들디가 〈반대로!〉라고만 할 걸 뻔히 알았지만 트위들디를 가리키며 말했고, 트위들디는 앨리스가 예상한 대답을 했다.

「네가 잘못했어!」 트위들덤이 외쳤다. 「누굴 찾아왔으면 우선 〈안녕하세요?〉라고 인사하고 나서 악수를 해야 한다고!」 그리고 둘은 어깨동무를 하더니 각자 자유로운 팔을 내밀고 앨리스에게 악수를 청했다.

앨리스는 둘 가운데 한 명하고 먼저 악수를 하고 싶지 않았다. 그랬다가는 다른 한 명이 기분 나빠할 듯했기 때문이다. 그래서 이 어려움을 빠져나갈 제일 나은 방법으로, 앨리스는 두 손을 동시에 내밀었다. 다음 순간, 셋은 빙빙 원을 그리며 돌며 춤을 추었다. (나중에 앨리스가 기억하기에는) 그 행동이 너무나 자연스러웠다. 심지어 음악이 들려와도 앨리스는 놀라지 않았다. 음악은 춤추는 셋의 머리 위 나무에서 들려오는 것 같았는데 (앨리스가 짐작하건대) 나뭇가지들이 바이올린과 활처럼 서로 스치면서 내는 소리 같았다.

「하지만 정말 〈재미있었어〉.」(나중에 앨리스가 언니에게 이 이야기를 들려줄 때 이렇게 말했다.)「내가 〈우리는 뽕나무 덤불을 돌고 있어〉를 부르고 있더라고. 언제부터 그 노래를 부르기 시작했는지 모르겠지만, 어쨌든 아주 오랫동안 부른 것 같았어!」

앨리스를 뺀 다른 둘은 뚱뚱했기에 금방 숨을 헐떡였다. 「한 번 춤출 때는 네 번 도는 걸로 충분해.」 둘은 춤추기 시작했을 때처럼 갑작스레 춤추기를 멈췄다. 그리고 그 순간 음악도 멈췄다.

그러더니 둘은 앨리스의 손을 놓고 잠시 빤히 앨리스를 바라보았다. 참 어색한 순간이었고, 앨리스는 조금 전까지 같이 춤췄던 사람들에게 어떻게 말을 걸어야 할지 알 수 없었다. 「〈이제 와서〉 〈안녕하세요?〉 하고 말할 수는 없잖아.」 앨리스가 중얼거렸다. 「우리 관계가 그런 말을 할 단계는 넘어선 듯해!」

「피곤하지 않으시죠?」 마침내 앨리스가 말했다.

「천만에. 물어봐 줘서 〈정말〉 고마워.」 트위들덤이 말했다.

「정말 감사해!」 트위들디가 덧붙였다. 「시 좋아해?」

「네…… 에. 많이요. 〈어떤〉 시는요.」 앨리스가 애매하게 말했다. 「숲을 빠져나가려면 어느 길로 가야 하죠?」

「이 아이에게 어떤 시를 읊어 줄까?」 트위들디는 앨리스의 질문에는 아랑곳하지 않고 크고 진지한 눈으로 트위들덤을 돌아보았다.

「〈바다코끼리와 목수〉가 가장 길어.」 트위들덤이 트위들디와 다정히 어깨동무를 하며 대답했다.

트위들디가 곧바로 시작했다.

해가 바다를……

이때 앨리스가 용기를 내어 끼어들었다. 「만약 〈아주〉 긴 시라면 말이에요.」 앨리스가 최대한 예의 바르게 말했다. 「우선 어느 길로 가야 하는지부터 말해 주…….」

트위들디는 부드럽게 웃더니 다시 시를 외우기 시작했다.

해가 바다를 비추고 있었어.
온 힘을 다해서.
해는 정성을 다해
파도를 매끄럽고 반짝이게 했어……
참 이상한 일이지
때는 한밤중이었으니.

달이 뿌루퉁하게 비추고 있었어.

이미 날이 저물었으니
해가 거기 있을 필요가 없다고
달은 생각했거든.
「정말 무례해.」달이 말했네.
「여기 와서 흥을 다 깨놓다니.」

바다는 흠뻑 젖었고
모래는 바짝 말랐지.
구름은 안 보였어, 왜냐면
하늘에는 구름이 없었으니까.
머리 위를 날아다니는 새도 없었어.
하늘에는 새도 없었거든.

바다코끼리와 목수가
바짝 붙어 걷고 있었어.
둘은 엉엉 울었어.
보이는 건 모래뿐이었거든.
「이 모래를 다 치우면.」
둘이 말했어.「〈정말〉 좋을 텐데.」

「만약 하녀 일곱 명이 빗자루 일곱 개로
반년 동안 쓸어 내면
가능하지 않을까?」바다코끼리가 말했어.
「안 될 거야.」목수가 말했고
슬픔의 눈물을 흘렸어.

「오, 굴들아, 나와서 우리와 함께 걷자!」
바다코끼리가 간청했어.
「짭짤한 바닷가를 따라서
즐겁게 산책하며 즐겁게 이야기하자.
넷보다 많으면 안 돼.
손을 잡고 걸을 수 없거든.」

가장 나이 든 굴이 바다코끼리를 보았어.
그러나 한마디도 하지 않았어.
가장 나이 든 굴은 한쪽 눈을 찡긋하고
무거운 머리를 가로저었어.
있는 곳을 떠나지 않겠다는
뜻이었어.

그러나 그 초대에
어린 굴 넷은 서둘렀어.
외투를 솔질하고 얼굴을 씻고
신발도 깨끗하고 단정하게 하고…….
참 이상한 일이지.
굴은 발이 없잖아.

그 뒤로 굴 네 마리가 더 따라왔고
다시 네 마리가 더 따라왔어.
마침내 와글와글
점점 더 많이
모두 거품이 이는 파도 사이에서 톡톡 튀어

바닷가로 기어 올라왔어.

바다코끼리와 목수는
1킬로미터 정도 걷고서
낮고 편안한
바위에 앉아 쉬었어
그리고 작은 굴들은 모두
한 줄로 늘어서 기다렸어.

「시간이 되었으니」 바다코끼리가 말했어.
「여러 가지를 이야기해 보자.
신발, 배, 봉랍
양배추, 왕에 대해서,
그리고 왜 바다가 뜨겁게 끓어오르는지를,
돼지에게는 날개가 있는가를.」

「잠깐만요.」 굴들이 외쳤어
「이야기를 하기 전에 쉬어요.
어떤 애들은 숨이 차고
우리 모두는 뚱뚱하다고요!」
「급할 것 없어!」 목수가 말했어.
굴들은 목수에게 아주 고마워했어.

「우리에게 가장 필요한 건.」 바다코끼리가 말했어.
「빵 한 덩어리야.
게다가 후추와 식초가 있으면

정말 좋지.
이제 친애하는 굴 여러분, 준비가 되었다면
식사를 시작하자.」

「우리를 먹지 마세요!」 얼굴이 파랗게 질린
굴들이 외쳤어.
「그렇게 잘해 주시고 이러는 건
정말 무시무시한 일이에요!」
「밤이 아름답네.」 바다코끼리가 말했어
「경치가 맘에 드니?」

「와줘서 고맙구나!
그리고 아주 맛도 좋아!」
목수는 오로지
〈한 조각 더 줘.
귀먹은 거 아니잖아.
두 번이나 말했잖아!〉라고만 할 뿐이었어.

「부끄럽네.」 바다코끼리가 말했어.
「그런 속임수를 쓰다니.
이렇게 멀리까지 데리고 온 뒤,
그토록 빨리 걷도록 하게 해놓고 말이야!」
목수는 단지
〈버터가 너무 두껍게 발라졌어!〉라고만 했어

「눈물이 나.」 바다코끼리가 말했어.

「가슴이 미어져.」
바다코끼리는 눈물을 흘리며
가장 커다란 굴들을 골라냈어.
그리고 손수건을 꺼내
흐르는 눈물을 훔쳤어.

「오 굴들아.」 목수가 말했어.
「즐거운 산책이었어!
다시 집으로 돌아가야지?」
그러나 아무도 대답하지 않았어.
당연하지,
둘이서 모두 먹어 버렸으니까.

「전 바다코끼리가 더 좋아요.」 앨리스가 말했다. 「가엾은 굴들을 〈조금이나마〉 불쌍히 여겼으니까요.」

「하지만 목수보다 더 많이 먹었어.」 트위들디가 말했다. 「바다코끼리는 자기가 얼마나 많이 먹는지 목수가 보지 못하도록 하려고 손수건을 앞에 댄 거야. 그러니까 그 반대지.」

「정말 못됐어요!」 앨리스가 발끈해 말했다. 「그러면 저는 목수가 더 좋아요. 바다코끼리처럼 많이 먹지 않았다면요.」

「하지만 목수도 잡히는 대로 먹은걸.」 트위들덤이 말했다.

답을 내기 어려웠다. 잠시 뒤, 앨리스가 말했다. 「좋아요! 그러면 〈둘 다〉 아주 나빠요.」 여기서 앨리스는 약간 놀라 말을 멈췄다. 옆 숲에서 커다란 증기기관이 증기를 뿜어내는 듯한 소리가 들렸기 때문이다. 앨리스는 맹수일지도 모른다는 생각에 겁이 났다. 「여기 호랑이나 사자도 있나요?」 앨리스가 조그맣게 물었다.

「붉은 왕이 코 고는 소리일 뿐이야.」 트위들디가 말했다.

「가서 보자!」 형제가 동시에 말했고 각자 앨리스의 손을 하나씩 잡더니 왕이 자는 곳으로 데려갔다.

「〈사랑〉스럽지 않니?」 트위들덤이 말했다.

앨리스는 솔직하게 말할 수가 없었다. 왕은 술이 달린 기다란 취침용 모자를 쓰고 있었으며, 아무렇게나 벗어 놓은 옷 무더기처럼 웅크린 채 트위들덤의 말대로 〈머리가 떨어져 나가도록〉 큰 소리로 코를 골았다.

「젖은 풀밭에서 자면 감기에 걸릴 텐데.」 아주 사려 깊은 아이인 앨리스가 말했다.

「꿈꾸고 있어.」 트위들디가 말했다. 「무슨 꿈을 꾸는 것 같아?」

앨리스가 말했다. 「그건 아무도 모르죠.」

「바로 〈너〉에 대한 꿈이야!」 의기양양하게 손뼉을 치며 트위들디가 외쳤다. 「왕이 너에 대한 꿈을 다 꾸고 나면 넌 어디에 있을 것 같아?」

「물론 지금 제가 있는 곳이죠.」 앨리스가 말했다.

「아니야!」 트위들디가 업신여기듯 대꾸했다. 「넌 아무 곳에도 없을 거야. 넌 붉은 왕의 꿈에서만 존재하니까.」

「붉은 왕이 잠에서 깨어나면 말이다.」 트위들덤이 덧붙였다. 「넌 사라지는 거야. 휙! 촛불이 꺼지듯 말이야!」

「아니에요!」 앨리스가 발끈해 외쳤다. 「게다가, 만약 〈제〉가 붉은 왕의 꿈에서만 존재한다면, 〈당신〉들은 뭐죠? 궁금하네요.」

「동감.」 트위들덤이 말했다.

「동감, 동감.」 트위들디가 외쳤다.

트위들디가 너무나 시끄럽게 소리를 지르는 바람에 앨리스는 이렇게 말하지 않을 수 없었다. 「쉿! 그렇게 시끄럽게 떠들면 왕이 깨어나잖아요!」

「에, 왕이 깨어난다고 〈네〉가 말해도 소용없어.」 트위들덤이 말했다. 「넌 왕의 꿈에서만 존재하는 거야. 넌 네가 진짜가 아니라는 걸 아주 잘 알잖아.」

「〈전〉 진짜예요!」 앨리스가 말하고 울기 시작했다.

「운다고 해서 조금이라도 진짜가 되는 건 아니지.」 트위들디가 말했다. 「울어도 소용없어.」

「만약 제가 진짜 존재하는 게 아니라면요.」 이 모든 것이 너무나 우스꽝스럽게 느껴졌기에 앨리스는 울다가 웃으며 말했다. 「전 울 수 없었을 거예요.」

「그게 진짜 눈물이라고 생각하는 건 아니겠지?」 트위들덤이 아주 깔보는 말투로 끼어들었다.

〈말도 안 되는 엉터리 소리를 하는 거야.〉 앨리스가 생각했다. 〈그리고 그런 걸로 우는 건 바보 같은 짓이야.〉 그래서 앨리스는 눈물을 닦고 최대한 명랑한 목소리로 말했다. 「어쨌든, 전 숲에서 나가야겠어요. 이제 정말로 깜깜해졌으니까요. 비가 올 것 같아요?」

트위들덤은 커다란 우산을 펴고 트위들디와 함께 쓰고 그 안에서 위를 올려다보았다. 「아니, 안 올 거 같아.」 트위들덤이 말했다. 「적어도 이 〈안〉은 안 올 거야. 절대로.」

「하지만 〈밖〉에는?」

「오려면 오겠지.」 트위들디가 말했다. 「우린 이의 없어. 그 반대야!」

〈이기적이네!〉 앨리스가 생각했다. 그리고 작별 인사를 하고 떠나려는 순간, 트위들덤이 우산에서 튀어나와 앨리스의 손목을 잡았다.

「〈저거〉 보여?」 열정에 목이 메인 채 트위들덤이 말했다. 트위들덤은 나무 아래 있는 하얗고 조그마한 것을 떨리는 손가락으로 가리켰으며, 눈은 순식간에 아주 커졌고 노랗게 변했다.

「그냥 방울이에요.」 자그맣고 하얀 물건을 찬찬히 살펴보고서 앨리스가 말했다. 「방울〈뱀〉이 아니에요.」 트위들덤이 겁먹었다고 생각하고 앨리스가 급히 덧붙였다. 「그냥 낡은 방울이에요. 아주 낡고 망가진 방울이요.」

「그럴 줄 알았어!」 트위들덤이 외치더니 발을 쿵쿵 구르며 머리를 쥐어뜯기 시작했다. 「망가졌지, 당연히!」 여기서 트위들덤은 트위들디를 바라보았고, 트위들디는 즉시 땅바닥에 주저앉아 우산 속으로 숨으려 했다.

앨리스는 트위들덤의 팔을 잡고 달래는 목소리로 말했다. 「낡은 방울 하나 가지고 그렇게 화를 낼 건 없잖아요!」

「낡지 않았어!」 아까보다 더 화를 내며 트위들덤이 외쳤다. 「새거야, 어제 샀다니까. 멋진 새 〈방울〉이라고!」 그리고 트위들덤의 목소리는 완전히 비명이 되었다.

그사이 트위들디는 우산을 쓴 채 접으려 애쓰고 있었다. 이 광경이 하도 이상했기에 앨리스는 화를 내는 트위들덤을 까맣게 잊고 그쪽을 보았다. 그러나 트위들디는 제대로 우산을 접지 못하고 우산 속에서 머리만 밖에 내놓은 채 커다란 눈을 끔벅거리며 입을 뻐끔거릴 뿐이었다. 〈꼭 물고기 같네.〉 앨리스가 생각했다.

「그럼 싸우는 데 동의한 거지?」 조금 가라앉은 목소리로 트위들덤이 말했다.

「그런 듯해.」 다른 쪽이 우산에서 기어 나오며 부루퉁하게 말했다. 「〈저 아이〉가 우리에게 옷을 입혀 줘야겠군.」

그래서 두 형제는 손에 손을 잡고 숲으로 들어가더니 잠시 후

베개, 담요, 벽난로 앞 깔개, 식탁보, 접시 덮개 따위를 한 아름 안고 돌아왔다. 「핀을 꽂고 끈으로 묶는 거 잘할 수 있어?」 트위들덤이 말했다. 「이걸 모두 걸쳐야 하거든. 어떻게든 말이야.」

나중에, 앨리스는 둘이 법석을 떨고 이것저것 잔뜩 걸치고, 끈을 매고 단추를 끼우는 따위 그렇게 엄청난 난리는 평생 처음 봤다고 말했다. 「다 입고 나면 꼭 헌 옷 보따리 같겠어!」 트위들디가 말한 대로 〈머리가 잘리지 않도록〉 목 주위에 덧베개를 감아 주며 앨리스가 중얼거렸다.

트위들디가 아주 진지하게 덧붙였다. 「머리가 잘리는 건 전투 중에 일어날 수 있는 가장 심각한 사태야.」

앨리스는 웃음이 터져 나왔으나 트위들디가 기분 상해할까 봐 가까스로 기침으로 얼버무렸다.

「나 창백해 보이니?」 투구를 고정하러 와서 트위들덤이 말했다(트위들덤은 투구라고 〈불렀지만〉 앨리스 눈에는 아무리 보아도 냄비 같았다).

「에……, 네……, 〈약간〉요.」앨리스가 상냥하게 대답했다.

「평소 나는 아주 용감한데.」목소리를 낮춰 트위들덤이 말했다. 「오늘은 머리가 좀 아파.」

「〈난〉이가 아파!」그 말을 엿들은 트위들디가 말했다. 「너보다 더 심하다고!」

「그러면 오늘은 싸우지 않는 게 좋겠어요.」두 사람을 화해시킬 좋은 기회라 생각하며 앨리스가 말했다.

「우리는 잠깐이라도 〈싸워야만〉해. 하지만 오랫동안 싸워도 상관없어.」트위들덤이 말했다. 「지금 몇 시지?」

트위들디가 손목시계를 보고 말했다. 「네시 반이야.」

「그럼 여섯시까지 싸우고 저녁을 먹자.」트위들덤이 말했다.

「좋아.」다른 쪽이 약간 슬픈 목소리로 말했다. 「그리고 〈저 아이〉더러 우릴 봐 달라고 하자.」그리고 앨리스에게 덧붙여 말했다. 「너무 가까이 오면 안 돼. 난 정말 흥분하면 뭐든 눈에 보이는 건 마구 친다고.」

「그리고 난 손에 닿는 건 닥치는 대로 치고.」 트위들덤이 외쳤다. 「보이든 보이지 않든 말이야!」

앨리스가 소리를 내어 웃었다. 「그럼 〈나무〉를 자주 치겠네요.」 앨리스가 말했다.

트위들덤은 주위를 둘러보며 만족한 웃음을 지었다. 「싸움이 끝날 때 즈음이면 꽤 멀리까지 나무 한 그루 안 남을 거야!」

「방울 하나 때문에 이러다니요!」 그렇게 사소한 일로 싸운다는 것을 둘이 조금은 부끄럽게 생각하길 바라며 앨리스가 말했다.

「새것만 아니었어도 이러지 않았을 거야.」 트위들덤이 말했다.

〈무시무시한 까마귀가 왔으면 좋겠어!〉 앨리스가 생각했다.

「칼이 하나뿐이야.」 트위들덤이 트위들디에게 말했다. 「하지만 넌 우산을 쓸 수 있어. 우산도 아주 날카로워. 빨리 시작해야해. 날이 어두워지고 있다고.」

「그리고 점점 더 어두워져.」 트위들디가 말했다.

너무나 갑자기 어두워졌기에 앨리스는 폭풍이 온다고 생각했다. 「정말로 짙고 시커먼 구름이야!」 앨리스가 말했다. 「그리고 정말 빠르게 다가오네! 어, 날개가 달렸네!」

「까마귀다!」 트위들덤이 깜짝 놀라 떨리는 목소리로 외쳤다. 그리고 두 형제는 순식간에 도망쳐 사라졌다.

앨리스는 숲으로 난 작은 길로 달려가 커다란 나무 아래에서 멈췄다. 「〈여기〉까지는 쫓아오지 못할 거야.」 앨리스가 생각했다. 「덩치가 너무 커서 나무 사이로 비집고 들어올 수 없을 테니까. 그나저나 날개 좀 저렇게 퍼덕거리지 않았으면 좋겠어. 숲 속에 허리케인을 일으키잖아. 어, 누구 숄이 날아가네!」

5
양털과 물

그렇게 말하며 앨리스는 숄을 잡고서 주인을 찾아 주위를 두리번거렸다. 잠시 뒤 흰 왕비가 두 팔을 활짝 벌리고 마치 날기라도 하듯 숲에서 정신없이 뛰어나오고 있었다. 앨리스는 숄을 들고 아주 예의 바르게 흰 왕비에게 다가갔다.

「마침 제가 여기 있어 다행이에요.」 왕비가 다시 숄을 걸치는 걸 도와주며 앨리스가 말했다.

흰 왕비는 힘없고 겁먹은 눈초리로 앨리스를 바라보며 혼자서 계속 뭐라고 중얼거릴 뿐이었다. 그 말은 〈버터 바른 빵, 버터 바른 빵〉이라고 하는 것처럼 들렸으며, 앨리스는 이 상황에서 대화를 해야 한다면 자기가 먼저 말을 걸어야 한다고 생각했다. 그래서 앨리스는 다소 조심스레 입을 열었다. 「제가 말을 거는 분이 흰 왕비이신가요?」

「글쎄다, 그래. 그걸 옷 입히는 거라고 한다면 말이야.」 왕비가 말했다. 「〈내〉 생각에는 전혀 안 그렇지만 말이야.」[17]

앨리스는 대화 처음부터 따지고 드는 게 좋을 것 같지 않다는 생각에서 싱긋 웃으며 말했다. 「왕비님께서 시작하는 법을 알려

---

17 말 걸기*addressing*라는 단어를 왕비는 옷을 입히기*a-dressing*로 알아들었다.

주시면 제가 온힘을 다해 노력하겠습니다.」

「하지만 난 그렇게 되는 걸 원하지 않아!」 가엾은 왕비가 투덜거렸다. 「난 옷을 입느라 두 시간이나 썼어.」

앨리스가 보기에는 누군가 다른 사람에게 입혀 달라고 하는 게 훨씬 더 나을 듯했다. 왕비는 정말 처참할 정도로 지저분했기 때문이다. 〈완전 엉망이잖아.〉 앨리스가 생각했다. 「온통 핀투성이고!…… 제가 숄을 바로 해드릴까요?」 앨리스가 큰 소리로 덧붙였다.

「뭐가 잘못되었는지 모르겠군!」 왕비가 우울한 목소리로 말했다. 「숄이 기분이 상했나 봐. 여기에 핀을 꽂고 저기에 핀을 꽂고. 하지만 기분이 좋아지지 않아!」

「한쪽으로만 핀을 꽂으면 절대로 반듯하게 〈할 수 없어요〉.」 부드럽게 숄을 바로잡아 주며 앨리스가 말했다. 「그리고, 맙소사, 머리는 왜 이러세요!」

「머리 솔이 엉켰어!」 한숨을 쉬며 왕비가 말했다. 「그리고 빗은 어제 잃어버렸지.」

앨리스는 조심스레 머리 솔을 빼내고 나서 정성껏 머리를 단정히 매만졌다. 「자, 이제 훨씬 나아졌어요!」 핀의 위치를 대부분 바꾼 다음 앨리스가 말했다. 「하지만 옷 입혀 주는 하녀가 한 명 있어야 하겠어요!」

「네가 해주면 좋겠구나!」 왕비가 말했다. 「일주일에 2페니를 주지. 그리고 이틀에 한 번씩 잼을 줄게.」

앨리스는 터져 나오는 웃음을 참지 못하며 말했다. 「〈저〉는 하녀가 되고 싶지 않아요. 그리고 잼도 별로 안 좋아하고요.」

「아주 맛있는 잼이야.」 왕비가 말했다.

「어쨌든 〈오늘〉은 먹고 싶지 않아요.」

「먹고 〈싶었더라도〉 먹을 수 없었을 거야.」 왕비가 말했다. 「규칙이 그래. 잼-내일, 잼-어제는 되지만 잼-오늘은 안 돼.」

「언젠가는 잼-오늘이 〈분명히〉 있어요.」 앨리스가 반박했다.

「아니, 그럴 수 없어.」 왕비가 말했다. 「잼은 이틀에 한 번 먹으니까 오늘은 걸러야 하는 날이잖아.」[18]

「무슨 말인지 모르겠어요.」 앨리스가 말했다. 「너무 헷갈려요!」

「거꾸로 사는 게 다 그래.」 왕비가 상냥하게 말했다. 「처음에는 다들 약간 헷갈려 하지……」

「거꾸로 산다고요!」 앨리스는 깜짝 놀라 왕비의 말을 되풀이

18 〈이틀에 한 번〉은 영어로 *every other day*이다. 여기에서 *other day*를 말 그대로 〈다른 날〉이라고 사용한 말장난을 앨리스는 이해하지 못하고 있다.

했다. 「그런 이야기는 처음 들어 봐요!」

「……하지만 좋은 점도 있어. 기억이 두 방향으로 작용하거든.」

「〈제〉 기억은 한쪽으로만 작용하는데요.」 앨리스가 말했다. 「전 어떤 일이 일어나기 전에는 기억할 수가 없어요.」

「과거로만 작용하는 건 기억력이 형편없어서 그러는 거야.」 왕비가 말했다.

「〈왕비님〉은 어떤 일이 가장 생생하게 기억나세요?」 앨리스가 용기를 내어 물어보았다.

「아, 다음다음 주에 일어날 일들이야.」 왕비가 아무렇지도 않게 말했다. 「예를 들어 말이다.」 왕비는 손가락에 커다란 반창고를 붙이며 말했다. 「지금 왕의 전령이 감옥에 갇혀서 벌을 받고 있어. 그러면 다음 주 수요일에 재판이 열리고. 죄는 그다음에 마지막으로 짓는 거야.」

「그 사람이 죄를 짓지 않으면요?」 앨리스가 물었다.

「그럼 더 좋은 거잖아?」 손가락에 붙인 고약에 리본 조각을 두르며 왕비가 대답했다.

앨리스는 〈그〉 말을 인정하지 않을 수 없었다. 「물론 그게 더 좋죠.」 앨리스가 말했다. 「하지만 그 사람이 벌을 받는 게 좋을 건 없잖아요.」

「어쨌든 넌 〈그〉 문제에 대해 틀렸어.」 왕비가 말했다. 「〈넌〉 벌 받아 본 적 있니?」

「잘못을 하면요.」 앨리스가 말했다.

「그래서 더 나은 아이가 됐잖아!」 의기양양하게 왕비가 말했다.

「네, 하지만 그때는 제가 벌 받을 만한 일을 〈저질렀어요〉.」 앨리스가 말했다. 「지금이랑은 완전히 다르다고요.」

「하지만 만약 네가 그 일을 〈저지르지 않았다면〉 말이다.」 왕비가 말했다. 「더 좋은 거잖아. 더, 더, 더!」 〈더〉라고 말할 때마다 왕비의 목소리는 높아지더니 마침내 날카로운 비명이 되었다.

앨리스는 막 〈뭔가 잘못된……〉이라고 말하려다가 왕비가 너무 요란하게 비명을 지르는 바람에 입을 다물고 말았다. 「아, 아, 아!」 왕비는 손이 떨어져 나가라 흔들어 대며 비명을 질렀다. 「손가락에서 피가 나! 아, 아, 아, 아!」

왕비의 비명은 증기기관의 기적 소리만큼이나 컸기에 앨리스는 손으로 귀를 막아야만 했다.

「〈무슨〉 일이세요?」 말을 할 기회가 오자마자 앨리스가 물었다. 「손가락을 찔리셨나요?」

「〈아직〉 찔리지는 않았어.」 왕비가 말했다. 「하지만 이제 곧 찔릴……. 아, 아, 아!」

「언제 찔리실 건데요?」 터져 나오려는 웃음을 참으며 앨리스가 말했다.

「숄을 다시 고정하려 할 때.」 가엾은 왕비가 신음을 내며 말했다. 「곧 브로치가 빠질 거야. 아, 아!」 왕비가 이 말을 하자 브로치가 풀렸다. 왕비는 그걸 꽉 움켜쥐고 다시 끼우려 했다.

「조심하세요!」 앨리스가 외쳤다. 「잘못 잡고 계세요!」 그리고 앨리스가 브로치를 잡았지만 이미 너무 늦었고, 핀이 빠져나와 왕비의 손가락을 찔렀다.

「피가 날 만하지.」 왕비는 싱긋 웃으며 앨리스에게 말했다. 「이제 너도 이곳에서 일이 어떻게 돌아가는지 이해할 수 있을 거야.」

「그런데 왜 지금은 비명을 안 지르세요?」 손으로 귀를 막으며 앨리스가 물었다.

「이미 질렀잖아.」 왕비가 말했다. 「뭐 하러 또 지르니?」

그때 주위가 점점 밝아졌다. 〈까마귀가 날아가 버린 모양이네.〉 앨리스는 이렇게 생각하고 왕비에게 말했다. 「가버려서 다행이에요. 전 밤이 된 줄로만 알았어요.」

「나도 너처럼 맘대로 기뻐할 수 있으면 좋겠다.」 왕비가 말했다. 「나도 규칙만 기억할 수 있으면 되는데. 이 숲에 살면서 원할 때면 언제든 기뻐할 수 있으니 넌 정말 행복하겠구나!」

「여기는 〈아주〉 외로운걸요!」 우울한 목소리로 앨리스가 말했다. 그리고 외로운 자기 처지를 생각하자 커다란 눈물 두 방울이 볼을 타고 흘러내렸다.

「오, 그러지 마!」 가엾은 왕비는 어쩔 줄 몰라 하며 두 손을 꽉 쥐었다. 「네가 다 큰 소녀라는 걸 생각해 보렴. 오늘 네가 얼마나 먼 길을 왔는지 생각해 보렴. 지금 몇 시인지 생각해 보렴. 뭐든지 생각해 보렴. 울지만 말고!」

앨리스는 눈물을 흘리던 와중에도 이 말에 웃음을 터뜨리지 않을 수 없었다. 「〈왕비님〉께서는 그런 일을 생각하면 울음을 멈추실 수 있으신가요?」 앨리스가 물었다.

「그게 울음을 그치는 법이지.」 왕비가 단호히 말했다. 「한꺼번에 두 가지 일을 할 수 있는 사람은 아무도 없어. 먼저 네 나이부터 시작해 보자. 몇 살이지?」

「정확히 일곱 살 반이요.」

「〈정확히〉라고 말할 필요는 없어.」 왕비가 지적했다. 「그런 말 안 해도 믿을 테니까. 이제 내가 〈너〉에게 뭔가 믿을 만한 걸 알려 주지. 나는 백하고도 일 년, 다섯 달하고도 하루를 살았어.」

「〈그건〉 못 믿겠어요!」 앨리스가 말했다.

「못 믿겠다고?」 측은한 목소리로 왕비가 말했다. 「다시 해봐. 숨을 깊이 들이마시고 눈을 감아 보렴.」

앨리스가 소리 내어 웃었다. 「그래도 소용없어요.」 앨리스가 말했다. 「불가능한 걸 믿을 수는 〈없다고요〉.」

「내가 보기에 너는 연습을 별로 안 한 것 같구나.」 왕비가 말했다. 「내가 네 나이 때는 하루에 늘 30분씩 연습을 했지. 때로는 아침을 먹기도 전에 불가능한 일을 여섯 개나 믿기도 했어. 숄이 또 날아가네!」

왕비가 말하는 사이에 다시 브로치가 풀렸고, 갑자기 불어온 돌풍에 숄은 개울 너머로 날아가 버렸다. 왕비는 다시 두 팔을 벌리고 쫓아가서 이번에는 직접 숄을 잡는 데 성공했다. 「잡았다!」 의기양양해하며 왕비가 외쳤다. 「이제 내가 직접 핀을 꽂아 고정할 테니 잘 보렴!」

「그러면 이제 손가락은 괜찮으세요?」 앨리스는 아주 공손하게 말하며 왕비를 쫓아 개울을 건넜다.

*

「아, 나아졌어, 훨씬!」 왕비가 외쳤다. 왕비의 목소리는 점차 높아져 새된 소리가 되었다. 「매우! 매애우! 매애에! 매애에!」 마지막 단어는 양 울음소리처럼 길게 늘어졌고, 그 소리가 어찌나 양 울음소리와 비슷하던지 앨리스는 깜짝 놀랐다.

앨리스는 왕비를 바라보았다. 왕비는 갑자기 온몸이 양털로 뒤덮인 듯했다. 앨리스는 눈을 비비고 다시 보았다. 어찌 된 일인지 도무지 알 수 없었다. 앨리스가 가게 안에 있었나? 계산대 너머에 앉아 있는 게 진짜로, 진짜로 〈양〉일까? 눈을 아무리 비비고 다시 보아도 여전히 양이었다. 앨리스는 좁고 어둑한 가게에서 팔꿈치를 계산대에 기대고 있었으며, 맞은편에는 늙은 양 한 마리가 안락의자에 앉아 뜨개질을 하다가 때때로 손놀림을 멈추고 커다란 안경 너머로 앨리스를 바라보았다.

「뭘 사려고 하니?」 마침내 양은 뜨개질을 멈추고 고개를 들어 앨리스를 보며 물었다.

「아직 〈잘〉 모르겠어요.」 아주 공손하게 앨리스가 말했다. 「우선 사방을 좀 둘러보고 싶어요. 괜찮으시다면요.」

「앞과 양옆은 볼 수 있겠지.」 양이 말했다. 「하지만 〈사방〉을 볼 수는 없을 거야. 뒤통수에 눈이 달려 있지 않으면 말이야.」

그러나 앨리스는 뒤통수에 〈눈이 없었다〉. 그래서 고개를 돌려 눈에 들어오는 선반을 둘러보는 것으로 만족했다.

가게는 갖가지 신기한 물건으로 가득 차 있는 듯했다. 그러나 무엇보다도 가장 신기한 것은, 뭐가 있는지 정확히 보려고 자세히 들여다보는 선반마다 텅 비어 버리는 점이었다. 주위의 다른 선반들에는 물건들이 넘치도록 차 있었는데도 말이다.

「여기서는 물건들이 여기저기로 제멋대로 움직여!」 앨리스는 인형 같기도 하고 반짇고리 같아 보이기도 한데 자세히 살펴보려고 하면 금세 바로 윗선반으로 올라 가버리는 크고 빛나는 물건을 1분 정도 열심히 쫓아다니다가 허탕을 치고 풀이 죽어서 말했다. 「그리고 이게 가장 짜증나……. 하지만…….」 그때 번뜩 무슨 생각이 앨리스에게 떠올랐다. 「저 꼭대기 선반까지 따라 볼 거야. 천장을 뚫고 가지는 못하겠지!」

하지만 이 계획마저 실패했다. 그 〈물건〉은 아주 당연하다는 듯 조용히 천장을 뚫고 사라졌다.

「넌 아이니 팽이니?」 양이 뜨개질바늘 한 쌍을 더 집어 들며 물었다. 「그렇게 돌아다니는 모습을 보고 있자니 눈이 팽팽 도는구나.」 양은 이제 한꺼번에 바늘 열네 쌍을 쥐고 뜨개질을 했으며, 앨리스는 그 모습을 보고 깜짝 놀랐다.

「어떻게 저렇게 많은 바늘로 뜨개질을 〈할 수〉 있을까?」 어리 둥절한 앨리스가 혼잣말을 했다. 「고슴도치처럼 계속 바늘이 늘 어나잖아!」

「노 저을 줄 알아?」 뜨개질바늘 한 쌍을 앨리스에게 건네주며 양이 말했다.

「네, 조금…….」 앨리스가 이렇게 대답하는 사이 앨리스가 받 아든 뜨개질바늘이 노로 변했고, 둘은 강둑 사이를 둥둥 떠내려 가는 작은 배에 타고 있었다. 앨리스는 있는 힘을 다해 노를 저을 수밖에 없었다.

「노 끝을 수평으로!」 뜨개질바늘 한 쌍을 더 집어 들며 양이 외 쳤다.

특별히 대답이 필요한 말이 아닌 듯했기에 앨리스는 잠자코 노만 저었다. 앨리스는 물이 이상하다고 생각했다. 노를 저으려 하면 노가 물에서 다시 나오지 않으려 하는 경우가 잦았다.

「노 끝을 수평으로! 수평으로!」 뜨개질바늘을 더 집으며 양이 외쳤다. 「곧 헛손질을 할 거야.」

「귀여운 게라고!」 앨리스가 생각했다. 「잡으면 정말 좋겠네.」[19]

「〈노 끝을 수평으로〉라고 하는 말 안 들려?」 양이 뜨개질바늘 을 한 묶음 집어 들며 화난 목소리로 말했다.

「들었어요.」 앨리스가 말했다. 「아주 여러 번 아주 크게 말했잖 아요. 게가 어디에 〈있나요〉?」

「당연히 물속이지!」 손에 더 들 곳이 없어 뜨개질바늘을 머리 에 꽂으며 양이 말했다. 「〈노를 수평으로〉라고 말하잖아!」

「〈왜〉 자꾸 〈깃털〉이라고 말하세요?」 마침내 앨리스가 짜증이

19 앞서 양은 *catch a crab*이라 말했다. *catch a crab*에는 〈노를 헛젓는다〉 라는 뜻과 〈게를 잡다〉라는 뜻이 있다.

나서 물었다. 「전 새가 아니에요.」[20]

「넌 새야.」 양이 말했다. 「넌 작은 거위잖아.」[21]

이 말에 앨리스는 약간 화가 났기에 한 1, 2분 정도 둘 다 아무 말을 하지 않았고, 배는 잡초밭 사이를 지나기도 하고(여기에서는 노가 전보다 물속에 더 단단히 박혔다) 나무 아래를 지나기도 하며 매끄럽게 미끄러져 갔다. 하지만 머리 위쪽에는 항상 같은 높이의 강둑이 얼굴을 찡그리고 있었다.

「오, 제발요! 향기 나는 골풀이 있어요!」 갑자기 앨리스가 기뻐하며 외쳤다. 「저기 있네요. 〈무척〉 예뻐요!」

「〈제발〉이라고 〈나〉에게 말할 필요 없어.」 뜨개질에서 눈을 떼지 않으며 양이 말했다. 「내가 골풀을 심은 것도 아니고 뽑아낼 것도 아니니까.」

「아니, 제 말은……, 제발 배를 잠깐 멈추고 좀 가져가면 안 될까요?」 앨리스가 부탁했다. 「잠시 배를 멈춰도 괜찮다면요.」

「〈내〉가 어떻게 배를 멈추니?」 양이 말했다. 「노는 네가 젓는데. 네가 노를 젓지 않으면 배는 저절로 멈추잖아.」

그래서 배는 둥둥 떠내려가며 너울거리는 골풀들 사이로 미끄러져 갔다. 앨리스는 골풀을 꺾으려고 소매를 조심스레 걷어 올리고 작은 팔을 팔꿈치까지 깊게 담갔다. 그리고 얼마 안 돼 앨리스는 양과 뜨개질은 까맣게 잊은 채 배 바깥으로 몸을 내밀고 눈을 반짝이며 아름답고 향기 좋은 골풀을 한 다발씩 꺾었다.

「배가 뒤집히지 않아야 할 텐데!」 앨리스가 혼잣말을 했다. 「와, 〈정말〉 예쁘다! 그런데 손이 안 닿아.」 앨리스는 배가 골풀

20 양은 *feather*라고 말했다. *feather*에는 〈노 끝을 수평으로 하다〉와 〈깃털〉이라는 두 뜻이 있다.
21 *goose*에 〈거위〉와 〈바보〉라는 뜻이 있는 걸 이용한 말장난이다.

옆을 미끄러져 가는 동안 예쁜 골풀을 많이 땄지만 손이 닿지 않는 곳에는 늘 더 예쁜 골풀이 있는 모습이 흡사 앨리스를 약이라도 올리려고 그러는 듯했다(《일부러 그러는 거 같아》 하고 앨리스가 생각했다).

「제일 예쁜 것들은 늘 더 멀리 있어!」 결국 앨리스는 멀리서만 고집스레 자라는 골풀을 보며 한숨을 쉬었다. 머리털과 손이 물에 젖고 볼이 달아오른 채 앨리스는 배의 자리로 돌아와 새로 찾아낸 보물들을 정리하기 시작했다.

앨리스가 꺾는 순간 골풀들이 바로 시들고 향과 아름다움이 사라지기 시작한다는 게 앨리스에게 어떻게 다가왔을까? 현실의 골풀도 얼마 지나지 않아 시들어 버린다. 하지만 이 꿈속의 골풀들은 앨리스의 발치에 쌓이는 순간 향기가 눈처럼 녹아 사라졌다. 그러나 앨리스는 이 사실을 거의 알아차리지 못했다. 별난 일이 너무 많아 정신이 없었기 때문이다.

얼마 안 가서 한쪽 노가 물속에 단단히 박혀 나오지 〈않으려〉 했다(이렇게 앨리스는 나중에 설명했다). 그리고 그 결과 노 손잡이가 턱에 걸렸고, 가엾은 앨리스는 〈아, 아, 아!〉 하고 소리를 지르며 애써 보았지만, 미끄러져 골풀더미 위로 나가떨어졌다.

하지만 앨리스는 다친 곳 없이 일어났다. 양은 아무 일 없었다는 듯이 뜨개질을 계속했다. 물에 빠지지 않아서 다행이라고 생각하며 자리로 돌아오는 앨리스에게 양이 말했다. 「아주 멋지게 헛손질을 했구나!」

「그래요? 전 못 봤어요!」 조심스레 배 한쪽으로 깊고 어두운 물속을 곁눈질하며 앨리스가 말했다. 「게를 놓치지 않았으면 좋았을 텐데……. 집에 가져가면 좋았을 텐데!」 그러나 양은 조롱하듯 소리 내어 웃고는 다시 뜨개질을 계속했다.

「여기에는 게가 많나요?」앨리스가 말했다.

「게 말고도 여러 가지가 있지.」양이 말했다. 「고를 것은 많아. 그러니 결정만 해. 자, 뭘 〈살 거야〉?」

「사요?」앨리스는 반은 놀라고 반은 겁먹은 목소리로 양의 말을 되풀이했다. 갑자기 노와 배와 강이 모두 사라져 버리고 앨리스는 작고 어두운 가게로 돌아와 있었기 때문이다.

「달걀을 하나 주세요.」겁먹은 목소리로 앨리스가 말했다. 「얼마죠?」

「하나에 5페니, 두 개에 2페니.」양이 대답했다.

「그러면 두 개가 하나보다 싸요?」지갑을 꺼내며 앨리스가 놀라서 물었다.

「두 개를 사면 두 개를 〈먹어야만〉 해.」양이 말했다.

「그러면 하나만 주세요.」계산대 위에 돈을 올려놓으며 앨리스가 말했다. 〈별로 좋은 달걀이 아닐지도 몰라〉 하고 생각했기 때문이다.

양은 돈을 상자에 집어넣고 말했다. 「난 손님에게 물건을 직접 건네주지 않아. 절대로. 그러니 네가 가져가렴!」그렇게 말하며 양은 가게 저편에 가서 선반에 달걀을 똑바로 세웠다.

《왜》 안 그러는 걸까?》 이렇게 생각하며 앨리스는 탁자와 의자 사이를 더듬거리며 움직였다. 가게는 안으로 들어갈수록 아주 어두워졌기 때문이다. 〈가까이 갈수록 달걀이 점점 멀어지는 것 같아. 어디 보자, 이게 의잔가? 어라, 가지가 달렸잖아! 가게 안에서 나무가 자라다니 정말 이상하네! 개울도 있네! 와, 이렇게 이상한 가게는 처음 봐!〉

*

앨리스는 다가가는 것마다 모두 나무로 변하는 모습에 점점 더 의아해하며 한 걸음 한 걸음 나아갔다. 그리고 앨리스는 자기가 다가가는 순간에 달걀도 나무로 변할 거라고 생각했다.

6
험프티 덤프티[22]

그러나 달걀은 점점 더 커지며 점차 사람처럼 변해 갔다. 달걀에서 몇 미터 정도 떨어진 거리까지 다가가자 눈, 코, 입이 보였고, 가까이 다가가 보니 바로 〈험프티 덤프티〉였다. 「틀림없어!」 앨리스가 혼잣말을 했다. 「얼굴 가득 이름을 적어 놓았어도 이보다 확실하지는 않을 거야.」

험프티 덤프티의 커다란 얼굴에는 이름을 백 번은 쓸 수 있을 듯했다. 험프티 덤프티는 터키인처럼 다리를 꼬고는 높은 담 위에 앉아 있었다. 벽이 무척 좁은데도 중심을 잡고 앉아 있는 게 앨리스는 신기했다. 험프티 덤프티는 다른 쪽을 보고 있었기에 앨리스가 다가오는 걸 알아차리지 못했다. 앨리스는 어쩌면 그게 봉제 인형일지도 모른다고 생각했다.

「정말 영락없이 달걀처럼 보여!」 험프티 덤프티가 금방이라도 떨어질 것처럼 보였고, 그럴 때 얼른 잡아 주려고 손을 앞으로 내밀며 앨리스가 말했다.

「〈아주〉 기분 나쁜걸!」 험프티 덤프티는 한참 동안 말없이 있다가 앨리스에게 눈길도 안 돌리고 말했다. 「달걀이라고 부르다

22 동요에 나오는 인물로 달걀을 의인화한 존재이다.

니…….〈아주〉기분이 나빠!」

「저는 달걀처럼 〈보인다〉고 말했어요.」 앨리스가 공손하게 설명했다.「그리고 어떤 달걀은 아주 예쁘잖아요.」 자기 말을 칭찬으로 받아들이길 기대하며 앨리스가 덧붙였다.

「어떤 사람들은 말이지.」 아까처럼 여전히 앨리스에게 시선을 주지 않으며 험프티 덤프티가 말했다.「아기보다도 양식이 없다니까.」

앨리스는 그 말에 뭐라고 대답해야 할지 알 수 없었다. 험프티 덤프티는 〈자기〉에게 말한 게 아니니 이건 전혀 대화하는 것 같지 않다고 앨리스는 생각했다. 사실, 험프티 덤프티가 마지막에 한 말은 나무에게 한 게 분명했다. 그래서 앨리스는 일어서서 부드러운 목소리로 시를 읊었다.

　　험프티 덤프티가 담 위에 앉아 있었네.
　　험프티 덤프티가 떨어졌네.
　　왕의 말과 신하들이 모두 왔지만
　　험프티 덤프티를 제자리에 올려놓지 못했네.

「마지막 줄은 시치고는 너무 길어.」 앨리스는 험프티 덤프티가 들을 수도 있다는 사실을 까맣게 잊고 거의 외치다시피 말했다.

「거기 서서 그렇게 혼자 중얼거리지 마.」 처음으로 험프티 덤프티가 앨리스를 보며 말했다.「네 이름과 용건을 말해 봐.」

「제 〈이름〉은 앨리스고요…….」

「정말 형편없는 이름이로군!」 험프티 덤프티가 성급히 끼어들었다.「그게 무슨 뜻이지?」

「이름에 꼭 뜻이 〈있어야만〉 하나요?」 앨리스가 의아해하며 물었다.

「당연히 있어야지.」 잠깐 소리 내어 웃으며 험프티 덤프티가 말했다.「내 이름은 내 생긴 모양을 뜻해. 그리고 아주 멋지게 생겼다는 것도. 네 이름을 들으면 네가 어떻게 생겼는지 아무도 모르겠는걸.」

「왜 여기 혼자서 앉아 계세요?」 말다툼이 일어나지 않길 바라며 앨리스가 말했다.

「아무도 옆에 없으니까!」 험프티 덤프티가 외쳤다.「내가 〈그런〉 것에 답을 못 할 거라고 생각한 거야? 다른 걸 물어봐.」

「땅으로 내려오는 게 더 안전할 거라고 생각하지 않으세요?」 앨리스는 다른 문제를 낸다는 생각은 없이 그저 이 별난 생물을 걱정하는 착한 마음에서 물어보았다.「그 담은 〈너무〉 좁아요!」

「정말 엄청나게 쉬운 수수께끼만 묻는군!」 험프티 덤프티가 투덜거렸다.「물론, 나는 그렇지 않을 거라고 생각해. 하지만 설사 내가 〈떨어지더라도〉……, 물론 그럴 리는 없지만……, 〈혹시〉라도 그렇다면…….」 여기서 험프티 덤프티가 입술을 오므리고 어찌나 진지하고 위엄 있는 표정을 짓던지 앨리스는 웃음을 참을 수 없었다.「〈혹시〉라도 내가 떨어지면 말이다.」 험프티 덤프티가 계속 말을 이었다.「〈왕께서 약속하셨어〉, 아, 원한다면 놀라도 돼! 내가 이렇게 말할 줄은 몰랐지?〈왕께서 약속하셨어. 당신 입으로 직접 약속하시길…….〉」

「자기 말과 하인들을 모두 보내기로 약속했죠.」 앨리스가 좀 경솔하게 끼어들었다.

「너 몹시 나쁘구나!」 갑자기 험프티 덤프티가 발끈하며 소리쳤다.「엿들었구나. 문이나 나무 뒤, 아니면 굴뚝 밑에서 말이야. 안 그러면 네가 그걸 알 리가 없어!」

「아니에요!」 앨리스가 아주 공손하게 말했다. 「책에 나와 있는 걸요.」

「아, 그렇군! 〈책〉에 그런 게 쓰여 있을 수도 있지.」 조금 누그러진 목소리로 험프티 덤프티가 말했다. 「그게 〈영국의 역사〉라는 거야. 이제 날 잘 살펴봐! 난 왕하고 직접 이야기를 해봤다고. 아마 넌 그런 사람은 다시 못 볼 거야. 그렇지만 나는 거만하지 않으니 너랑 악수를 해줄 수도 있어!」 그리고 험프티 덤프티는 입이 찢어질 정도로 웃으며 몸을 앞으로 내밀고(그렇게 하느라 거의 굴러 떨어질 것만 같아 보였다) 앨리스에게 손을 내밀었다. 앨리스는 손을 잡으며 조금 걱정스러운 눈으로 험프티 덤프티를 쳐다보았다. 「조금만 더 활짝 웃으면 머리 뒤에서 입술 양끝이 만나겠어. 그러면 머리가 어찌될지 모르겠네. 잘릴지도 몰라!」

「그래, 왕의 말과 신하들 모두가 오지.」 험프티 덤프티가 계속 말했다. 「순식간에 나를 제자리에 올려놓을 거야, 당연하지! 하지만 그 이야기를 하기는 좀 이르니까 바로 전에 했던 이야기로 돌아가자.」

「죄송하지만 기억이 전혀 안 나요.」 아주 공손하게 앨리스가 말했다.

「그럼 다시 시작하면 돼.」 험프티 덤프티가 말했다. 「그리고 이제 내가 화제를 고를 차례야…….」(〈마치 무슨 게임이라도 하는 것처럼 말하네〉 하고 앨리스가 생각했다.) 「자, 질문이 있어. 너 몇 살이었다고 말했지?」

앨리스는 얼른 계산을 해보고 말했다. 「일곱 살하고 6개월이요.」

「틀렸어!」 험프티 덤프티가 의기양양하게 외쳤다. 「넌 그런 말을 한 적이 없어!」

「〈너 몇 살이냐?〉고 물은 줄 알았어요.」 앨리스가 설명했다.

「만약 그걸 묻고 싶었다면 그렇게 말했을 거야.」 험프티 덤프티가 말했다.

앨리스는 또 다른 말다툼을 시작하고 싶지 않았기에 아무 말도 하지 않았다.

「일곱 살하고 6개월이라니!」 험프티 덤프티가 생각에 잠겨 되뇌었다. 「불편한 나이야. 만약 〈내〉 충고를 원했다면 난 〈일곱 살에서 멈춰〉라고 말했을 거야. 하지만 이제는 너무 늦었지.」

「전 자라는 데 대해 조언을 구하지 않아요.」 앨리스가 성을 내며 말했다.

「자존심이 너무 강하구나?」 험프티 덤프티가 물었다.

이 말에 앨리스는 더 화가 났다. 「제 말은요.」 앨리스가 말했다. 「나이 먹는 건 누구도 어쩔 수 없다는 뜻이에요.」

「〈한〉 명은 그렇겠지.」 험프티 덤프티가 말했다. 「하지만 〈두〉 명은 할 수 있어. 적절한 도움을 받았더라면 넌 일곱 살에 멈췄을 거야.」

「허리띠가 정말 멋지네요!」 갑자기 앨리스가 말했다(앨리스는 나이에 대해서는 충분히 이야기했고 만약 화제를 번갈아 가며 선택한다면 이제 자기 차례라고 생각했다). 「아니.」 앨리스는 다시 생각해 보고 말을 고쳤다. 「멋진 넥타이에요. 그렇게 말하려고 했어요. 아니, 허리띠요, 아니 그러니까 제 말은……, 죄송해요!」 앨리스가 당황해하며 덧붙였다. 험프티 덤프티가 완전히 기분이 상한 듯 보였기 때문이다. 앨리스는 그런 주제를 꺼내는 게 아닌데 하고 후회하기 시작했다. 〈어디가 목이고 어디가 허리인지 알았으면 좋았을 텐데!〉 앨리스가 생각했다.

험프티 덤프티는 몹시 화가 나 있었지만 1, 2분 정도 잠자코 있었다. 이윽고 험프티 덤프티는 낮고 투덜대는 목소리로 〈말했다.〉

「〈최고로〉……, 〈기분 나쁘군〉…….」 마침내 험프티 덤프티가 말했다. 「넥타이와 허리띠도 구별을 못 하다니!」

「제가 너무 무식한 거예요.」 앨리스는 아주 겸손하게 말했고 덕분에 험프티 덤프티의 기분이 풀렸다.

「이건 넥타이야, 꼬마야. 그리고 네가 말한 대로 아주 멋진 거지. 흰 왕과 왕비에게서 선물받은 거야. 자, 보라고!」

「정말요?」 앨리스는 마침내 좋은 화제를 〈찾아〉 기뻤다.

「나에게 선물한 거야.」 험프티 덤프티는 말을 하며 다리를 꼬고 두 손으로 무릎을 감쌌다. 「나에게 선물한 거야. 안 생일 선물로.」

「죄송한데요……」 어리둥절해하며 앨리스가 물었다.

「나 화 안 났어.」[23] 험프티 덤프티가 말했다.

「그게 아니라, 안 생일 선물이 〈뭔가요〉?」

「당연히 생일이 아닌 때에 받는 선물이지.」

앨리스는 잠시 생각에 잠겼다. 「저는 생일 선물이 가장 좋아요.」 마침내 앨리스가 말했다.

「모르는 소리!」 험프티 덤프티가 외쳤다. 「1년이 며칠이지?」

「365일이요.」 앨리스가 말했다.

「그러면 생일은 며칠이나 있지?」

「하루요.」

「그러면 365일에서 하루를 빼면 얼마나 남지?」

「물론 364일이죠.」

험프티 덤프티는 미심쩍은 눈길을 보냈다. 「종이에 계산한 걸 보고 싶군.」 험프티 덤프티가 말했다.

23 I beg your pardon은 다시 한 번 말해 달라고 할 때와 잘못을 사과할 때 쓴다. 앨리스는 전자의 뜻으로 말했고 험프티 덤프티는 후자의 뜻으로 받아들였다.

앨리스는 수첩을 꺼내며 웃음을 참을 수 없었지만 험프티 덤프티를 위해 계산을 했다.

$$365$$
$$1$$
$$\overline{}$$
$$364$$

험프티 덤프티는 수첩을 받아들고 자세히 살펴보았다. 「맞는 거 같아 보이기는 하는데……」 험프티 덤프티가 입을 열었다.

「위아래를 거꾸로 들었잖아요!」 앨리스가 말을 가로막았다.

「그렇군!」 앨리스가 수첩을 똑바로 돌려 주자 험프티 덤프티가 즐거운 목소리로 말했다. 「어쩐지 이상하게 보인다 했어. 제대로 계산한 〈듯하군〉. 지금 당장은 자세히 들여다볼 시간이 없지만 말이야. 이걸 보면 생일 아닌 날 선물을 받을 수 있는 날이 364일이 있다는 걸 알 수 있지…….」

「그렇죠.」 앨리스가 말했다.

「그리고 생일 선물을 받을 수 있는 날은 단 〈하루〉뿐이고. 너에게는 영광이야!」

「〈영광〉이라니 무슨 말인지 모르겠어요.」 앨리스가 말했다.

험프티 덤프티는 경멸하듯 싱글거렸다. 「당연히 모르겠지……. 내가 가르쳐 주지 않으면 말이야. 내 말은 〈완벽히 진 말싸움〉이라는 뜻이야.」

「하지만 〈영광〉은 〈완벽히 진 말싸움〉이라는 뜻이 아니에요.」 앨리스가 반박했다.

「〈내〉가 단어를 쓰면 말이다.」 조금 깔보는 말투로 험프티 덤프티가 말했다. 「그 단어는 바로 내가 선택한 의미만 가지게 돼.

그 이상도 그 이하도 아니야.」

「문제는요.」 앨리스가 말했다. 「단어 하나에 그렇게 여러 가지를 뜻하게 당신이 만들 수 〈있는가〉 하는 거군요.」

「문제는 말이지.」 험프티 덤프티가 말했다. 「누가 주인이냐는 거야. 그게 다야.」

앨리스는 너무나 머리가 복잡해 아무 말도 할 수 없었고, 1분 정도 뒤 험프티 덤프티가 말을 시작했다. 「단어들도 성격이 있어. 그 가운데서 동사는 가장 자존심이 강해. 형용사는 어떻게 다루어도 되지만, 동사는 안 돼. 그래도 〈난〉 그 모든 단어를 다룰 수 있어! 불가입성(不可入性)! 〈내〉 말은 그거야.」

「그게 무슨 뜻인지 가르쳐 주시겠어요?」 앨리스가 말했다.

「이제야 좀 제대로 된 아이처럼 말하는구나.」 아주 흐뭇한 표정을 지으며 험프티 덤프티가 말했다. 「〈불가입성〉이란, 우리가 이미 충분히 이야기했는데, 여기서 네 남은 일생 전부를 보낼 생각이 아니라면 다음 주제로 넘어가는 편이 좋을 거라는 뜻이야.」

「한 단어에 정말 많은 뜻이 담겨 있네요.」 앨리스가 생각에 잠겨 말했다.

「한 단어에 그렇게 많은 뜻을 담아 쓰면 말이지.」 험프티 덤프티가 말했다. 「나는 늘 특별 수당을 지급해.」

「오!」 앨리스가 말했다. 앨리스는 너무나 머리가 혼란스러워 이 말밖에 할 수 없었다.

「아, 토요일 밤에 단어들이 내 주위로 몰려오는 걸 네가 봐야 하는 건데.」 험프티 덤프티가 엄숙히 고개를 흔들며 말했다. 「수당을 받으러 말이지.」

(앨리스는 단어들에게 수당으로 무엇을 주는지 감히 묻지 못했다. 그래서 나도 〈여러분〉에게 말해 줄 수 없다.)

「당신은 단어를 아주 잘 설명하시네요.」 앨리스가 말했다. 「〈재버워키〉라는 시가 무슨 뜻인지 알려 주시겠어요?」

「한번 들어 보자.」 험프티 덤프티가 말했다. 「지금까지 쓰인 시는 다 설명할 수 있어. 그리고 아직 쓰이지 않은 시도 거의.」

굉장히 기대가 가는 말이라 앨리스는 첫 번째 연을 읊었다.

> 굴 때, 낭끈한 오도와들은
> 외밭에 팽돌하고 나사구하고 있었네.
> 냘불 보로고브들.
> 집나 라스들은 휘함하고 있었네.

「우선 거기까지만.」 험프티 덤프티가 말을 가로막았다. 「거기까지만 해도 어려운 단어가 많이 나오는군. 〈굴 때〉는 오후 4시를 말해. 저녁 식사로 고기를 구울 때지.」

「그런 뜻이군요. 〈낭끈한〉은요?」

「〈낭끈한〉은 〈낭창낭창하고 끈적끈적한〉이라는 뜻이야. 여기서 〈낭창낭창〉은 〈활동적〉과 같은 말이야. 꼭 양쪽으로 열리는 트렁크 같지. 한 단어에 두 가지 뜻이 들어 있으니까.」

「이제 알겠어요.」 앨리스가 생각에 잠겨 말했다. 「그러면 〈오도와〉는 뭔가요?」

「〈오도와〉는 오소리 같은 거야. 도마뱀 같기도 하고. 그리고 와인병 따개처럼 생기기도 했지.」

「무척 신기하게 생겼겠군요.」

「그렇지.」 험프티 덤프티가 말했다. 「또한 놈들은 해시계 아래에 둥지를 틀고 치즈를 먹고 살아.」

「그럼 〈팽돌〉과 〈나사구〉는요?」

「〈팽돌〉은 팽이처럼 돌고 돈다는 뜻이야.〈나사구〉는 나사송곳처럼 구멍을 만든다는 뜻이지.」

「그리고 〈외밭〉은 해시계 주변에 있는 잔디를 말하는 거겠죠?」 자기 영리함에 놀라며 앨리스가 말했다.

「당연하지. 그러니까 〈외밭〉이라고 불리는 거잖아. 해시계 앞쪽, 해시계 뒤쪽…….」

「그리고 양옆으로 가장자리가 있죠.」 앨리스가 덧붙였다.

「바로 그거야. 그리고 〈낟불〉은 〈가냘프고 불쌍한〉이라는 뜻이야(이것도 양쪽으로 열리는 트렁크 같지). 그리고 〈보로고브〉는 비쩍 마르고 초라한 데다가 깃털이 사방으로 삐죽삐죽 튀어나온 새야. 살아 있는 대자루 걸레같이 생겼어.」

「그러면 〈집나 라스〉는요?」 앨리스가 말했다.「너무 귀찮게 해 드리는 건 아닌지 모르겠네요.」

「〈라스〉는 녹색 돼지의 일종이야. 하지만 〈집나〉는 확실히 모르겠어.〈집을 나왔다〉라는 말을 줄인 거 같은데. 그래서 길을 잃었다는 뜻인 듯해.」

「〈휙함〉은 무슨 뜻인가요?」

「〈휙함〉은 고함치는 것과 휘파람 부는 것의 중간이야. 가운데에 일종의 재채기도 들어 있고. 저기 너머 숲으로 가면 들을 수 있을지도 몰라. 일단 한번 들어 보면 〈확실히〉 알게 될 거야. 누가 이런 어려운 시를 가르쳐 준 거야?」

「책에서 봤어요.」 앨리스가 말했다.「하지만 훨씬 더 쉬운 시를 한 편 들었어요. 트위들이 들려준 거 같아요.」

「시라면 말이지.」 커다란 손을 뻗으며 험프티 덤프티가 말했다.「나도 남들에게 지지 않아. 어디 한번…….」

「아니, 그러실 필요 없어요!」 앨리스는 험프티 덤프티가 시를 외우기 시작할까 봐 얼른 말했다.

「내가 외우려는 작품은 말이지.」 앨리스의 말에도 아랑곳하지 않고 험프티 덤프티가 계속 말했다. 「순전히 너를 즐겁게 하려고 쓰인 거야.」

그렇다면 〈꼭〉 들어야 할 것 같았기에 앨리스는 자리에 앉아 다소 딱한 목소리로 〈고맙습니다〉라고 말했다.

　겨울이 되어, 들판이 하얘지면
　나 그대를 위해 노래하리니.

「하지만 난 노래하지는 않아.」 험프티 덤프티가 덧붙였다.

「알아요.」 앨리스가 말했다.

「내가 노래를 부르는지 안 부르는지 〈볼〉 수 있다면, 넌 보통 사람들보다 훨씬 눈이 좋구나.」[24]

　봄이 되어, 숲이 푸르러지면
　내 마음을 그대에게 전하리.

「정말 고맙습니다.」 앨리스가 말했다.

　여름이 되어 해가 길어지면
　그대도 이 노래를 이해하리라.

　가을이 되어 나뭇잎이 갈색이 되면

24 *I see*에는 〈알다〉와 〈보다〉라는 뜻이 있다. 앨리스는 〈알다〉라는 뜻으로 말했고, 험프티 덤프티는 〈보다〉로 알아들었다.

펜과 잉크로 이 노래를 적어 두소서.

「그럴게요. 그때까지 기억할 수 있다면요.」 앨리스가 말했다.
「그런 식으로 대꾸할 필요 없어.」 험프티 덤프티가 말했다. 「현명치 못해. 내가 외우는 걸 끊기만 하잖아.」

나는 물고기에게 메시지를 보냈네.
〈이것이 바로 내가 원하는 것이오〉라고.

작은 바다 물고기들은
답장을 보냈네.

작은 물고기들의 대답은
〈그렇게 할 수는 없답니다, 왜냐하면⋯⋯〉

「무슨 뜻인지 잘 모르겠어요.」 앨리스가 말했다.
「더 들어보면 알 거야.」 험프티 덤프티가 대답했다.

나는 다시 말했지.
「내 말을 듣는 게 좋을 거야.」

물고기들은 히죽거리며 대답했네.
「와, 성질 대단하시네!」

한 번 말하고, 두 번 말했네.
물고기들은 충고를 들으려 하지 않았네.

나는 커다란 새 주전자를 가져왔지.
내가 해야 할 일에 딱 맞는 물건이었지.

가슴은 뛰고 쿵쾅거렸어.
펌프로 물을 길어 주전자에 채웠어.

그때 누군가 와서 말했네.
「작은 물고기들은 잠이 들었어.」

나는 그 남자에게 말했네. 또박또박 말했네.
「그러면 자네가 가서 깨워 주게.」

나는 그 말을 아주 크고 분명하게 말했지.
그 남자의 귀에 대고 소리쳤어.

험프티 덤프티는 마지막 연을 읊을 때 거의 고함치듯 목소리
를 높였고, 앨리스는 몸을 떨며 생각했다. 〈나라면 《무엇을》 준다
해도 대신 말을 전해 주지 않을 거야!〉

하지만 그 남자는 몹시 고집 세고 오만했지.
남자가 말했네, 「그렇게 소리칠 필요는 없잖아!」

그리고 그 남자는 몹시 오만하고 고집 셌지.
남자가 말했지. 「가서 깨우겠어, 만약……」

나는 선반에 놓인 포도주 병 따개를 집었어.

직접 물고기들을 깨우러 갔네.

문이 잠겨 있는 걸 알고는
밀고 당기고 발로 차고 두드렸네.

문이 닫힌 걸 알고는
손잡이를 돌리려 했지, 그러나…….

한참동안 침묵이 흘렀다.

「그게 다인가요?」 앨리스가 조심스레 물었다.

「그게 다야.」 험프티 덤프티가 말했다. 「잘 가렴.」

너무 갑작스럽다고 앨리스는 생각했다. 하지만 이토록 〈분명한〉 작별 인사를 했는데 그 자리에 그대로 있으면 예의 바른 일이 아니라고 생각했다. 그래서 앨리스는 일어나서 손을 내밀었다. 「그럼 다시 만날 때까지 안녕히 계세요!」 앨리스는 한껏 명랑한 목소리로 말했다.

「만약 다시 〈만나도〉 널 알아보지 못할 거야.」 험프티 덤프티는 악수하라고 손가락을 하나 내밀며 불만스러운 어조로 대답했다. 「넌 다른 사람들하고 똑같이 생겼거든.」

「대개는 얼굴을 보고 구별하잖아요.」 생각에 잠긴 목소리로 앨리스가 말했다.

「그게 내가 못마땅하게 생각하는 거야.」 험프티 덤프티가 말했다. 「네 얼굴은 다른 사람들하고 똑같잖아. 눈이 두 개고……」 (엄지로 허공에 그리면서) 「가운데에 코가 있고 그 아래 입이 있고. 모두 같아. 예를 들어 만약 코 바로 옆에 눈이 있다거나, 입이 맨 위에 있다면 알아보기 〈쉽겠지〉.」

　「그럼 이상해 보일 거예요.」 앨리스가 반박했다. 그러나 험프 티 덤프티는 눈을 감고 〈한번 해보고서 말을 하렴〉 하고 말할 뿐이었다.

　앨리스는 험프티 덤프티가 다시 말을 할까 하고 1분 정도 기다려 보았지만 험프티 덤프티는 눈을 뜨지도 않았고 더는 아는 체도 하지 않았기에 앨리스는 〈안녕히 계세요!〉라고 한 번 더 말했으나 아무 답이 없었고, 그래서 앨리스는 조용히 자리를 떴다. 하지만 걸으며 이런 생각이 드는 건 어쩔 수 없었다. 「모든 불만족스러운……」(이렇게 긴 단어를 말하니까 큰 위로가 되었기에 앨리스는 이 단어를 큰 소리로 반복해 말했다.) 「내가 만나 본 〈모든〉 불만족스러운 사람들 가운데……」 앨리스는 말을 끝맺을 수가 없었다. 바로 이때 엄청난 진동이 숲을 온통 뒤흔들었기 때문이다.

7
사자와 유니콘

곧이어 병사들이 달려 나왔다. 처음에는 두세 명씩 짝을 지어 나오더니 나중에는 수십 명씩 떼 지어 나와 숲을 가득 메웠다. 앨리스는 병사들에게 밟힐까 봐 나무 뒤에 숨어 이들이 지나가는 모습을 보았다.

앨리스는 이렇게 발밑을 보지 않고 엉망으로 걸어 다니는 병사들은 처음 봤다고 생각했다. 이들은 걸핏하면 무언가에 걸려 넘어졌고, 한 명이 넘어지면 더 많은 병사가 그 사람에게 걸려 넘어졌다. 그래서 얼마 안 가서 땅은 넘어진 사람들로 뒤덮였다.

이윽고 말들이 나타났다. 말은 다리가 네 개라서 다리가 둘인 병사들보다는 조금 나았지만 〈말들〉 역시 이따금 넘어지기는 마찬가지였고, 말이 비틀거리면 그 위에 탄 사람이 즉시 말에서 떨어지는 게 규칙이라도 되는 듯했다. 시시각각으로 숲은 더 혼란스러워졌고, 앨리스는 숲에서 공터로 빠져나오자 몹시 기뻤다. 공터에서는 흰 왕이 땅바닥에 앉아 수첩에 뭔가를 열심히 적고 있었다.

「내가 다 보냈어!」 앨리스를 본 왕은 기쁜 목소리로 외쳤다. 「숲을 지나오며 병사들을 봤지?」

「네, 봤어요.」 앨리스가 말했다. 「수천 명은 되는 듯해요.」

「정확히 4천2백하고도 7명이지.」 수첩을 보며 왕이 말했다. 「말은 다 보낼 수가 없었어. 게임에 두 마리가 필요하거든. 심부름꾼 둘도 보내지 않았어. 둘 다 마을에 나가 있거든. 길을 잘 보고 있다가 심부름꾼이 오면 말해 주려무나.」

「길에는 아무도 안 보여요.」 앨리스가 말했다.

「〈나〉도 그런 눈이 있으면 좋겠군.」 성마른 목소리로 왕이 말했다. 「〈아무도 안〉을 볼 수 있다니 말이야.[25] 더구나 그렇게 멀리서! 〈나〉는 이런 불빛에서는 진짜 사람들만 보이는데!」

앨리스는 한 손으로 햇볕을 가리고 길을 살펴보느라 왕의 말을 전혀 듣지 못했다. 「이제 누군가가 보여요!」 이윽고 앨리스가 외쳤다. 「하지만 몹시 느리게 다가오네요. 그리고 자세도 무척 이상해요!」(심부름꾼은 커다란 두 손을 부채처럼 펴고 장어같이 꿈틀대며 껑충껑충 뛰어왔다.)

「이상할 거 없어.」 왕이 말했다. 「앵글로색슨족 심부름꾼이야. 그리고 저건 앵글로색슨식 자세고. 기분 좋을 때만 저런 자세를 해. 저 심부름꾼 이름은 헤어[26]야.」(왕은 〈메어〉에 가깝게 발음했다.)

「난 H로 시작하는 내 애인을 사랑해.」 앨리스는 자기도 모르게 이런 말이 튀어나왔다. 「그이가 행복하기 때문이야. 나는 H로 시작하는 그 남자를 미워해. 그 남자가 싫기 때문이야. 난 그이에게, 그이에게 햄 샌드위치와 건초를 먹였어. 그이 이름은 헤어이고 사는 곳은……」[27]

---

25 앨리스는 길에 아무도 보이지 않는다는 뜻으로 *I see nobody*라고 말했고, 이를 왕은 *I see Nobody* 즉 *Nobody*를 본다로 알아들었다.
26 『이상한 나라의 앨리스』에 나오는 삼월 토끼의 이름이다.
27 빅토리아 시대 유행하던 말 잇기 놀이로, 〈나는 ……때문에 그가 좋아,

「저 심부름꾼은 언덕에 살지.」 왕은 자기가 말 잇기 놀이에 참여하고 있다는 생각은 조금도 하지 않고 아무렇지도 않게 말했다. 그동안 앨리스는 H로 시작하는 마을 이름을 떠올리느라 여념이 없었다. 「다른 심부름꾼은 해터[28]야. 심부름꾼은 〈둘〉이 있어야 해. 가고 오는 거니까. 한 명은 가고, 한 명은 오는 거지.」

「다시 말씀해 주시겠어요?」 앨리스가 말했다.

「구걸을 하는 건 흉한 짓이야.」[29] 왕이 말했다.

「저는 잘 이해가 되지 않았다는 뜻에서 한 말일 뿐이에요.」 앨리스가 말했다. 「왜 한 명은 가고 한 명은 와야 하나요?」

「말 안 했던가?」 답답하다는 듯 왕이 다시 말했다. 「〈두〉 명이 있어야만 해. 가져오고 가져가려면 말이야. 한 명은 가져오고, 한 명은 가져가는 거야.」[30]

이때 심부름꾼이 도착했다. 심부름꾼은 숨이 너무 차서 아무 말도 못 하고 손만 휘저으며 가엾은 왕에게 정말 끔찍한 표정을 지어 보였다.

「이 숙녀께서는 H로 시작하는 네가 좋다는군.」 왕은 앨리스를 소개함으로써 심부름꾼의 주의를 돌려 보려 했다. 그러나 소용없었다. 심부름꾼은 커다란 눈을 이리저리 굴리며 점점 더 기묘

그는 ⋯⋯이니까, 나는 그가 미워, ⋯⋯이니까. 그는 나를 데리고 갔지, ⋯⋯로. 그리고 나를 대해 줬지, ⋯⋯하게. 그의 이름은⋯⋯, 그는 ⋯⋯에 살지의 〈⋯⋯〉 부분에 알파벳 순서대로 시작하는 말을 넣는 게임이다. 여기에서는 행복한*Happy*, 싫은*Hideous*, 햄 샌드위치*Ham-sandwiches*, 건초*Hay*, 언덕*Hill*처럼 〈H〉로 시작하는 단어들로 빈 곳을 채우고 있다.

28 『이상한 나라의 앨리스』에 나오는 모자 장수.

29 앨리스는 *I beg your pardon?*이라고 말했다. *beg*에는 구걸하다, 빌다라는 뜻이 있다.

30 왕은 〈심부름하다〉라는 뜻으로 쓰는 *fetch and carry*를 말 그대로 직역해서 〈가져오고 가져가다〉라는 뜻으로 말했다.

한 앵글로색슨식 자세를 취했다

「놀라게 하는구나!」 왕이 말했다. 「기절할 것 같군. 햄 샌드위치를 내놓도록!」

이 말에 (앨리스 눈에는 흥미롭게도) 심부름꾼은 목에 건 자루에서 샌드위치를 꺼내 왕에게 주었고, 왕은 게걸스럽게 그걸 먹었다.

「하나 더!」 왕이 말했다.

「건초 말고는 남은 게 없습니다.」 자루를 들여다보고 심부름꾼이 말했다.

「그럼 건초를 줘.」 힘없는 목소리로 왕이 말했다.

앨리스는 왕이 건초를 먹고 기운을 차린 것을 보고 기뻤다.

「기절할 것 같을 때는 건초 같은 것이 없지.」 건초를 어적거리며 왕이 앨리스에게 말했다.

「찬물을 끼얹는 게 더 좋을 것 같은데요.」 앨리스가 말했다. 「아니면 탄산암모니아수나요.」

「난 〈더 좋은 것〉이 없다고 말하지 않았어.」 왕이 대꾸했다. 「나는 건초 〈같은〉 것이 없다고 했어.」 앨리스는 이 말을 감히 부인할 수 없었다.

「오면서 누굴 만났지?」 건초를 더 달라고 심부름꾼에게 손을 내밀며 왕이 말했다.

「아무도 안 보이던데요.」 심부름꾼이 말했다.

「그렇군. 이 아가씨도 〈아무도 안〉을 봤다고 하더군. 그러니까 〈아무도 안〉은 너보다 걸음이 느린 모양이로군.」

「저는 온힘을 다했습니다.」 심부름꾼이 퉁명스레 말했다. 「아무도 저보다 빨리 걸을 수 없습니다!」

「아무도 안은 그렇지.」 왕이 말했다. 「아니면 그 친구가 먼저 도착했을 테니까. 그건 그렇고 이제 한숨 돌린 듯하니 마을에서 일어난 일을 이야기하도록.」

「귓속말로 하겠습니다.」 이렇게 말하고 심부름꾼은 두 손을 입에 트럼펫 모양으로 대고 몸을 굽히고 왕의 귀에 가까이 댔다. 앨리스는 자기도 마을 소식을 듣고 싶었던 터라 실망했다. 하지만 심부름꾼은 속삭여 말하는 대신 목청껏 고함을 질렀다. 「쟤들이 또 그러고 있습니다!」

「〈그게〉 귓속말이냐?」 가엾은 왕은 펄쩍 뛰어 몸을 부르르 떨며 외쳤다. 「한 번만 더 이따위로 하면 버터를 발라 버릴 테다! 머리가 울려 무슨 지진이라도 일어난 것 같군!」

〈무척 조그만 지진이겠네!〉 앨리스가 생각했다. 「쟤들이라니, 누구인가요?」 앨리스가 용기 내어 물었다.

「당연히 사자와 유니콘이지.」 왕이 말했다.

「왕관을 놓고 싸우나요?」

「그래. 당연하잖아.」 왕이 말했다. 「그리고 더 웃기는 건, 그게 〈내〉 왕관이라는 거야! 자, 가서 좀 봐보자.」 그리고 왕과 심부름 꾼은 빠른 걸음으로 걸었고, 앨리스는 뛰면서 둘을 따라가며 속으로 옛 노래를 불렀다.

사자와 유니콘이 왕관을 놓고 싸웠네.
사자가 온 동네를 돌아다니며 유니콘을 때렸네.
어떤 이는 흰 빵을 주고, 어떤 이는 갈색 빵을 줬네.
어떤 이는 플럼 케이크를 주고 북을 쳐서 쫓아냈네.

「이기는…… 쪽이…… 왕관을…… 갖는 건가요……?」 달리느라 가쁜 숨을 몰아쉬며 앨리스는 겨우 물었다.

「그 무슨 어림없는 소리!」왕이 말했다.「말도 안 되는 생각을 하는구나!」

「저, 괜찮으시면……」잠시 더 달리고서 앨리스가 숨차 하며 말했다.「잠깐만…… 멈추고…… 숨 좀…… 돌리고 가면…… 안 될까요?」

「나는 〈괜찮아〉.」왕이 말했다.「단지 힘이 세지 못할 뿐이야. 잠깐은 금방 지나가 버리니 차라리 밴더스내치를 멈추게 하는 게 나을걸!」

앨리스는 너무 숨이 차 더는 말할 수가 없었고, 그래서 셋은 아무 말 없이 달렸다. 그리고 사자와 유니콘이 싸우고 있고 주위로 구경꾼들이 모여 있는 곳에 도착했다. 처음에는 먼지가 너무 심해서 누가 누구인지 분간할 수 없었지만 곧 뿔을 보고 유니콘을 알아볼 수 있었다.

셋은 다른 심부름꾼인 해터 가까이에 자리를 잡았다. 해터는 한 손에 찻잔을 들고 다른 손에는 버터 바른 빵을 들고 서서 싸움을 구경하고 있었다.

「해터는 방금 감옥에서 나왔어. 그리고 차를 마시던 도중에 감옥에 갇혔지.」헤어가 앨리스에게 속삭였다.「그리고 감옥에서는 굴 껍질만 줬어. 배고프고 목말라 보이지? 어떻게 지냈어, 친구?」헤어는 다정하게 해터의 목을 껴안으며 말했다.

해터는 주변을 살펴보고 고개를 끄덕이고 나서 다시 버터 바른 빵을 먹었다.

「감옥에서는 잘 지냈어, 친구?」헤어가 말했다.

해터는 뒤를 돌아보았고, 이번에는 눈물이 한두 방울 뺨을 타고 흘렀다. 그러나 해터는 아무 말도 하지 않았다.

「말 좀 해봐!」헤어가 재촉했다. 그러나 해터는 빵만 씹고 차만 마실 뿐이었다.

「말을 해라!」 왕이 외쳤다. 「싸움은 어떻게 되어 가는가?」

해터는 필사적으로 노력을 해 버터 바른 커다란 빵조각을 삼켰다. 「잘되어 가고 있습니다.」 해터는 목이 멘 소리로 말했다. 「지금까지 각각 상대방을 여든일곱 번씩 쓰러뜨렸습니다.」

「그러면 곧 흰 빵과 갈색 빵을 가져오겠군요.」 앨리스가 용기를 내어 말했다.

「이미 준비되어 있어.」 해터가 말했다. 「내가 먹는 것도 그 가운데 한 조각이고.」

바로 그때 싸움이 멈췄고, 사자와 유니콘은 털썩 주저앉아서 숨을 헐떡였다. 왕이 외쳤다. 「10분간 휴식!」 헤어와 해터는 즉시 흰 빵과 갈색 빵이 담긴 둥근 쟁반을 가져왔다. 앨리스가 한 조각 집어 맛을 보았지만 빵은 〈무척〉 딱딱했다.

「오늘은 그만 싸울 것 같군.」 왕이 해터에게 말했다. 「가서 북을 치라고 해라.」 해터는 메뚜기처럼 껑충껑충 뛰어갔다.

앨리스는 해터를 바라보며 1, 2분 정도 조용히 서 있었다. 돌연 앨리스의 얼굴이 밝아졌다. 「보세요, 보세요!」 손가락으로 가리키며 앨리스가 외쳤다. 「저기 흰 왕비가 들판을 가로질러 달려오고 있어요! 바로 저 숲에서 나왔어요……. 왕비들은 정말 빠르게 달릴 〈수 있군요〉!」

「보나 마나 적에게 쫓기고 있을 거야.」 그쪽을 보지도 않고 왕이 말했다. 「숲에는 적들이 우글우글하거든.」

「가서 도와주지 않으실 건가요?」 왕이 너무나 조용하게 말을 하는 데 놀라 앨리스가 물었다.

「소용없어, 소용없어!」 왕이 말했다. 「왕비가 얼마나 빨리 달리는데! 차라리 밴더스내치를 잡는 게 더 쉬워! 하지만 네가 원

한다면 왕비에 대해 한마디 써놓도록 하지……. 왕비는 선량한 사람이다.」 왕은 수첩을 펴며 혼잣말을 했다. 「〈선량한〉의 철자가 어떻게 되는지 알아?」

그때, 유니콘이 주머니에 손을 넣고 어슬렁거리며 다가왔다. 「이번에는 잘 싸웠지?」 유니콘은 지나가며 왕에게 슬쩍 눈길만 주며 말했다.

「그래, 조금은.」 왕은 약간 신경질적으로 대답했다. 「사자를 뿔로 찌르면 안 돼.」

「아프지 않았을 거야.」 유니콘은 건성으로 대꾸하고 지나가다 앨리스가 있는 걸 보았다. 유니콘은 휙 돌아서더니 메스껍다는 눈빛으로 한참 동안 앨리스를 바라보았다.

「이건……, 뭐야?」 마침내 유니콘이 말했다.

「이건 어린아이야!」 헤어가 열성적으로 대답하며 앵글로색슨식으로 두 손을 벌리고 앨리스 쪽으로 내밀며 소개해 주겠다는 듯 앨리스 앞으로 나왔다. 「오늘 발견했어. 실물 크기인 데다가 실물보다 두 배는 더 자연스러워!」

「어린아이는 전설 속 괴물이라고만 생각했는데!」 유니콘이 말했다. 「살아 있는 거야?」

「말도 할 수 있어.」 헤어가 진지하게 말했다.

유니콘은 꿈꾸는 듯한 눈길로 앨리스를 바라보다가 말했다. 「어린아이야, 말해 봐.」

앨리스는 자기도 모르게 입가에 웃음을 머금고 말했다. 「그거 알아요? 저도 유니콘은 전설에나 나오는 괴물이라고 생각했어요! 살아 있는 건 처음 봐요!」

「그러면 이제 우리는 서로 〈봤으니〉 말이다.」 유니콘이 말했다. 「만약 네가 날 믿으면 나도 네가 있다는 걸 믿어 주지. 어때?」

「그래요, 원하신다면.」앨리스가 말했다.

「이봐 대장, 플럼 케이크를 가져오라고!」앨리스에게서 왕 쪽으로 시선을 돌리며 유니콘이 말했다. 「갈색 빵은 싫다고!」

「그렇지, 그렇지!」왕은 중얼거리고 헤어에게 명령했다. 「자루를 열어라!」왕이 속삭였다. 「빨리! 그거 말고, 그건 건초만 가득 들었잖아!」

헤어는 자루에서 커다란 케이크를 꺼내 앨리스에게 들고 있게 한 뒤 접시와 빵칼을 꺼냈다. 어떻게 이 모든 것이 자루에서 나올 수 있는지 앨리스는 알 수가 없었다. 〈마술 같아.〉앨리스가 생각했다.

이러는 동안 사자가 다가왔다. 사자는 무척 지치고 졸려 보였으며 눈은 반쯤 감겨 있었다. 「이게 뭐야!」사자는 앨리스를 보고는 눈을 끔벅였고, 목소리는 커다란 종이 울릴 때처럼 깊은 여운이 있었다.

「아, 이게 뭘 거 같아?」유니콘이 신나서 외쳤다. 「짐작도 못 할 거야! 〈나〉도 그랬다고.」

사자는 지친 눈으로 앨리스를 살펴보았다. 「넌 동물이냐……, 식물이냐……, 아니면 광물이냐?」사자는 한마디 할 때마다 하품을 했다.

「전설 속 괴물이야!」앨리스가 대답하기도 전에 유니콘이 외쳤다.

「어이, 괴물, 플럼 케이크를 나눠 줘.」앞발에 턱을 대고 누우며 사자가 앨리스에게 말했다(그리고 왕과 유니콘에게 말했다). 「그리고 너희 둘 다 앉아.」그리고 다시 앨리스에게 말했다. 「공평하게 나눠야 해!」

왕은 커다란 동물 사이에 앉게 되어 무척 불안한 눈치였으나 다른 자리가 없었다.

「왕관을 걸고 참 멋지게 싸웠지!」 왕관을 교활한 눈으로 보며 유니콘이 말했고 가엾은 왕은 너무 떨어서 머리가 떨어져서 나갈 지경이었다.

「쉽게 이길 수 있어.」 사자가 말했다.

「과연 그럴까.」 유니콘이 말했다.

「온 마을을 돌아다니며 널 두들겨 패줬잖아, 겁쟁이야!」 화가 난 사자는 몸을 반쯤 일으키며 말했다.

이때 왕이 싸움을 막으려고 끼어들었다. 왕은 잔뜩 겁을 집어먹었기에 목소리가 무척 떨렸다. 「온 마을을 돌아다녔다고?」 왕이 말했다. 「정말 먼 거리군. 오래된 다리로 갔어, 아니면 시장 쪽으로 갔어? 오래된 다리 쪽이 전망은 좋은데.」

「난 몰라.」 사자가 다시 드러누우며 으르렁댔다. 「먼지가 너무 많아 아무것도 보이지 않았어. 괴물아, 내가 아까부터 케이크를 자르라고 했잖아!」

앨리스는 커다란 접시를 무릎에 올려놓고 개울 둑에 앉아서 부지런히 칼로 케이크를 잘랐다. 「아, 이 케이크는 정말 짜증 나!」 앨리스가 사자에게 대답했다(앨리스는 〈괴물〉이라고 불리는 데 꽤 익숙해져 아무렇지도 않았다). 「벌써 여러 번 잘랐는데 금방 다시 붙어 버려!」

「거울 나라 케이크를 어떻게 자르는지 모르는군.」 유니콘이 꼬집었다. 「먼저 나눠 주고 다음에 잘라.」

엉터리같이 들렸지만 앨리스는 아주 고분고분 그 말에 따라 접시를 들고 주위를 돌았고, 그러자 케이크가 저절로 세 조각으로 갈라졌다. 「〈이제〉 잘라.」 앨리스가 빈 접시를 들고 자리로 돌아오자 사자가 말했다.

「불공평해!」 앨리스가 칼을 들고 어쩔 줄 몰라 하며 앉았을 때 유니콘이 외쳤다. 「괴물이 사자에게는 내 것보다 두 배나 큰 걸 줬어!」

「어쨌든 자기는 한 조각도 없잖아.」 사자가 말했다. 「플럼 케이크 좋아하니, 괴물아?」

그러나 앨리스가 대답하기도 전에 북이 울렸다.

앨리스는 어디서 그 소리가 들려오는지 알 수 없었다. 주위가 온통 북소리로 가득했고, 앨리스 머릿속까지 쿵쿵 울려 귀가 멀 지경이었다. 앨리스는 겁에 질려 발딱 일어나 개울을 뛰어넘었다.

*

그리고 사자와 유니콘은 케이크를 먹는 데 방해받은 것에 화가 나 벌떡 일어났다. 앨리스는 무릎을 꿇고 무시무시한 울림을 막아 보려고 두 손으로 귀를 막아 보았으나 소용없었다.

〈만약《저 북》소리가 사자와 유니콘을 쫓아내지 못한다면 말이야.〉 앨리스가 생각했다. 〈아무것도 그렇게 하지 못할 거야!〉[31]

31 *drum out*은 〈쫓아내다〉라는 뜻이다. 북이 울리는 걸 이용한 말상난이다.

8
「그건 내가 발명한 거야.」

잠시 뒤 북소리는 점차 작아지고 곧 사방이 쥐죽은 듯 조용해졌으며, 앨리스는 놀라서 고개를 들었다. 주위에는 아무도 없었다. 앨리스는 사자와 유니콘과 이상한 앵글로색슨족 심부름꾼들을 꿈에서 보았다고 생각했다. 하지만 플럼 케이크를 담아 자르던 커다란 접시가 발치에 있었다. 「그러면 그게 꿈이 아니구나.」 앨리스가 혼잣말을 했다. 「만약, 만약 우리가 한꺼번에 같은 꿈에 등장한 게 아니라면 말이야. 그렇다면 〈내〉 꿈이었으면 좋겠어. 〈붉은 왕〉의 꿈이 아니라! 다른 사람 꿈에 나오는 건 싫으니까.」 앨리스는 다소 불평 어린 목소리로 덧붙였다. 「가서 왕을 깨워 무슨 일이 벌어지는지 봐야지!」

그때 〈어이! 어이! 체크!〉 하고 외치는 소리가 들리는 바람에 앨리스는 더는 생각에 잠겨 있을 수가 없었다. 진홍색 갑옷을 입은 기사가 커다란 곤봉을 휘두르며 앨리스 쪽으로 질주해 왔다. 앨리스 앞에 다다르자마자 말이 멈췄다. 「넌 내 포로야!」 말에서 떨어지며 기사가 외쳤다.

앨리스는 놀라기는 했지만 그 순간에는 자기보다 그 기사가 더 걱정되었고, 기사가 다시 말에 오르는 모습을 불안스레 지켜보았다. 기사는 안장에 편안히 앉자마자 다시 〈넌 내……〉 하고 외치기 시작했다. 그러나 이번에는 〈어이, 어이, 체크!〉 하는 다른 목소리가 들렸고, 앨리스는 새로운 적이 나타난 데 놀라서 주위를 두리번거렸다.

이번에는 흰 기사였다. 흰 기사는 앨리스 옆으로 다가오더니 붉은 기사가 그랬던 것처럼 말에서 굴러 떨어졌다가 다시 올라탔다. 두 기사는 아무 말 없이 한동안 서로 노려보았다. 앨리스는 조금 당황해서 양쪽을 번갈아 보았다.

「이 아이는 〈내〉 포로야!」 마침내 붉은 기사가 말했다.

「맞아, 그러나 〈내〉가 와서 이 아이를 구출한 거야.」 흰 기사가 대답했다.

「그러면 우리는 이 아이를 놓고 싸워야겠군.」 투구를 집어 머리에 쓰며 붉은 기사가 말했다(투구는 말머리처럼 생긴 것으로 안장에 달려 있었다).

「당연히 전투 수칙은 지키겠지?」 흰 기사도 투구를 쓰며 말했다.

「난 언제나 지켜.」 붉은 기사가 말했다. 그리고 둘은 서로 아주 무서운 기세로 공격을 했고, 앨리스는 혹시라도 맞을까 겁이 나 나무 뒤로 숨었다.

「전투 수칙이 뭘까?」 숨어 있는 곳에서 싸우는 모습을 조심스레 훔쳐보며 앨리스가 혼잣말을 했다. 「첫 번째 수칙은 한 명이 다른 한 명을 쳐서 맞추면 맞은 사람이 말에서 떨어지고 못 맞추면 자기가 말에서 떨어지는 건가 봐. 그리고 다른 수칙은 서로 곤봉을 팔로 끌어안는 것 같아, 펀치와 주디처럼 말이야.[32] 와, 떨어지는 소리가 굉장하네! 벽난로 연장들이 벽난로 망에 한꺼번

32 영국 인형극 「펀치와 주디Punch and Judy」의 등장인물로 펀치가 주디를 곤봉으로 때리고 주디는 그것을 껴안는 장면이 나온다.

에 쏟아지며 나는 소리 같아. 말들은 참 조용하네! 저렇게 타고 내리는데 탁자처럼 꼼짝을 안 하네.」

앨리스가 알아차리지 못했던 또 하나의 수칙은 떨어질 때 머리부터 떨어지는 것 같았다. 그리고 전투는 둘 다 나란히 머리부터 떨어지는 것으로 끝났다. 둘이 다시 일어나 악수를 하고 붉은 기사는 말을 타고 전속력으로 떠났다.

「빛나는 승리 아니니?」 흰 기사가 헐떡이며 말했다.

「잘 모르겠어요.」 앨리스가 애매하게 말했다. 「전 누구의 포로도 되고 싶지 않아요. 전 여왕이 되고 싶어요.」

「곧 그렇게 될 거야. 다음 개울을 넘어가면 말이야.」 흰 기사가 말했다. 「너를 안전하게 숲 끝까지 데려다 주지. 그리고 나는 되돌아가야 해. 난 거기까지만 움직일 수 있어.」

「정말 고맙습니다.」 앨리스가 말했다. 「제가 투구 벗는 것을 도와 드릴까요?」 기사 혼자서는 아무래도 투구를 벗지 못할 듯했다. 그러나 앨리스는 투구를 잡고 흔들어 겨우 투구를 벗겨 냈다.

「이제야 숨 쉬기가 좀 편하군.」 양손으로 덥수룩한 머리털을 뒤로 넘기며 기사가 말했다. 그리고 온화한 얼굴을 돌려 크고 순한 눈으로 앨리스를 바라보았다. 앨리스는 이렇게 이상하게 생긴 군인은 처음 본다고 생각했다.

기사는 몸에 잘 맞지 않는 양철 갑옷 차림에 이상하게 생긴 작은 전나무 상자를 메고 있었다. 상자는 거꾸로 매달려 뚜껑이 열려 있었다. 앨리스는 호기심 잔뜩 어린 눈으로 상자를 바라보았다.

「상자가 맘에 드는 모양이로군.」 기사가 다정하게 말했다. 「내가 발명한 거야. 옷하고 샌드위치를 넣어 다니려고. 비가 들어가지 않도록 거꾸로 해서 가지고 다니지.」

「하지만 그러면 물건들이 밖으로 〈나오잖아요〉.」 앨리스가 부드럽게 지적했다. 「뚜껑이 열린 거 아세요?」

「몰랐어.」 난처한 기색을 띠며 기사가 말했다. 「그럼 다 쏟아졌겠군! 이제 상자는 아무 소용이 없어.」 기사는 말을 하며 끈을 풀고 상자를 덤불 속에 던지려다가 갑자기 좋은 생각이 떠올랐다는 듯 상자를 조심스레 나무에 걸어 놓았다. 「내가 왜 이러는지 알겠어?」 기사가 앨리스에게 말했다.

앨리스는 고개를 저었다.

「혹시라도 벌들이 이곳에 집을 지으면 꿀을 얻을 수 있잖아.」

「그런데 안장에 벌집……, 아니 벌집 같아 보이는 걸 이미 달고 있잖아요.」앨리스가 말했다.

「그래, 아주 좋은 벌집이지.」기사가 마뜩찮은 목소리로 말했다.「최고로 좋은 거지. 하지만 아직까지 벌이 한 마리도 오지 않았어. 또 다른 건 쥐덫이야. 내 생각에는 쥐가 벌을 쫓아내는 것 같아. 아니면 벌이 쥐를 쫓아내거나. 어느 쪽인지는 모르겠어.」

「그렇지 않아도 쥐덫은 왜 달고 있는지 궁금했어요.」앨리스가 말했다.「말등에 쥐가 있을 것 같지 않거든요.」

「그렇겠지. 아마도.」기사가 말했다.「하지만 〈만약〉 쥐가 온다면 여기저기 돌아다니게 내버려 둘 수는 없잖아.」

「알겠지?」기사는 잠시 말을 멈췄다가 계속했다.「〈모든〉 경우에 대비하는 게 좋아. 그래서 말 발목에 고리 장식을 한 거야.」

「무엇에 쓰려고요?」호기심이 잔뜩 배인 목소리로 앨리스가 물었다.

「상어가 무는 걸 막을 때 쓰는 거지.」기사가 대답했다.「내가 발명한 거야. 자, 이제 말 타는 걸 좀 도와주렴. 숲이 끝나는 데까지 같이 가야 하니까. 저 접시는 뭐지?」

「플럼 케이크를 담았던 거예요.」앨리스가 말했다.

「그것도 가져가는 게 좋겠어.」기사가 말했다.「플럼 케이크가 생기면 쓸모가 있을 거야. 이 자루에 넣는 걸 도와줘.」

이 일은 시간이 아주 오래 걸렸다. 앨리스가 자루를 아주 조심스럽게 벌렸지만 기사가 접시를 넣는 데 아주 서툴렀기 때문이다. 두세 번은 접시 대신 자기가 말에서 떨어져 자루에 들어갈 뻔했다.「너무 꽉 찬 것 같군.」마침내 접시를 넣고 나서 기사가 말했다.「자루에 촛대가 잔뜩 들어 있어서 그래.」그리고 기사는 당근 다발, 난로용 기구를 비롯한 여러 가지 물건들이 이미 매달린 안장에 자루를 매달았다.

「머리는 잘 묶었지?」출발하며 기사가 말했다.

「평소랑 같아요.」웃음 지으며 앨리스가 말했다.

「그 정도로는 안 돼.」걱정스러운 투로 기사가 말했다. 「바람이 〈아주〉 거세거든. 수프처럼 거세.」

「머리털이 날리는 걸 막는 장치도 발명하셨나요?」앨리스가 물었다.

「아직.」기사가 말했다. 「하지만 머리털이 〈빠지는 것〉을 막는 수는 있어.」

「알려 주세요.」

「우선 곧은 막대를 구한 다음에.」기사가 말했다. 「머리털이 과일나무처럼 막대를 타고 올라가도록 하는 거야. 머리털이 빠지는 이유는 머리털이 〈매달려〉 있기 때문인 거야. 위로 〈빠지는〉 건 아무것도 없잖아. 내가 생각해 낸 방법이야. 원하면 한번 해봐도 돼.」

앨리스는 그 방법이 별로 편할 것 같지 않다고 생각했고, 그 방법에 어리둥절해하며 말없이 걸었고, 말 타는 솜씨가 〈형편없는〉 기사를 돕느라 가끔 멈춰 섰다.

말이 멈출 때마다 (걸핏하면 그랬다) 기사는 고꾸라졌고, 말이 다시 걷기 시작하면 (대부분 갑자기 그랬다) 이번에는 자빠졌다. 그런 때를 제외하고는 때때로 옆으로 떨어지는 것만 빼면 그런대로 잘 타고 갔다. 기사는 대체로 앨리스가 걷는 쪽으로 떨어졌기에 앨리스는 말과 〈너무〉 가까이 있지 않는 게 좋다는 사실을 곧 깨달았다.

「말 타는 연습을 많이 안 하신 듯해요.」앨리스는 다섯 번째로 기사를 일으키며 용기를 내어 말했다.

기사는 그 말에 아주 놀라고 기분이 약간 상한 듯했다. 「왜 그런 말을 하는 거지?」 기사는 안장으로 기어오르며 다시 반대쪽으로 떨어지지 않으려고 한 손으로는 앨리스의 머리털을 잡고 말했다.

「연습을 많이 하면 그렇게 자주 떨어지지 않으니까요.」

「난 연습을 많이 했어.」 기사가 아주 진지한 목소리로 말했다. 「충분히!」

앨리스는 〈그래요?〉라는 말밖에 달리 할 말이 떠오르지 않았기에 최대한 진심을 담아 그렇게 말했다. 그리고 둘은 다시 잠시 말없이 길을 갔다. 기사는 눈을 감고 혼자서 중얼거렸고 앨리스는 기사가 또 떨어질까 걱정스러운 눈으로 기사를 지켜보았다.

「말을 잘 타려면 말이야.」 기사가 오른팔을 휘두르며 갑자기 큰 소리로 외쳤다. 「항상……」 이때 기사는 말을 시작했을 때만큼이나 갑자기 멈췄다. 앨리스가 걷는 쪽으로 거꾸로 떨어졌기 때문이다. 앨리스는 깜짝 놀라 기사를 일으켜 세우며 걱정스러운 목소리로 물었다. 「어디 부러진 곳은 없으세요?」

「별거 아냐.」 기사는 마치 뼈가 두셋 정도는 부러져도 괜찮다는 듯 말했다. 「아까도 말했지만, 말을 잘 타려면 항상 균형을 잘 잡아야 해. 이렇게……」

기사는 균형 잡는 걸 보여 주려고 고삐를 놓고 두 팔을 뻗었고, 이번에는 자빠져 말발굽 바로 아래로 떨어졌다.

「충분히 연습했어!」 기사는 앨리스의 부축을 받고 일어서면서 계속 같은 말을 되풀이했다. 「충분히 연습했어!」

「엉터리예요!」 이번에는 앨리스도 참지 못하고 소리쳤다. 「아무래도 바퀴 달린 목마나 타고 다니셔야겠어요, 정말!」

「그건 부드럽게 나가니?」 기사는 다시 떨어지지 않으려고 말

의 목을 두 팔로 꽉 끌어안으며 흥미가 있다는 듯 물었다.

「진짜 말보다는 훨씬 더요.」 참으려 했던 웃음을 짧게 터뜨리며 앨리스가 말했다.

「하나 구해야지.」 생각에 잠긴 얼굴로 기사가 말했다. 「하나나 둘……, 아니 몇 마리 사야겠다.」

잠시 침묵이 흘렀고, 이윽고 기사가 다시 말을 꺼냈다. 「나는 발명에 아주 재능이 있어. 네가 방금 나를 일으켜 줄 때 내가 생각에 잠겨 있는 것을 알아차렸을 거라고 생각하는데?」

「조금 심각해 보이셨어요.」 앨리스가 말했다.

「바로 그때 문을 넘는 새로운 방식을 발명해 냈어. 한번 들어 볼래?」

「네, 정말 듣고 싶어요.」 앨리스가 공손하게 말했다.

「어떻게 그런 생각을 하게 됐느냐면 말이지.」 기사가 말했다. 「난 속으로 말했어. 〈문제는 발에 있어. 머리는 이미 높이 있으니까.〉 자 이제 먼저 머리를 문 꼭대기에 올려놓는 거야. 그다음 물구나무를 서는 거야. 그럼 발도 높이 있게 되지. 그런 다음 넘어가는 거야.」

「네, 그렇게 하면 넘어갈 수 있겠군요.」 생각에 잠긴 얼굴로 앨리스가 대답했다. 「하지만 너무 어려울 것 같지 않으세요?」

「아직 해보지는 않았어.」 기사가 엄숙하게 말했다. 「그래서 확실하게 말해 줄 수는 없겠지만, 좀 어려울 것 〈같기는〉 하구나.」

기사가 그 생각에 너무 난처해했기에 앨리스는 얼른 다른 주제로 이야기를 돌렸다. 「정말 신기한 투구네요!」 앨리스가 아주 밝게 말했다. 「그것도 직접 발명하신 건가요?」

기사는 안장에 매달린 투구를 자랑스레 내려다보았다. 「그래.」 기사가 말했다. 「하지만 더 멋진 투구를 발명하기도 했어. 원뿔 모양이었지. 그걸 쓰고 말에서 떨어질 때면 언제나 투구가 먼저 땅에 닿아서 말에서 〈잘〉 떨어지지 않았어. 하지만 투구 〈속〉으로 빠질 위험이 〈있었지〉. 그런 일이 한 번 있었어. 최악이었던 건, 내가 거기에서 빠져나오기 전에 다른 흰 기사가 나타나서 그걸 쓴 거야. 자기 투구라고 생각한 거지.」

기사가 너무나도 숙연해 보였기에 앨리스는 감히 웃을 수 없었다. 「기사님을 머리에 얹고도 그 흰 기사가 다치지 않았나요?」

「물론 내가 발로 찼지.」 기사가 아주 진지하게 말했다. 「그랬더니 다시 투구를 벗더군. 하지만 내가 빠져나오는 데는 몇 시간이 걸렸어. 나는 번개처럼 단단히 박혀 있었거든.」

「하지만 번개에 빗댈 때는 빠를 때 그렇게 말하는데요.」[33] 앨리스가 반박했다.

기사가 고개를 저었다. 「나는 모든 면에서 단단해. 진짜야!」 기사는 이렇게 말하며 흥분해 손을 번쩍 쳐들었고, 순식간에 안장에서 굴러 깊은 도랑에 거꾸로 처박혔다.

앨리스는 도랑으로 달려가 기사를 찾았다. 기사가 얼마간은 말을 잘 타고 있었기에 앨리스는 기사가 떨어져 꽤 놀랐다. 그리고 이번에는 진짜로 〈다쳤을〉 듯해 몹시 걱정이 되었다. 하지만 기사의 발바닥만 보이는데도 기사가 평소와 다름없는 목소리로 말하는 것을 듣고 앨리스는 무척 마음이 놓였다. 「나는 모든 면에서 단단해. 다른 사람의 투구를 쓰다니, 그건 흰 기사 잘못이야. 게다가 안에 사람이 들어 있었는데.」

「머리를 거꾸로 하고도 어떻게 그렇게 침착하게 말〈할 수〉 있으세요?」 기사의 발을 잡고 도랑둑에 앉히며 앨리스가 물었다.

---

33 *fast*에는 〈빠른〉과 〈단단히 박힌〉 두 가지 뜻이 있다.

기사는 그 질문에 놀란 듯했다. 「몸이 어디에 있건 무슨 상관이지?」 기사가 말했다. 「생각은 똑같이 할 수 있는데 말이야. 사실, 나는 머리를 아래로 하고 거꾸로 있을 때 새로운 발명을 더 많이 해.」

「내가 발명한 것들 가운데 가장 멋졌던 건 말이지.」 기사는 잠시 쉬었다가 계속 말했다. 「고기 요리를 먹다가 푸딩을 발명한 거야.」

「그리고 다음 요리로 그걸 먹을 수 있도록 시간에 맞춰서요?」 앨리스가 말했다. 「정말 빨랐군요!」

「아니, 〈다음〉 요리가 아니었어.」 기사는 생각에 잠겨 천천히 말했다. 「그래, 다음 〈요리〉가 아니었어.」

「그럼 그다음 날 만들었군요. 같은 식사에서 푸딩을 두 번 먹지는 않을 테니까요.」

「그게, 〈다음〉 날도 아니었어.」 전처럼 기사가 반복했다. 「다음 〈날〉도 아니야. 사실은 말이지.」 기사는 고개를 숙이고 점점 기어들어가는 목소리로 말했다. 「그 푸딩은 한 번도 만들어지지 〈않았어〉! 사실, 앞으로도 만들어지지 〈않을 듯〉해! 하지만 그 푸딩은 정말 기발한 발명품이었어.」

「재료가 뭔가요?」 가엾은 기사가 너무나 풀이 죽은 듯해 기운을 북돋워 주려고 앨리스가 물었다.

「먼저 압지가 있어야 해.」 기사는 마지못해 말하듯 신음을 내며 대답했다.

「썩 좋아 보이지는 않는걸요……」

「그것 〈하나만〉 넣으면 그렇지.」 기사가 아주 열을 내며 말을 가로챘다. 「하지만 화약이나 밀랍 같은 걸 섞으면 얼마나 달라지는지 상상도 못 할 거야. 자 여기서 난 돌아가야 해.」 둘은 이제

숲의 끝에 도착해 있었다.

앨리스는 푸딩 생각에 어리둥절해 있을 뿐이었다.

「슬픈 모양이로군.」 기사가 걱정스러운 목소리로 말했다. 「노래로 위로해 주지.」

「아주 긴 노래인가요?」 앨리스가 물었다. 시라면 그날 이미 충분히 들은 터였기 때문이다.

「길어.」 기사가 말했다. 「하지만 아주 〈아주〉 아름답지.」 이 노래를 들은 사람들은 다들 〈눈물〉을 글썽이거나 아니면……」

「아니면요?」 기사가 갑자기 말을 멈췄기 때문에 앨리스가 물었다.

「아니면 눈물을 글썽이지 않지. 노래 제목은 〈대구의 눈〉이라고 불려.」

「오, 그게 노래 제목이에요?」 흥미를 보이려 애쓰며 앨리스가 말했다.

「아니, 아니야. 무슨 말인지 못 알아듣는구나.」 약간 성가신 듯이 기사가 말했다. 「노래 제목이 그렇게 〈불린다〉는 거고, 진짜제목은 〈나이 든 나이 든 남자〉야.」

「그럼 제가 〈그 노래가 그렇게 불리는 건가요?〉라고 말해야 했군요?」 앨리스가 스스로 고쳐 말했다.

「아니, 그게 아냐. 그건 완전히 다른 거야! 그 〈노래〉는 〈수단과 방법〉이라 불려. 하지만 단지 그렇게 불리는 것뿐이야!」

「음, 그러면 그 노래는 뭔가요?」 이제 뭐가 뭔지 머릿속이 온통 뒤죽박죽이 되어 버린 앨리스가 물었다.

「지금 말하려던 참이야.」 기사가 말했다. 「그 노래는 사실 〈문위에 앉아서〉야. 곡은 내가 직접 만든 거야.」

기사는 말을 세우고 고삐를 목 위에 걸쳐 놓았다. 그리고 한 손으로 천천히 박자를 맞추었다. 기사는 음을 즐기듯 순하고 어리석어 보이는 얼굴에 가벼운 웃음을 머금고 노래를 시작했다.

앨리스는 거울 나라에서 본 이상한 광경 가운데 이 장면을 가장 또렷하게 기억했다. 몇 년이 지난 뒤에도 앨리스는 이 장면을 마치 어제 일처럼 또렷하게 떠올릴 수 있었다. 부드럽고 푸른 눈, 상냥한 웃음. 머리털 사이로 태양이 빛났고 갑옷에 반사된 빛에 눈이 부시던 기억, 목 위로 고삐를 늘어뜨린 채 천천히 움직이며 앨리스 발치의 풀을 뜯던 말, 뒤쪽 숲 속의 짙은 그늘. 앨리스는 이 모든 것들을 사진처럼 선명하게 기억했다. 앨리스는 나무에 기대어 한 손으로 햇빛을 가린 채 꿈꾸는 듯한 기분으로 구슬픈 노래를 들으며 묘한 한 쌍을 지켜보았다.

「하지만 이 곡은 이 기사가 만든 게 〈아닌걸〉.」 앨리스가 혼잣말을 했다. 「이건 〈나 그대에게 모두 줬어요. 더는 없어요〉잖아.」 앨리스는 서서 아주 열심히 들었으나 눈물이 나오지는 않았다.

나 그대에게 모든 걸 말하리라.[34]
할 말은 별로 없네.
나는 나이 든 나이 든 남자를 만났네.
문 위에 앉아 있는 걸 보았지.
「할아버지는 누구세요?」 내가 물었어.

---

34 1856년 루이스 캐럴이 익명으로 발표한 「외로운 황야에서Upon the Lonely Moor」라는 제목의 시로 나중에 이 책에 삽입되었다. 윌리엄 워즈워스의 시 「결심과 독립Resolution and Independence」을 패러디한 작품이다. 원시의 내용은 자연과 벗 삼아 유쾌하게 지내던 화자가 돌연 실의에 빠져 괴로워하다가 우연히 거머리 잡는 백발의 노인을 만나게 되고, 가진 것을 전부 잃고 어렵게 생계를 이어 가면서도 꿋꿋이 살아가는 노인의 모습에 감동받는다는 내용이다.

「편안하신가요?」

그리고 노인의 대답이 내 머릿속을 졸졸 흘러갔지.

체로 물을 거르듯.

노인이 말했어. 「난 나비를 찾아다녀

밀밭에서 자고 있지.

양고기 파이에 그걸 집어넣고

거리에 나가 팔지.

사람들에게 그걸 판다네.」노인이 말했어.

「폭풍우 치는 바다를 항해하는 이들에게 판다네.

그렇게 먹고산다네.

얼마 안 되는 돈이지.」[35]

하지만 나에게는 계획이 있었지.

구레나룻을 녹색으로 물들이고

항상 커다란 부채로

수염이 안 보이게 가려야겠다고 말이야.

그래서 노인의 말에는

대답할 말이 없어서

난 외쳤지. 「어떻게 사는지 말씀해 주세요!」

그리고 노인의 머리를 세게 쳤네.

---

35 마지막 두 줄의 원문은 다음과 같다. *And that's the way I get my bread······/A trifle, if you please.* 여기서 *trifle*은 〈약간〉이라는 뜻도 있지만 포도주 등을 적신 스펀지케이크에 생크림을 바른 과자를 뜻하기도 한다. 후자의 경우로 해석을 하면 원문을 〈그렇게 나는 빵을 얻는다네/트라이플이지〉로 해석할 수도 있다.

노인은 부드럽게 말했지.
「길을 가다가
산속 시냇물을 발견하면
불을 지르지.
그리고 사람들은
롤런드의 마카사르 향유라 불리는 걸 만들지.
하지만 수고의 대가로 내가 받는 건
겨우 2페니 반이라네.

하지만 나는 궁리를 하고 있었어.
밀가루 반죽을 먹으며 살아갈 방법과
그럼으로써 날마다 조금씩
뚱뚱해질 방법을 말이야.
나는 노인의 얼굴이 파래질 때까지
좌우로 마구 흔들었어.
「자, 어떻게 사시고.」 내가 외쳤어.
「무슨 일을 하시는지 말해 주세요!」

노인이 말했어. 「난 빛깔 좋은 헤더 사이에서
대구의 눈을 모아
고요한 밤에
조끼 단추를 만들어.
그리고 반짝반짝 빛나는
금화나 은화 대신
동전 반 페니에 팔지.
아홉 개를 살 수 있다네.」

「때로는 버터 바른 롤빵을 구하려 땅을 파고
게를 잡으려 끈끈이 막대를 놓기도 했지
때로는 이륜마차 바퀴를 찾으려
풀숲을 헤매기도 하네
나는 그렇게.」(노인은 이때 윙크를 했어.)
「돈을 모은다네.
자, 한잔하지.
자네의 건강을 위해.」

나는 그제야 노인의 말이 들렸어.
방금 메나이 다리[36]를 녹슬지 않게 하는
내 계획을 완성했거든.
다리를 포도주에 넣고 끓이면 되지.
나는 노인에게 고맙다고 했어.
부를 얻은 방법을 말해 줘서,
그리고 특히 내 건강을 위해
건배해 준 데 대해서.

지금도 나는 우연히
손가락을 아교에 넣거나
아니면 오른발을 필사적으로
왼쪽 신발에 쑤셔 넣는다거나
발가락 위에 아주 무거운 것을
떨어뜨리고 나면

36 영국 메나이 해협에 있는 다리.

눈물을 흘리네. 그 노인의
생각이 떠올라서.

온화한 얼굴에 느린 말투
눈보다 흰 머리털
까마귀 같은 얼굴
이글거리는 석탄불처럼 밝은 눈동자
자기 신세를 괴로워하며
몸을 앞뒤로 흔들고
입 안에 밀가루 반죽이 가득한 듯
낮은 목소리로 웅얼거리며
버펄로처럼 콧김을 내뿜던,
그 옛날 여름 저녁
문 위에 앉아 있던 그 노인이.

기사는 마지막 행을 부르며 고삐를 꽉 잡고 둘이 걸어왔던 길
로 말 머리를 돌렸다. 「이제 몇 미터만 더 가면 돼.」 기사가 말했
다. 「언덕을 내려가서 개울을 건너가면 여왕이 될 거야. 하지만
우선 여기서 나를 배웅해 주지 않으련?」 앨리스가 눈을 반짝이
며 기사가 가리킨 쪽을 보자 기사가 덧붙였다. 「오래 걸리지는
않을 거야. 여기에 있으면서 내가 저 모퉁이를 돌 때까지 손수건
을 흔들어 주렴. 그럼 내가 한결 기운이 날 거야.」

「당연히 그렇게 할게요.」 앨리스가 말했다. 「그리고 이렇게 멀
리까지 데려다 주셔서 고맙습니다. 그리고 노래도요. 노래가 참
좋았어요.」

「그랬길 바란다.」 기사가 미덥잖다는 투로 말했다. 「하지만 너

는 내가 생각했던 것만큼 울지 않는구나.」

그래서 둘은 악수를 하고, 기사는 말을 타고 천천히 숲으로 떠났다. 「배웅하는 데는 그리 오래 걸리지 않을 거야.」 앨리스는 기사를 지켜보고 서서 혼잣말을 했다. 「또 떨어지네! 언제나처럼 머리부터 떨어지네! 하지만 아주 쉽게 다시 올라타는걸. 말에 워낙 여러 가지가 매달려 있어서 그래……」 앨리스는 말이 한가히 걷는 모습과 기사가 한 번은 이쪽으로, 한 번은 저쪽으로 번갈아가며 떨어지는 모습을 지켜보며 계속해서 혼잣말을 했다. 네 번인가 다섯 번인가 말에서 떨어지고 나서 기사는 모퉁이에 도착했고, 앨리스는 손수건을 흔들면서 기사가 눈앞에서 완전히 사라질 때까지 기다렸다.

「흰 기사가 기운을 냈으면 좋겠어.」 언덕을 달려 내려가며 앨리스가 말했다. 「그리고 이제 마지막 개울만 넘으면 나는 여왕이 되는 거야! 정말 신난다!」 몇 걸음을 가자 개울 가장자리에 이르렀다. 「드디어 여덟째 칸이다!」 앨리스는 개울을 뛰어넘으며 소리쳤고,

*

여기저기 꽃들이 피어 있는, 이끼처럼 부드러운 잔디에 몸을 던졌다. 「드디어 도착했어! 아, 좋아라! 내 머리 위에 〈있는〉 게 뭐지?」 앨리스는 깜짝 놀라 손을 머리로 올리며 외쳤다. 뭔가 아주 무겁고 머리 둘레에 꼭 끼는 것이 만져졌다.

「어떻게 나도 모르는 사이에 이것이 머리에 〈있을 수 있지〉?」 머리에 있는 게 무엇인지 보려고 그것을 벗어 무릎에 올려놓으며 앨리스가 말했다.

그것은 황금 왕관이었다.

9
앨리스 여왕

「와, 이거 〈근사하다〉!」 앨리스가 말했다. 「이렇게 일찍 여왕이 될 줄은 몰랐어. 그리고 아뢸 말씀이 있습니다, 폐하.」 앨리스는 아주 엄한 말투로 바꾸어 말했다(앨리스는 늘 스스로 꾸짖는 것을 무척 좋아했다). 「이렇게 잔디밭에 축 늘어져 계시면 아니 되옵니다. 여왕은 늘 위엄 있게 처신하셔야 합니다!」

그래서 앨리스는 일어나 걸었다. 처음에는 왕관이 떨어질까 봐 머리를 꼿꼿이 세우고 걸었다. 하지만 주위에 자신을 보는 사람이 없다는 생각에 조금 긴장을 풀었다. 「만일 내가 진짜 여왕이라면 말이야.」 다시 주저앉으며 앨리스가 말했다. 「조만간 잘하게 될 거야.」

워낙 이상한 일만 일어났기 때문에 앨리스는 흰 왕비와 붉은 왕비 사이에 자기가 앉아 있는 것을 알아차리고도 그다지 놀라지 않았다. 앨리스는 왕비들에게 이곳에 어떻게 오게 되었는지 물어보고 싶은 마음이 굴뚝같았으나 실례가 될 것 같아 꾹 참았다. 하지만 이제 게임이 끝났는지 물어보아도 될 듯했다. 「저 죄송하지만……」 앨리스는 붉은 왕비를 바라보며 조심스레 입을 열었다.

「다른 사람이 말을 걸 때만 말을 해라!」 붉은 왕비가 날카롭게

앨리스의 말을 막았다.

「하지만 만약 모든 사람들이 그 규칙에 따른다면 말이에요.」 언제나 가벼운 토론을 할 준비가 되어 있는 앨리스가 말했다. 「그리고 당신도 누군가 말을 걸 때만 말을 할 수 있고, 다른 사람들도 〈당신〉이 말을 걸길 기다리기만 한다면 말을 할 수 있는 사람은 아무도 없을 거예요, 그러니까……」

「말도 안 돼!」 붉은 왕비가 외쳤다. 「자, 꼬마야, 그건……」 왕비는 말을 하다가 멈추고 잠시 얼굴을 찡그리며 생각에 잠기더니 돌연 화제를 바꿨다. 「〈내가 진짜 여왕이라면〉이라니 그게 무슨 뜻이지? 무슨 권리로 네가 여왕이라는 거야? 넌 여왕이 아니야. 시험을 통과해야 여왕이 되는 거야. 그리고 빨리 시작할수록 좋은 거야.」

「전 〈만약〉이라고 했어요!」 가엾은 앨리스가 애처롭게 말했다.

두 왕비는 서로 바라보았다. 붉은 왕비가 조금 떨며 말했다. 「저 아이는 〈만약〉이라고 〈말했을〉 뿐이야……」

「하지만 그보다 더 많이 말했어!」 흰 왕비가 앨리스에게 말했다. 「오, 그보다 훨씬 더 많이 했어!」

「정말 그랬어.」 붉은 왕비가 앨리스에게 말했다. 「항상 진실을 말하도록. 말하기 전에 생각하고. 그리고 말한 뒤에는 적어 둬.」

「전 그런 의미가 아니었는데……」 앨리스가 말을 꺼냈으나 붉은 왕비가 참지 못하고 중간에 끼어들었다.

「그게 바로 내가 불만인 거야! 의미가 〈있어야지!〉 아무 의미도 없는 애를 어디에 쓰겠어? 농담에도 의미가 있어야 하는데 어린아이는 농담보다 더 중요하다고. 두 손을 다 쓴다 해도 아니라고 부인하지는 못할걸.」

「저는 아니라고 부인할 때 〈손〉을 쓰지 않아요.」 앨리스가 반박했다.

「누가 그렇대?」붉은 왕비가 말했다.「그러려고 해도 안 될 거라고 했지.」

「저 애는 지금.」흰 왕비가 말했다.「⟨뭔가⟩를 부정하고 싶은 거야. 단지 뭘 부정하고 싶은지 모르는 것뿐이야!」

「심술궂고 사악한 성질이지.」붉은 왕비가 지적했다. 그러고 나서 1, 2분 정도 어색한 침묵이 흘렀다.

붉은 왕비가 침묵을 깨고 흰 왕비에게 말했다.「오늘 오후에 앨리스의 저녁 잔치에 너를 초대하지.」

흰 왕비는 살짝 웃으며 말했다.「난 ⟨너⟩를 초대하지.」

「전 제가 잔치를 여는지 전혀 몰랐는데요.」앨리스가 말했다. 「그리고 설사 잔치를 연다 할지라도 제 생각에는 ⟨제⟩가 손님을 초대해야 한다고 봐요.」

「우린 너에게 그럴 기회를 준 거야.」붉은 왕비가 말했다.「넌 예절 수업을 충분히 받지 못한 거로구나?」

「학과목에 예절 수업은 따로 없어요.」앨리스가 말했다.「수업에서는 덧셈이나 그런 걸 배워요.」

「더하기를 할 줄 아니?」흰 왕비가 말했다.「1 더하기 1 더하기 1 더하기 1 더하기 1 더하기 1 더하기 1 더하기 1 더하기 1은 뭐지?」

「못 하겠어요.」앨리스가 말했다.「세다가 잊어버렸어요.」

「더하기를 할 줄 모르는군.」붉은 왕비가 끼어들었다.「뺄셈은 할 줄 아니? 8에서 9를 빼 봐.」

「8에서 9라……, 모르겠어요.」앨리스가 바로 대답했다.「하지만…….」

「뺄셈도 못해.」흰 왕비가 말했다.「나누기는 할 수 있어? 칼로 빵을 나누면? 답이 뭐지?」

「그건…….」앨리스가 대답하려 했으나 붉은 왕비가 대신 대답했다. 「물론 버터 바른 빵이지. 다른 뺄셈을 해봐. 개에게서 뼈다귀를 빼면 뭐가 남지?」

앨리스는 곰곰이 생각했다. 「뼈를 뺐으니까 물론 뼈는 안 남겠죠. 개도 남지 않을 거예요. 절 물려고 달려들 테니까요. 그래서 저도 안 남을 거고요!」

「그럼 아무것도 안 남는다고 생각한단 말이지?」붉은 왕비가 말했다.

「그게 답인 듯해요.」

「또 틀렸어.」붉은 왕비가 말했다. 「개의 성질은 남아.」

「하지만 어떻게…….」

「잘 봐!」붉은 왕비가 외쳤다. 「개는 성질을 내겠지?」

「그렇겠죠.」조심스레 앨리스가 대답했다.

「그러니 만약 개가 가버리면 성질은 남게 되는 거지!」붉은 왕비가 의기양양하게 외쳤다.

앨리스는 최대한 진지하게 말했다. 「개하고 성질이 각자 다른 곳으로 갈 수도 있어요.」하지만 속으로는 〈지금 우리가 무슨 말도 안 되는 소리를 하는 거람!〉 하고 생각했다.

「저 애는 계산을 〈전혀〉 못해!」왕비 둘이 단호히 말했다.

「〈당신〉은 덧셈을 할 줄 아세요?」앨리스는 이렇게나 결점을 지적당하며 놀림당하는 게 싫어서 돌연 흰 왕비를 돌아보며 말했다.

흰 왕비는 깜짝 놀라 숨을 멈추더니 눈을 감았다. 「더하기는 할 줄 알아. 시간이 넉넉하면 말이지. 하지만 빼기는 〈전혀〉 못해!」

「물론 알파벳은 알겠지?」 붉은 왕비가 말했다.

「물론이죠.」 앨리스가 말했다.

「나도 알아.」 흰 왕비가 속삭였다. 「가끔 함께 외우자꾸나. 그리고 이건 비밀인데, 나는 한 글자로 된 단어 정도는 읽을 수 있어! 〈이건〉 정말 굉장하지 않니? 하지만 기죽지는 마렴. 너도 곧 할 수 있을 테니까.」

이때 붉은 왕비가 다시 말을 시작했다. 「상식도 아는지 물어보지.」 붉은 왕비가 말했다. 「빵을 어떻게 만들지?」

「〈그건〉 알아요!」 앨리스가 신이 나 외쳤다. 「먼저 밀가루가 있어야 해요……」

「어디서 꽃을 꺾지?」 흰 왕비가 물었다. 「정원 아니면 울타리?」[37]

「밀가루는 〈꺾는〉 게 아니에요.」 앨리스가 설명했다. 「밀가루는 〈빻는〉 거예요……」

「얼마나 넓은 땅에서?」 흰 왕비가 말했다. 「그렇게 얼렁뚱땅 말하지 마라.」[38]

「저 아이에게 부채질을 좀 해줘!」 걱정스러운 목소리로 붉은 왕비가 끼어들었다. 「저렇게 생각을 많이 하니 열이 날 거야.」 그래서 둘은 잎사귀 다발로 앨리스가 자기 머리털이 너무 날리니 이제 그만 하라고 할 때까지 앨리스에게 부채질을 했다.

「이젠 괜찮을 거야.」 붉은 왕비가 말했다. 「너 언어는 좀 알아? 〈피들 디디〉를 프랑스어로 뭐라고 하지?」

「피들 디디는 영어가 아니에요.」 진지한 얼굴로 앨리스가 대답했다.

37 〈밀가루〉와 〈꽃〉은 영어로 *flour*와 *flower*로 발음이 같다.
38 〈빻다〉와 〈땅〉은 영어로 모두 *ground*이다.

「그게 영어라고 누가 그러디?」 붉은 왕비가 말했다.

앨리스는 이번에는 이 난관에서 빠져나갈 방법을 알 것 같았다. 「피들 디디가 어느 나라 말인지 알려 주시면 그 말이 프랑스어로 뭔지 말해 드릴게요.」 의기양양하게 앨리스가 외쳤다.

그러나 붉은 왕비는 몸을 꼿꼿이 세우고 도도하게 말했다. 「왕비는 흥정을 하지 않아.」

〈질문도 안 하면 얼마나 좋을까.〉 앨리스가 속으로 생각했다.

「싸우지 말자.」 흰 왕비가 짜증스럽게 말했다. 「번개는 왜 칠까?」

「번개가 치는 이유는요.」 앨리스는 이번 질문에는 자신이 있었기에 단호하게 말했다. 「천둥이에요······ 아니, 아니에요!」 앨리스가 급히 고쳐 말했다. 「그 반대예요!」

「고치기에는 이미 늦었어.」 붉은 왕비가 말했다. 「일단 한번 뱉은 말은 그걸로 끝이니까 책임을 져야지.」

「그러고 보니 생각나는데 말이야.」 흰 왕비가 고개를 숙이고 초조하게 깍지를 꼈다 풀었다를 반복하며 말했다. 「지난 화요일에 뇌우가 〈아주〉 요란했어. 내 말은, 지난주 화요일들 가운데 하루 말이야.」

앨리스는 어리둥절했다. 「〈우리〉 나라에는요.」 앨리스가 말했다. 「화요일은 한 번에 하루밖에 없어요.」

붉은 왕비가 말했다. 「형편없군. 〈여기〉에서는 낮이나 밤이 한 번에 두세 번씩 한꺼번에 있어. 때때로 겨울에는 한 번에 밤을 다섯 번이나 지낼 때도 있어. 따뜻하게 보내려고 말이야.」

「하룻밤보다 다섯 밤이 더 따뜻한가요?」 앨리스가 용기를 내어 물었다.

「당연히 다섯 배 더 따뜻하지.」

「하지만 그렇게 생각하면 다섯 배 더 〈추울〉 수도 있잖아요.」

「그렇지!」 붉은 왕비가 외쳤다. 「다섯 배 더 따뜻하고, 〈그리고〉 다섯 배 더 춥지. 내가 너보다 다섯 배 더 부자이고, 〈그리고〉 다섯 배 더 똑똑한 것처럼 말이야!」

앨리스는 한숨을 쉬며 포기했다. 〈답 없는 수수께끼를 푸는 거 같아!〉 앨리스가 생각했다.

「험프티 덤프티도 봤어.」 혼잣말을 하듯 낮은 목소리로 흰 왕비가 말했다. 「포도주 병 따개를 들고 문으로 가서……..」

「뭐 하러?」 붉은 왕비가 물었다.

「들어오고 〈싶다〉고 했어.」 흰 왕비가 말했다. 「하마를 찾고 있었거든. 하지만 그날 아침에는 마침 집 안에 없었어.」

「평소에는 있나요?」 깜짝 놀란 말투로 앨리스가 물었다.

「목요일에만.」 흰 왕비가 말했다.

「왜 왔는지 알 것 같아요.」 앨리스가 말했다. 「험프티 덤프티는 물고기를 벌주려고 했어요. 왜냐면……..」

이때 흰 왕비가 다시 말을 시작했다. 「〈대단한〉 뇌우였어. 넌 아마 상상도 못 할 거야!」 (「〈절대〉 못 할 거야.」 붉은 왕비가 말했다.) 「지붕 한쪽이 떨어져 나가고 엄청난 천둥이 들어와 뭉텅이로 방을 굴러다니면서 탁자와 물건들을 쓰러뜨리고, 나는 너무나 겁나서 내 이름도 생각나지 않더라니까!」

앨리스가 속으로 생각했다. 〈나라면 사고가 났는데 내 이름을 기억하려 《하지는》 않을 거야! 그게 무슨 소용이 있겠어?〉 하지만 불쌍한 왕비의 기분을 상하게 할까 봐 앨리스는 아무 말도 하지 않았다.

「앨리스 여왕, 이해해 주시길.」 붉은 왕비가 흰 왕비의 손을 잡고 부드럽게 어루만지며 앨리스에게 말했다. 「평소에 헛소리를 좀 잘할 뿐이지 알고 보면 착한 사람이야.」

흰 왕비는 수줍은 듯 앨리스를 바라보았고, 앨리스는 뭔가 상냥한 말을 해주고 싶었지만 당장은 아무 말도 생각나지 않았다.

「흰 왕비는 자라 온 가정환경이 좋지 않았어.」붉은 왕비가 말했다.「하지만 이렇게 온순하다니, 놀랍잖아! 머리를 쓰다듬어 줘 봐. 얼마나 좋아하는데!」하지만 앨리스는 그럴 배짱이 없었다.

「조금만 친절하게 대해 주고 종이로 머리털을 싸주면 아주 효과가…….」

흰 왕비는 한숨을 쉬고 앨리스의 어깨에 머리를 기댔다.「너무 〈졸려〉.」흰 왕비가 앓는 소리를 냈다.

「피곤한 모양이야, 가엾은 것!」붉은 왕비가 말했다.「머리를 쓰다듬어 줘……. 네 취침용 모자를 빌려 주고 부드럽게 자장가를 불러 주렴.」

「지금은 취침용 모자가 없어요.」첫 번째 지시를 따르려 애쓰며 앨리스가 말했다.「그리고 저는 자장가를 부를 줄 몰라요.」

「그럼 내가 불러야겠군.」붉은 왕비가 말하더니 자장가를 부르기 시작했다.

　　잘 자요 숙녀여, 앨리스 무릎을 베고!
　　잔치가 준비될 때까지 우리는 낮잠 잘 시간이네.
　　잔치가 끝나면 무도회에 갈 거라네.
　　붉은 왕비, 흰 왕비, 앨리스 모두 함께라네!

「이제 가사를 알겠지?」앨리스의 어깨에 머리를 기대며 붉은 왕비가 말했다.「이제 네가 〈나〉에게 불러 줘. 나도 졸립거든.」왕비 둘은 곧 깊이 잠들더니 요란하게 코를 골았다.

「어쩌지?」두 왕비의 동그란 머리가 차례로 어깨에서 굴러 내려와 무릎에 무겁게 안기자 앨리스는 어쩔 줄 몰라 주위를 둘러보며 외쳤다. 「잠든 왕비 둘을 동시에 보살펴야 했던 사람은 〈이제까지〉 한 명도 없었을 거야. 영국 역사를 죽 훑어봐도 없을 거야! 불가능해. 한 번에 왕비가 둘일 수 없으니까. 좀 일어나세요! 무거워요!」앨리스가 짜증 난 목소리로 말했지만 부드럽게 코 고는 소리만 들릴 뿐이었다.

코 고는 소리는 점차 뚜렷해졌으며 점차 노랫가락처럼 들렸다. 마침내 앨리스는 가사까지 알아들을 수 있을 정도였다. 앨리스는 노래에 푹 빠져 왕비 둘의 머리가 자기 무릎에서 사라진 것도 알아차리지 못했다.

앨리스는 커다란 아치문 앞에 서 있었다. 문 위에는 커다랗게 〈앨리스 여왕〉이라 적혀 있었고 문 양쪽으로 초인종이 있었다. 한쪽에는 〈방문자용〉, 또 한쪽에는 〈하인용〉이라고 표시가 되어 있었다.

〈노래가 끝날 때까지 기다렸다가 종을 울려야지.〉앨리스가 생각했다. 〈그런데 《어떤》 종을 울려야 하나?〉종에 표시된 말에 아주 어리둥절해하며 앨리스가 계속 생각했다. 〈난 방문자도 아니고 하인도 아니야. 《여왕》용이 《있어야만》 하는 거 아닌가……〉

바로 그때 문이 조금 열리더니 부리가 긴 동물이 잠깐 머리를 내밀고 말했다. 「다음다음 주까지는 방문 금지입니다!」그리고 꽝 소리를 내며 문을 닫았다.

앨리스는 오랫동안 문을 두드리고 종을 울렸지만 아무 소용없었다. 이윽고 나무 아래 앉아 있던 늙은 개구리가 일어나 절룩거리며 천천히 앨리스에게 다가왔다. 개구리는 밝은 노란색 옷에 엄청나게 큰 장화 차림이었다.

「무슨 일이지?」 아주 낮고 쉰 목소리로 개구리가 말했다.

앨리스는 누구든지 걸리기만 해보라는 심정으로 몸을 돌렸다. 「문소리에 대답하는 하인은 어디에 있지?」 앨리스는 화난 목소리로 말했다.

「어떤 문?」 개구리가 말했다.

앨리스는 개구리가 느릿느릿 말하는 투에 화가 나서 펄펄 뛸 지경이었다. 「당연히 〈이〉 문이지!」

개구리는 크고 흐리멍덩한 눈으로 잠시 문을 바라보더니 더 가까이 다가가 페인트가 벗겨지는지 알아보기라도 하려는 듯 엄지로 문을 문지르고 나서 앨리스를 바라보았다.

「문소리에 대답을 한다고?」 개구리가 말했다. 「뭘 물었는데?」 개구리 목소리가 너무 갈라져서 앨리스는 그 목소리를 제대로 알아들을 수 없을 지경이었다.

「무슨 말인지 모르겠어.」 앨리스가 말했다.

「난 제대로 말하고 있어, 안 그래?」 개구리가 계속했다. 「아니면 넌 귀머거리야? 문이 뭐라고 했느냐니까?」

「아무것도 안 물었어!」 앨리스가 짜증을 내며 말했다. 「난 문을 두드렸다고!」

「그러면 안 되지, 안 되고말고……」 개구리가 중얼거렸다. 「네가 문을 귀찮게 한 거야.」 그러더니 개구리는 커다란 발로 문을 걷어찼다. 「〈문〉을 가만히 놔두면 말이야.」 개구리는 나무로 걸어가며 헐떡였다. 「문도 〈너〉를 가만 놔둘 거야.」

바로 그 순간 문이 활짝 열리더니 새된 노랫소리가 들려왔다.

거울 나라 백성에게 앨리스가 말했네.
「내 손에는 왕홀이, 머리에는 왕관이 있으니

　　거울 나라 백성이여, 모두 모여
　　붉은 왕비와 흰 왕비와 나와 함께 식사를 하시지요.」

이어 수백 명이 합창하는 소리가 들렸다.

　　서둘러 잔을 채우고
　　탁자에 단추와 겨를 뿌리고
　　커피에 고양이, 차에 쥐를 넣고
　　서른 번의 세 배로 앨리스 여왕을 맞이하세.

　다음으로 와자지껄하는 환호성이 들렸다. 앨리스가 속으로 생각했다. 〈서른 번의 세 배면 아흔 번이네. 누가 셀까?〉 또다시 잠시 침묵이 흐르다가 아까의 새된 목소리가 다음 절을 노래했다.

「오, 거울 나라 백성이여.」앨리스가 말했네.「가까이 오세요!
날 보는 건 영광, 내 목소리를 듣는 건 은혜이니
붉은 왕비, 흰 왕비, 그리고 나와 함께
먹고 마시는 건 커다란 특권이랍니다.」

그리고 다시 합창이 이어졌다.

잔을 채우세, 당밀과 잉크로,
아니면 맛 좋은 것이면 무엇으로든.
사이다에 모래를, 포도주에는 양털을 섞고
아흔 번의 아홉 배로 환영하세나!

「아흔 번의 아홉 배!」앨리스가 낙심해 되뇌었다.「오, 절대 안
끝날 거야! 당장 들어가는 게 낫겠어……」그리고 앨리스가 들
어가는 순간, 주위는 적막에 휩싸였다.

앨리스는 커다란 방에 들어가 긴장한 눈으로 식탁 쪽을 슬며
시 바라보았다. 손님들은 쉰 명 정도 되었으며 온갖 종류의 생물
이 다 모여 있었다. 들짐승, 날짐승, 심지어 꽃들도 있었다. 〈초
대를 기다리지 않고들 와줘서 다행스러워.〉앨리스가 생각했다.
〈난 누구를 초대해야 할지 몰랐을 테니까!〉

식탁 상석에는 의자 셋이 있었고, 그 가운데 두 자리에는 흰 왕
비와 붉은 왕비가 앉아 있고 가운데 의자만 비어 있었다. 앨리스
는 누군가 이 어색한 침묵을 깨주길 바라며 그 자리에 앉았다.

마침내 붉은 왕비가 입을 열었다.「수프와 생선 요리는 이미
지나갔어!」붉은 왕비가 말했다.「고기 요리를 내오너라!」웨이
터들이 양 다리를 앨리스 앞에 놓았다. 앨리스는 이전까지 고깃

덩어리를 잘라 본 적이 없었기 때문에 다소 걱정스러운 눈으로 그것을 바라보았다.

「겁이 나는 모양이로군. 양고기를 소개해 주지, 앨리스, 이쪽은 양고기! 양고기, 이쪽은 앨리스!」양 다리는 접시에서 벌떡 일어나 앨리스에게 살짝 몸을 숙여 인사를 했다. 앨리스는 무서워해야 할지 웃어야 할지 모른 채 얼떨결에 머리 숙여 인사했다.

「한 조각씩 드릴까요?」앨리스는 나이프와 포크를 들고 두 왕비를 번갈아 가며 바라보았다.

「무슨 말이야!」붉은 왕비가 아주 단호하게 말했다. 「인사한 상대를 칼로 자르는 건 실례야. 고기를 치워라!」그리고 웨이터들은 양고기를 내가고 이번에는 커다란 플럼 푸딩을 내왔다.

「푸딩하고는 인사하지 않을래요.」앨리스가 서둘러 말했다. 「안 그러면 아무것도 못 먹잖아요. 좀 드릴까요?」

그러나 붉은 왕비는 뿌루퉁한 얼굴로 으르렁거렸다. 「푸딩, 이쪽은 앨리스. 앨리스, 이쪽은 푸딩. 푸딩을 치워라!」그리고 웨이터들은 앨리스가 미처 인사를 하기도 전에 푸딩을 내갔다.

하지만 앨리스는 붉은 왕비만 명령을 내리라는 법은 없을 것 같았고, 그래서 시험 삼아 외쳤다. 「웨이터! 푸딩을 도로 가져와!」그러자 푸딩이 금방 요술처럼 나타났다. 푸딩이 너무나 커서 앨리스는 아까 양 다리를 마주했을 때처럼 〈약간〉 겁이 났지만 용기를 내어 한 조각 잘라 붉은 왕비에게 건넸다.

「정말 무례하네!」푸딩이 말했다. 「내가 〈너〉를 한 조각 잘라 내면 기분이 어떨 것 같아?」

푸딩은 굵고 기름진 목소리로 말했고, 앨리스는 한마디도 하지 못하고 가만히 앉아 숨을 죽이고 그저 푸딩만 내려다보았다.

「말을 해.」붉은 왕비가 말했다. 「푸딩만 말하게 하다니, 웃기잖아!」

「오늘은 시를 굉장히 많이 들었어요.」 입을 여는 순간, 주위가 찬물을 끼얹은 듯 조용해지고 모든 시선이 일시에 집중되는 걸 느낀 앨리스가 약간 겁을 먹고 말했다. 「그리고 신기하게도 모두 생선에 관한 시였어요. 여기 사람들이 왜 그렇게 생선을 좋아하는지 아세요?」

앨리스는 붉은 왕비에게 물었지만 왕비의 대답은 질문과 약간 거리가 있었다. 「생선이라면.」 붉은 왕비는 앨리스의 귀에 입을 바짝 대고 아주 느리고 엄숙한 목소리로 말했다. 「흰 왕비께서 아주 재미있고 모두 시로 된 생선에 관한 수수께끼를 아시지. 암송해 주시겠습니까?」

「그렇게 말씀해 주시니 아주 친절하시군요.」 흰 왕비가 앨리스의 다른 쪽 귀에 대고 비둘기처럼 속삭였다. 「〈아주〉 즐거울 겁니다! 해볼까요?」

「부탁합니다.」 앨리스가 아주 공손하게 말했다.

흰 왕비는 기쁜 듯이 웃으며 앨리스의 볼을 살짝 어루만지더니 시를 암송하기 시작했다.

「첫째로, 생선을 잡아야 해.」
그건 쉬워, 아기라도 잡을 수 있지.
「다음엔 생선을 사야 해.」
그건 쉬워, 1페니면 살 수 있지.

「이제 생선을 요리해 줘!」
그건 쉬워, 1분도 안 걸릴 거야.
「접시에 담아 줘!」

그건 쉬워. 이미 담겨 있으니까.

「이리 가져와! 먹어 보자!」
접시를 탁자에 놓는 건 쉽지.
「접시 뚜껑을 열어!」
아, 〈그건〉 너무 어려워서 난 못 해!

아교처럼 달라붙어 있어.
중간에서 접시와 뚜껑을 꽉 붙잡고 있어.
어느 것이 쉬울까?
생선 요리 접시 뚜껑을 여는 것과 수수께끼를 푸는 것 가운데 말이야.

「잠시 생각해 보고 답을 해봐.」 붉은 왕비가 말했다. 「그동안 우리는 너의 건강을 위해 건배할 테니까. 앨리스 여왕의 건강을 위하여!」 붉은 왕비가 있는 힘껏 외치자 모든 손님들이 잔을 들고 마시기 시작했는데 그 모습이 하나같이 이상하기 짝이 없었다. 어떤 이는 불끄개처럼 잔을 머리에 쓰고 얼굴로 흘러내리는 것을 핥아먹었고, 어떤 이는 디캔터를 엎고서 식탁 가장자리로 흘러내리는 포도주를 받아 마셨다. 그리고 (캥거루처럼 보이는) 셋은 구운 양고기 접시로 기어 들어가 열심히 국물을 핥기 시작했다. 〈여물통 속 돼지들 같네!〉 앨리스가 생각했다.
「멋진 연설로 고마움을 표시해야지.」 앨리스를 향해 얼굴을 찡그리며 붉은 왕비가 말했다.
「우리가 도와줄게.」 붉은 왕비의 말에 따라 고분고분, 그렇지만 약간은 겁먹은 표정으로 앨리스가 일어나자 흰 왕비가 속삭였다.

「고맙습니다.」앨리스가 속삭여 대답했다. 「하지만 저 혼자도 잘할 수 있어요.」

「전혀 그렇지 않을걸.」붉은 왕비가 아주 단호하게 말했다. 그래서 앨리스는 친절한 마음에 그렇게 해달라고 부탁하려 했다.

(「그렇게 하라고 〈강요〉했어! 나중에 자기 언니에게 잔치 이야기를 해주며 앨리스는 이렇게 말했다. 「둘이 날 납작하게 눌러 버리려고 하는 것만 같았어!」)

실제로, 앨리스는 연설을 하는 동안 자기 자리에 가만히 머물러 있기 무척 어려웠다. 두 왕비가 앨리스를 하늘로 날려 버릴 듯이 양쪽에서 세게 밀어 댔기 때문이다. 「저는 여러분께 감사를 드리려고 일어났습니다.」앨리스가 말했다. 그리고 앨리스는 연설을 하는 도중에 〈정말로〉 몇 센티미터 정도 공중으로 떠올랐다가 식탁 가장자리를 잡고 다시 내려왔다.

「조심해야지!」흰 왕비가 두 손으로 앨리스의 머리털을 붙잡고 비명을 질렀다. 「무슨 일이 벌어지겠네!」

그리고 이어서 (앨리스가 나중에 설명한 바에 따르면) 온갖 일이 한꺼번에 일어났다. 촛불은 천장까지 자라나 꼭대기에서 불꽃놀이를 하는 골풀밭처럼 보였다. 병들은 각자 접시 한 쌍을 날개로 달고 포크를 다리 삼아 이리저리 날아다녔다. 〈꼭 새 같네.〉 갑작스러운 난리 속에서도 앨리스가 생각했다.

바로 그때, 앨리스 옆에서 목 쉰 웃음소리가 들렸고, 앨리스는 흰 왕비에게 무슨 일이 있나 하고 고개를 돌려 보니 왕비가 앉았던 자리에는 양 다리가 앉아 있었다. 「나 여기 있어!」수프 그릇에서 외치는 소리가 들렸고, 앨리스가 다시 고개를 돌려 보니 흰 왕비가 넓적하고 사람 좋게 생긴 얼굴로 앨리스를 보고 빙그레

웃으며 수프 속으로 사라지고 있었다.

한시도 머뭇거릴 틈이 없었다. 이미 손님 몇은 접시에 누워 있었고 수프 국자는 식탁 위로 앨리스가 앉은 의자 쪽으로 걸어와 길을 비키라고 조급하게 신호를 보냈다.

「더는 못 참겠어!」 앨리스가 벌떡 일어나 두 손으로 식탁보를 잡고 외쳤다. 그리고 식탁보를 움켜잡고 힘껏 잡아당기자 쟁반, 접시, 손님, 촛대들이 모두 바닥으로 우르르 떨어지며 요란한 소리를 냈다.

「그리고 〈너〉!」 이 모든 소란의 장본인이라고 생각되는 붉은 왕비를 무섭게 돌아보며 앨리스가 말했다. 그러나 붉은 왕비는 앨리스 곁에 없었다. 붉은 왕비는 어느새 작은 인형만 한 크기로 줄어들어 식탁 위에서 자기 뒤에 달린 숄을 쫓으며 즐겁게 빙빙 돌고 있었다.

평소라면 이 광경을 보고 놀랐을 터이지만 〈지금〉 앨리스는 너무나 흥분해 있기에 어떤 광경을 보아도 놀라지 않았다. 「〈너.〉」 앨리스는 식탁 위로 넘어진 병을 뛰어넘은 붉은 왕비를 잡고 되풀이해 말했다. 「널 흔들어 아기 고양이로 만들어 버릴 거야!」

10
흔들기

이렇게 말하며 앨리스는 붉은 왕비를 식탁에서 들어 올려 있는 힘껏 앞뒤로 흔들었다.

붉은 왕비는 아무런 저항도 하지 않았다. 다만, 얼굴이 점점 작아지고 눈은 점점 커지고 녹색이 되어 갈 뿐이었다. 앨리스가 계속해서 흔들자 붉은 왕비는 점점 더 작아지고……, 통통해지고……, 부드러워지고……, 둥글어지고……, 그리고……

11
깨어나기

그리고 정말로 아기 고양이가 〈되었다〉.

12
누가 꾼 꿈이지?

「폐하, 그렇게 요란하게 가르랑거리지 마세요.」앨리스는 눈을 비비며 아기 고양이에게 정중하면서도 약간 엄격하게 말했다. 「너 때문에 깼잖아. 아, 정말 재미있는 꿈이었는데! 그리고 거울 나라를 여행하는 내내 넌 나와 함께 있었어, 키티. 그거 알고 있었어?」

(언젠가 앨리스가 말한 바에 따르면) 아기 고양이들은 무슨 말을 하든 〈항상〉 가르랑거리기만 하는 몹시 나쁜 버릇이 있다. 「〈예〉라고 할 때 가르랑거리고 〈아니요〉라고 할 때는 〈야옹〉이라고 하든가 하면 대화를 할 수 있지! 하지만 늘 같은 소리만 내면 어떻게 대화를 〈할 수〉 있겠어?」

이번에도 아기 고양이는 가르랑거리기만 했다. 그래서 그게 〈네〉인지 〈아니요〉인지 분간할 수 없었다.

그래서 앨리스는 탁자 위에 있는 체스 말 사이에서 붉은 말의 왕비를 찾았다. 붉은 왕비를 찾은 앨리스는 난로 깔개 위에 무릎을 꿇고 앉아 왕비와 키티를 마주 보게 했다. 「자, 키티!」앨리스는 신이 나 손뼉을 쳤다. 「네가 뭘로 변했었는지 고백해!」

(「하지만 키티는 붉은 왕비를 보려고 하지 않았어.」나중에 언니에게 꿈을 설명하며 앨리스가 말했다. 「고개를 돌리고 못 본

척하는 거야. 하지만 〈약간〉 뉘우치는 기색이 있는 걸로 보아 키티가 붉은 왕비였던 게 〈분명해〉.」)

「좀 더 똑바로 앉아, 키티!」 즐겁게 웃으며 앨리스가 외쳤다. 「그리고 뭐라고 말……, 아니 뭐라고 가르랑거릴지 생각하는 동안 절을 하는 거야. 시간이 절약되니까. 기억해 둬.」 앨리스는 키티를 들어 올려 가볍게 입을 맞추었다. 「붉은 왕비였던 걸 기념하는 거야.」

「스노우드롭!」 앨리스는 아직도 참을성 있게 세수를 하는 하얀 아기 고양이를 바라보았다. 「언제쯤 다이너가 세수를 다 시키고 흰 말의 왕비 마마를 놓아주실까? 이래서 네가 내 꿈속에서 단정치 못하게 나온 거야. 다이너, 너 지금 흰 왕비를 씻기고 있다는 거 알아? 정말 무례한 짓이야!」

「그러면 〈다이너〉는 뭐로 변했던 걸까?」 앨리스가 깔개에 한 쪽 팔꿈치를 대고 손으로 턱을 괴고서 재잘댔다. 「말해 봐, 다이너, 네가 험프티 덤프티로 변한 거지? 내 〈생각〉에는 그런 거 같아. 하지만 아직 네 친구들에게는 말하지 마. 확실하게는 모르니까. 그건 그렇고, 키티. 네가 정말로 나와 함께 꿈속에 있었다면 네가 좋아〈할 만한〉 일이 하나 있어. 시를 아주 많이 들었는데 모두 생선에 대한 거였어! 내일 아침에 너에게 멋진 걸 해줄게. 아침을 먹는 동안 내가 〈바다코끼리와 목수〉를 읊어 줄게. 그럼 넌 굴을 먹는 거라고 상상할 수 있을 거야! 자, 키티. 이제 누가 꿈을 꿨는지 생각해 보자. 이건 아주 중요한 질문이야. 그리고 발을 그렇게 핥으면 〈안 돼〉. 다이너가 아침에 다 닦아 줬는데 아닌 척하면 안 되지! 키티야, 꿈을 꾼 건 나 아니면 붉은 왕인 게 〈분명해〉. 물론 붉은 왕도 내 꿈에 나왔어. 하지만 나도 왕의 꿈에 나왔거든. 그게 왕의 꿈이었을까? 넌 왕의 부인이었으니까 알 거

아냐. 어, 키티, 제발 좀 〈가르쳐 줘〉! 발은 나중에 닦아도 되잖아!」 그러나 아기 고양이는 얄밉게도 앨리스의 말을 못 들은 척하고 다른 쪽 앞발을 닦기 시작했다.

〈여러분〉은 누구의 꿈이라고 생각하시는지?

화창한 하늘 아래 배 한 척
A boat beneath a sunny sky,

꿈꾸듯 흘러가네.
Lingering onward dreamily

7월의 어느 저녁.
In an evening of July ……

곁에 앉은 세 아이
Children three that nestle near,

초롱거리는 눈, 쫑긋한 귀
Eager eye and willing ear,

수수한 이야기를 즐겁게 듣고 있네.
Pleased a simple tale to hear ……

화창했던 하늘은 창백해진 지 오래.
Long has paled that sunny sky:

메아리는 멀어지고 기억은 희미해져
Echoes fade and memories die.

가을 서리는 7월을 몰아냈네.
Autumn frosts have slain July.

하늘 아래에서 움직이던 앨리스
Still she haunts me, phantomwise,

본 사람은 아무도 없지만
Alice moving under skies

그 아이 아직 나에게 나타나네, 환영처럼.
Never seen by waking eyes.

아이들은 여전히 이야기를 기다리며
Children yet, the tale to hear,

초롱거리는 눈, 쫑긋한 귀
Eager eye and willing ear,

다정히 다가앉네.
Lovingly shall nestle near.

이상한 나라에 누워
In a Wonderland they lie,

날이 저물도록 꿈을 꾸네.
Dreaming as the days go by,

여름이 지나도록 꿈을 꾸네.
Dreaming as the summers die:

강을 따라 두둥실
Ever drifting down the stream ······

황금빛 햇살 아래 흘러가네.
Lingering in the golden gleam ······

삶, 한갓 꿈 아니던가?[39]
Life, what is it but a dream?

39 3행시 형식의 이 시에서 각 행의 첫 글자를 모아 보면 앨리스의 이름인
Alice Pleasance Liddell이 된다.

루이스 캐럴과 두 친구

1. 루이스 캐럴, 앨리스, 그리고 앨리스

「이상한 나라의 앨리스Alice's Adventures in Wonderland」 와 「거울 나라의 앨리스Through the Looking-Glass」를 쓴 작가 루이스 캐럴의 본명은 찰스 루트위지 도지슨Charles Lutwidge Dodgson으로, 영국 체셔 지방의 성직자 집안에서 태어났다. 어 린 시절부터 말장난이나 체스를 좋아했으며, 그림과 사진과 논 리학에도 관심이 많았다. 옥스퍼드 크라이스트처치 칼리지에서 수학을 공부한 캐럴은 1855년부터 1881년까지 강사로 일했지 만 말을 심하게 더듬는 탓에 그리 인기 있는 강사라 할 수는 없었 다. 1861년에는 성직자가 되었지만 설교 역시 아주 가끔만 했다.

캐럴은 그림 그리기를 즐겼으나 재능이 있다고는 할 수 없었 고, 그림에 대한 관심은 점차 사진으로 옮아갔다. 1856년 카메라 를 산 캐럴은 곧 사진술에 익숙해졌으며 한동안은 사진을 찍어 생활을 꾸리겠다는 생각을 할 정도로 사진에 빠졌다. 비록 문학 적 재능과 성공에 가려져 있기는 하지만, 실제로 캐럴은 빅토리 아 시대를 대표할뿐더러 오늘날의 사진작가들에게 가장 큰 영향 을 준 작가 가운데 한 명이다. 캐럴이 가장 즐겨 찍은 대상은 알렉산드라 키친이라는 여자아이로, 캐럴은 1869년부터 사진을 그만둔 1880년까지 네 살부터 열여섯 살 생일 직전까지 알렉산드라의 사진을 쉰 장 이상 찍었다. 캐럴이 사진에 담은 대상은 성인 남녀를 포함해 해골, 인형, 동물, 그림, 나무 등 아주 다양했지만, 가장 즐겨 찍은 대상은 여자아이였다. 캐럴은 여자아이들 사진을 많이 찍었으며 그 가운데는 누드 사진도 많았다. 물론 모두 보호자의 감독 아래 찍었으며 그 사진들은 모두 당사자들에게 전달되었기에 남아 있는 누드 사진은 무척 드물다. 캐럴이 찍은 누드 사진 가운데 현재까지 남아 있는 것은 고작 여섯 장이며 그 가운데 네 장만이 일반에 발표되었다. 1880년, 24년 이상 사진을 찍어 온 캐럴은 돌연 사진 찍기를 중단했다. 그 이유에 대해서는 밝혀진 바 없으며, 캐럴은 3천 장 이상 찍은 사진 가운데 1천 장 정도만 남기고 나머지는 없앴다.

말을 더듬긴 했어도, 동생을 여덟 명이나 둔 맏이인 때문인지 캐럴은 아이들과 쉽게 친해졌다. 그리고 1855년 헨리 리들이 옥스퍼드의 크라이스트처치 칼리지 학장으로 부임해 오자 캐럴은 리들의 딸들, 특히 로리나, 이디스, 앨리스와 우정을 쌓게 된다. 캐럴은 이 아이들의 사진도 즐겨 찍었으며, 재미있는 이야기를 지어 들려주기도 했다. 「이상한 나라의 앨리스」 또한 바로 이러한 만남을 배경으로 태어났다. 「이상한 나라의 앨리스」가 발표되기 3년 전인 1862년 7월 4일, 캐럴은 로리나, 이디스, 앨리스와 함께 뱃놀이를 가서 이야기를 들려주었다. 집에 돌아오는 길에 앨리스는 그 이야기를 책으로 내달라고 캐럴을 졸랐고, 결국 캐럴은 그날의 이야기를 책으로 썼으며, 그 책이 「이상한 나라의 앨리스」의 바탕이 되었다.

그러나 앨리스와 루이스 캐럴의 만남은 그리 오래가지 못했다. 1863년 6월, 리들가와 캐럴은 돌연 관계가 중단되었다. 리들가에서는 그 이유에 대해 아무런 언급도 하지 않았으며 이들의 결별에 대한 이유가 쓰여 있을 거라고 추정되는 1863년 6월 27일부터 29일까지의 캐럴의 일기는 사라졌다. 1996년, 사라진 일기의 요약이 발견되었다는 주장이 나왔지만 이것의 진위 여부는 아직 확실하게 밝혀지지 않았다. 이들의 결별에 대해서는 여러 가지 주장이 있지만 확실한 것은 아무것도 없다.

비록 이들의 관계는 소원해졌지만, 캐럴은 약속한 대로 앨리스에게 했던 이야기를 자필로 쓰고 직접 삽화를 그린 뒤 「앨리스의 땅속 모험」이라는 제목을 달아 1964년 앨리스에게 선물했다. 앨리스는 결혼 후 경제적 사정으로 이 책을 경매에 부쳤고, 현재 이 책은 영국 국립 도서관에 있다.

「앨리스의 땅속 모험」은 「이상한 나라의 앨리스」에 비해 길이가 반 정도밖에 되지 않았으나, 출판될 때까지 계속해 분량이 늘었고, 삽화도 존 테니얼의 작품으로 바뀌어 1865년에 발간되었다. 이 책은 엄청난 인기를 끌었고, 이에 힘입어 1871년 「거울 나라의 앨리스」가 발표되었다. 「거울 나라의 앨리스」는 「이상한 나라의 앨리스」의 속편으로 여겨지지만 두 책 사이에 사건의 연결 같은 것은 보이지 않는다. 실제로 「거울 나라의 앨리스」에는 「이상한 나라의 앨리스」에 나오는 모자 장수와 삼월 토끼로 여겨지는 캐릭터가 등장하며 처음 삽화를 그린 존 테니얼 역시 이 둘을 「이상한 나라의 앨리스」에 나온 캐릭터와 비슷하게 그렸지만 정작 앨리스 자신은 이 둘을 알아보지 못했다.

루이스 캐럴은 「거울 나라의 앨리스」를 출판하기 전에 원본 일부를 삭제했다. 캐럴이 이 부분을 삭제한 것은 삽화가 존 테니얼의 요구 때문이었다. 테니얼은 1870년 캐럴에게 보낸 편지에 〈말벌 부분은 적어도 제게는 전혀 흥미롭지 못하며 그림으로 옮길 방법을 찾지 못하겠습니다. 만약 책 분량을 줄이고 싶다면 이 부분을 빼는 것이 좋겠습니다〉라고 적었다. 캐럴은 테니얼의 의견을 받아들여 〈말벌〉 부분을 책에서 삭제했다. 소위 〈가발을 쓴 말벌〉이라 일컬어지는 이 부분은 완전히 사라진 줄 알았으나 1974년 소더비즈 경매장에서 그 모습을 드러냈다. 「거울 나라의 앨리스」 9장 뒷부분에 해당하는 이 부분은 앨리스가 흰 기사를 배웅하고 개울을 건너기 직전 장면이다. 개울을 건너려는 순간 뒤에서 누군가 한숨을 쉬는 소리에 뒤를 돌아본 앨리스는 나무에 기대어 앉은 말벌을 발견하고, 말벌에게 다가가면서 이야기가 시작된다. 테니얼이 편지에 쓴 것처럼, 이 부분은 다른 부분에 비해 재미가 덜하고 다른 부분에 나오는 상황이 반복되고 있다.

이 책이 발표된 빅토리아 시대에 동화나 동시는 대부분 아이들에게 교훈을 주려는 목적을 띠고 있었다. 하지만 「이상한 나라의 앨리스」와 「거울 나라의 앨리스」는 드물게도 아이들에게 순수한 즐거움을 주기 위한 책이었다. 캐럴은 여기서 한발 더 나아가 교훈을 주기 위해 쓰인 당시의 동시들을 패러디해 실음으로써 아이들이 시를 즐겁게 읽을 수 있게까지 했다. 그 덕분에 캐럴의 작품이 발표 당시 아이들에게 아주 새롭게 다가갔다.

앨리스 이야기는 발표된 당시에는 아동 문학으로 간주되었지만 점차 학자들은 마약, 프로이트, 섹스, 아동 성애, 정치, 논리학, 수학을 비롯해 다양한 관점으로 이 책을 분석했고, 시간이 흐르며 앨리스 이야기는 아동 문학의 장르를 뛰어넘게 되었다. 앨프리드 노스 화이트헤드나 버트런드 러셀 같은 철학자와 에드먼드 월슨, W. H. 오든 같은 비평가들은 이 책에 아주 매료되었고, 제퍼슨 에어플레인의 「흰 토끼White Rabbit」나 비틀스의 「나는 바다코끼리I Am the Walrus」 같은 노래에 영감을 주기도 했으며 프레드릭 브라운의 소설 『재버워크의 밤Night of the Jabberwock』이나 제임스 조이스의 『피네간의 경야Finnegan's Wake』를 비롯해 많은 문학 작품에 영향을 주었다. 체셔 고양이는 양자 역학을 설명하는 주요 수단 가운데 하나가 되었다. 앨리스는 〈이상한 나라〉와 〈거울 나라〉뿐 아니라 물리와 수학을 비롯한 온갖 나라를 다니며 모험을 하게 되었다. 심지어 신경 병리학에서는 실제보다 사물을 크거나 작게 느끼는 증상을 〈이상한 나라의 앨리스 증후군〉이라 부르기까지 한다.

작가인 캐럴이 이런 현상을 싫어하지는 않았겠지만 의도하지도 않았을 것이다. 그러나 의도했든 안 했든 간에, 〈빅토리아 시대〉라는 생소하면서도 이상하다고까지 할 수 있는 시대에 쓰인 아동 문학이 지금까지 인기를 끌고 여러 분야에 인용되고 영감을 주게 된 이유는 이 책의 목적이 〈교훈〉이 아닌 〈즐거움〉이기 때문이리라.

2. 머빈 피크

「이상한 나라의 앨리스」, 정확히 말하면 「앨리스의 땅속 모험」에 삽화를 그린 사람은 당연히 작가인 캐럴이었다. 앞서 적은 대로, 캐럴은 앨리스 리들에게 들려준 이야기를 「앨리스의 땅속 모험」이라는 책으로 옮겼고, 그 과정에서 그림도 직접 그렸다. 그러나 캐럴의 그림 실력은 글 쓰는 재능에 못 미쳤다. 「앨리스의 땅속 모험」에 바탕을 둔 「이상한 나라의 앨리스」에 제대로 삽화를 그린 사람은 존 테니얼이었다. 당시 존 테니얼은 잡지 『펀치』에서 시사만화가로 명성을 날리고 있었다. 존 테니얼은 앨리스의 삽화를 그리는 과정에서 루이스 캐럴과 활발히 의견을 교환했고, 전부는 아니지만 대부분 루이스 캐럴의 뜻대로 삽화를 그렸다. 신기한 점은 앨리스 리들이 흑발인 데 반해 존 테니얼은 앨리스를 금발로 그렸다는 것이다. 루이스 캐럴이 왜 앨리스를 금발로 그리게 존 테니얼에게 허락했는지는 아직도 의문으로 남아 있다. 루이스 캐럴은 소설 속 앨리스가 실제의 그 어떤 인물과도 관계가 없다고 주장했지만, 사람들은 그 주장을 믿지 않았고 실제 「거울 나라의 앨리스」 끝부분에 나오는 시 머리글자들을 모으면 〈앨리스 플레전스 리들〉이 나오기도 한다. 19세기에 제작된 존 테니얼의 그림은 거의 앨리스 삽화의 표준이 되다시피 했으나 20세기에 들어서면서 다시 앨리스의 삽화가로 반드시 거론해야 할 인물이 두 명 더 등장한다.

우선 20세기 초 「이상한 나라의 앨리스」에 컬러와 흑백으로 삽화를 그린 아서 래컴Arthur Rackham을 들 수 있다. 존 테니얼의 작품은 흑백이었지만 19세기 말 들어 발달하기 시작한 컬러 인쇄술 덕분에 컬러 삽화가 등장했고 그 가운데 가장 과감한 화풍을 구사한 삽화가가 바로 아서 래컴이었다. 절제된 분위기를 풍기는 존 테니얼의 작품과 달리 래컴의 앨리스 삽화는 더 자극적이고 괴기스러우며 섬뜩할 정도의 광기가 엿보인다. 그래서인지 보는 이에 따라 아서 래컴의 그림이 앨리스와 어울리지 않는다고 평하기도 한다. 그리고 아서 래컴과 함께 빼놓지 말아야 할 삽화가가 바로 이 책의 삽화를 그린 머빈 피크Mervyn Peake이다.

머빈 피크는 영국의 소설가이자 화가, 시인, 삽화가였다. 의사였던 피크의 아버지는 런던 선교회를 통해 중국 루샨(廬山)의 쿠링으로 갔고, 피크는 1911년 그곳에서 태어나 열세 살이 되던 1923년까지 중국에서 살았다. 피크는 중국과 유럽의 문화 차이, 그리고 중국 내 빈부의 격차를 직접 눈으로 보며 성장했고, 이때의 경험은 피크의 대표작 「고먼가스트Gormenghast」에 큰 영향을 주었다(이 소설은 「타이터스 그론Titus Groan」, 「고먼가스트」, 「홀로된 타이터스Titus Alone」까지만 완성된 탓에 흔히 삼부작으로 알려져 있다. 피크는 이 소설에서 주인공 타이터스의 탄생부터 죽음까지를 다룰 계획이었으나 「깨어난 타이터스Titus Awake」를 완성하지 못하고 사망했다). 또한 중국에 있던 시절 중국 서예가에게 기초 한자 6백 자를 배웠고, 그 때문인지 머빈 피크는 이후 서양인이 볼 때는 이상한 방식으로 펜을 쥐는 습관이 들었다.

　피크는 런던에서 화가로 활동하며 사회에 첫발을 내디뎠다. 화가로서 머빈 피크는 큰 성공을 거두었으며, 1939년에는 자신이 직접 글을 쓰고 그림을 그린 그림책 『슬로터보드 선장 닻을 내리다Captain Slaughterboard Drops Anchor』를 발표했다. 또한 『흔들 목마를 타자Ride a Cock Horse』를 시작으로 아동 문학의 삽화를 그리기 시작했고, 캐럴의 『스나크 사냥The Hunting of the Snark』에 삽화를 그리며 삽화가로도 유명세를 타기 시작했다.

　제2차 세계 대전이 일어나자 피크는 군에 들어가 전쟁 화가로 활동했으며, 이때부터 피크는 자신의 대표작이자 이후 일생 동안 써나갔던 〈고먼가스트〉 시리즈의 첫 부분에 해당하는 「타이터스 그론」을 쓰기 시작했다.

　1943년부터 1950년까지 8년 동안 머빈 피크는 가장 활발한 작품 활동을 펼쳤다. 이 시기에 피크는 「타이터스 그론」과 「고먼가스트」를 완결했으며 「이상한 나라의 앨리스」, 「거울 나라의 앨리스」, 『보물섬』, 『지킬 박사와 하이드』 등에 삽화를 그려 큰 인기를 누렸다.

1959년, 피크는 「홀로된 타이터스」를 발표하지만 이 작품을 쓰던 중 파킨슨병을 얻었고, 이후에 발표한 작품으로는 큰 성공을 거두지 못한 채 1968년 11월 사망하였다.

그의 작품들, 특히 〈고먼가스트〉 시리즈는 사후에 더욱 큰 인기를 얻었고, 종종 톨킨의 『반지의 제왕』과 비교되기도 한다. 〈고먼가스트〉 시리즈는 중세 시대 고먼가스트라는 이름의 가상의 성(城)을 배경으로 주인공 타이터스의 삶을 다루고 있다. 디킨스풍의 인물 설정에 화려하면서도 기괴한 풍경으로 가득한 이 소설은 나중에 BBC에서 드라마로 만들어지기도 했다.

이 밖에도 팝업 북의 제작자인 로버트 사부다Robert Sabuda 역시 〈앨리스〉를 이야기할 때 빼놓을 수 없는 작가이다. 그러나 사부다는 종래 방식으로 삽화를 그리는 차원을 넘어 『이상한 나라의 앨리스』를 팝업북이라는 완전히 새로운 책으로 재창조한 사람이니 그를 다른 삽화가와 같은 선에 놓고 비교하는 것은 불공평하다고 생각한다.

그리고.

앨리스의 팬이자 머빈 피크보다는 존 테니얼의 삽화를 더 좋아한다며 아쉬움을 감추지 못했던 안은주 님, 언제나 든든한 아군으로 있는 김민혜 님, 좋은 음악으로 늘 기운을 북돋아 준 Anonymous 4에게 고마운 마음을 전한다.

최용준

루이스 캐럴 연보

1832년 출생   1월 27일 영국 체셔 데어스베리의 유복한 가정에서 태어남. 본명은 찰스 루트위지 도지슨Charles Lutwidge Dodgson. 아버지는 유서 깊고 영향력 있는 영국 국교도의 성직자로, 어려서부터 아버지에게 엄한 교육을 받아 7세에 『천로역정』을 읽었음. 이곳에서의 다복한 환경이 훗날의 작품을 쓰는 데 많은 영향을 끼침.

1843년 11세   가을 요크셔 지방의 크로프트로 이사함.

1844년 12세   8월 근교의 사립 학교인 리치먼드 스쿨에 입학함.

1845년 13세   11월 리치먼드 스쿨을 졸업함.

1846년 14세   1월 또 다른 사립 학교인 럭비 스쿨에 입학. 훗날 캐럴이 〈다시는 괴로움 속에 보낸 그 3년을 되풀이하고 싶지 않다〉고 했던 행복하지 않은 학창 시절을 보내게 됨.

1849년 17세   12월 럭비 스쿨을 졸업함. 리치먼드 시절부터 캐럴은 어린 동생들을 위해 잡지를 만들었는데, 잡지에 삽화를 그려 넣었고 이 중 일부는 후에 출판되기도 했음. 백일해를 앓은 뒤 오른쪽 귀에 이상이 와 듣는 데 문제가 생김. 성인이 되어서까지 결점으로 남은 말더듬이 습성을 갖게 됨.

1850년 18세   5월 옥스퍼드 대학 최초 학부의 하나인 크라이스트처치에서 입학 허가를 받음.

1851년 [19세] 1월 21일 옥스퍼드에 주거를 정함. 24일 입학했으나 이틀 뒤 어머니가 세상을 떠나는 바람에 크로프트로 잠시 돌아옴.

1852년 [20세] 수학에서 뛰어난 성적을 받아 단과 대학의 연구 회원인 스튜던트로 임명됨.

1953년 [21세] 이때부터 일기를 쓰기 시작하여 죽을 때까지 씀.

1854년 [22세] 12월 문학 학사 학위를 받음.

1855년 [23세] 옥스퍼드 대학교 수학 강사로 임명되어 1881년까지 26년간 학생들을 가르침. 수입이 좋았음에도 캐럴은 지루해했음. 대부분의 학생들이 그보다 나이가 어렸고 그의 강의를 이해하지 못했기 때문. 말을 더듬기까지 해 강의하거나 가르치는 데 어려움을 겪음.

1856년 [24세] 2월 처음으로 리들 가족을 만남. 월간지 『더 트레인 *The Train*』의 편집장인 에드먼드 예이츠의 도움으로 어머니의 이름과 자신의 본명 철자를 섞어 〈루이스 캐럴〉이라는 가명을 지음. 시와 운문 콩트를 발표하기 시작해 찰스 디킨스가 발행하는 주간지 『사시사철 *All the Year Round*』에도 글을 실었음. 3월 처음으로 카메라를 삼. 말더듬이임에도 불구하고, 캐럴은 아이들에게는 쉽게 설명하기로 유명했고, 이들의 모습을 사진에 담았음. 그에게는 일곱 명의 자매가 있을뿐더러 유독 어린 소녀들의 인기를 끌었음. 4월 처음으로 앨리스 리들의 사진을 찍음.

1857년 [25세] 석사 학위를 받음.

1860년 [28세] 수학 입문서 『평면 기하학 입문서』와 『유클리드 초기 저서 두 권에 관한 해석』을 발표.

1861년 [29세] 12월 22일 부제(副祭)로 임명됨.

1862년 [30세] 7월 4일 리들의 아이들과 아이시스 강에서 뱃놀이를 하며 〈앨리스의 땅속 모험〉 이야기를 들려줌. 옥스퍼드의 젊은 학장인 헨리 조지 리들의 딸 앨리스에게 들려준 이 이야기가 『이상한 나라의 앨리스』의 바탕이 됨.

1865년 ^{33세} 7월 풀밭에서 잠이 든 일곱 살 소녀 앨리스가 토끼 굴에 빠지면서 벌어지는 모험담을 중심으로 한 『이상한 나라의 앨리스』가 영국 맥밀란 출판사에서 출간됨. 원제는 〈앨리스의 땅속 모험〉. 인쇄된 삽화의 질이 마음에 차지 않아 이듬해에 다시 찍음. 일러스트가 실린 인쇄물의 훌륭한 교본이 됨.

1867년 ^{35세} 7월 13일 두 달간 처음이자 마지막 해외여행을 함. 독일과 러시아를 둘러봄.

1868년 ^{36세} 6월 21일 아버지가 세상을 뜸. 9월 1일 크로프트의 사제 사택을 떠나 길퍼드로 가족이 이사함.

1869년 ^{37세} 첫 번째 시집 『환상』 출판. 1883년에 『운율? 그리고 이성?』으로 제목이 바뀌어 출판됨.

1871년 ^{39세} 12월 크리스마스에 맞추어 『거울 나라의 앨리스』를 출판. 삽화가 존 테니얼의 요구대로 〈말벌〉 장을 삭제한 상태로 출판됨.

1876년 ^{44세} 3월 1874년 여름 사촌 동생이자 대자인 찰리 윌콕스가 폐병으로 사망하면서부터 쓰기 시작한 민요시 『스나크 사냥』을 출간함.

1879년 ^{47세} 본명 C. L. 도지슨으로 『유클리드와 현대의 맞수들』 출판.

1881년 ^{49세} 크라이스트처치 칼리지에서 수학 강사직을 사임함.

1882년 ^{50세} 크라이스트처치 칼리지 교원 사교실의 관리자로 임명됨.

1889년 ^{57세} 『거울 나라의 앨리스』를 집필하는 동안 틈틈이 써온 글들과 러시아에서 돌아온 뒤 『주디 아줌마』지에 실었던 「브루노의 복수」의 후편인 『실비와 브루노』를 출판.

1893년 ^{61세} 『실비와 브루노 완결편』 출판.

1898년 ^{66세} 1월 14일 독감으로 인한 폐렴으로 세상을 뜸. 길퍼드의 마운트 묘지에 묻힘.

열린책들 세계문학 019 이상한 나라의 앨리스

옮긴이 최용준 대전에서 태어나 서울대학교 천문학과에서 석사 학위를 받았으며, 미시간 대학에서 이온추진 엔진에 대한 연구로 비(飛)천문학 박사 학위를 받았다. 옮긴 책으로 샬레인 해리스의 『어두워지면 일어나라』, 『댈러스의 살아있는 시체들』, 코니 윌리스의 『개는 말할 것도 없고』, 『둠즈데이 북』과 세라 워터스의 『핑거 스미스』, 『벨벳 애무하기』, 존 르카레의 『죽은 자에게 걸려 온 전화』, 댄 시먼스의 『히페리온』, 마이크 레스닉의 『키리냐가』, 더글러스 애덤스, 마크 카워다인의 『마지막 기회』, 어슐러 르 귄의 『바람의 열두 방향』 등이 있다. 헨리 페트로스키의 『이 세상을 다시 만들자』로 제17회 한국 과학기술 도서상 번역 부문을 수상했다. 열린책들의 〈경계 소설선〉, 시공사의 〈그리폰 북스〉, 샘터사의 〈외국 소설선〉을 기획했다.

지은이 루이스 캐럴 **옮긴이** 최용준 **발행인** 홍예빈 · 홍유진
발행처 주식회사 열린책들 **주소** 경기도 파주시 문발로 253 파주출판도시
전화 031-955-4000 **팩스** 031-955-4004 **홈페이지** www.openbooks.co.kr
Copyright (C) 주식회사 열린책들, 2007, 2009, *Printed in Korea.*
ISBN 978-89-329-0932-5 04840 **ISBN** 978-89-329-1499-2 (세트)
발행일 2007년 10월 30일 초판 1쇄 2008년 11월 10일 초판 3쇄 2009년 11월 30일
세계문학판 1쇄 2023년 6월 10일 세계문학판 10쇄

이 도서의 국립중앙도서관 출판예정도서목록(CIP)은 서지정보유통지원시스템 홈페이지(http://seoji.nl.go.kr)와 국가자료공동목록시스템(http://www.nl.go.kr/kolisnet)에서 이용하실 수 있습니다.(CIP제어번호 : CIP2009003356)

열린책들 세계문학
Open Books World Literature